U0478395

希望长在泥土里

XIWANG
ZHANGZAI
NITULI

马慧娟 / 著

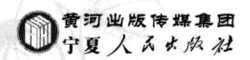

黄河出版传媒集团
宁夏人民出版社

图书在版编目（CIP）数据

希望长在泥土里/马慧娟著. — 银川：宁夏人民出版社，2018.4（2023.8重印）
ISBN 978-7-227-06884-6

Ⅰ.①希… Ⅱ.①马… Ⅲ.①散文集—中国—当代 Ⅳ.①I267

中国版本图书馆CIP数据核字（2018）第066953号

希望长在泥土里

马慧娟 著

项目统筹	何志明
责任编辑	管世献
责任校对	陈 浪
封面设计	冯彦青
责任印制	侯 俊

黄河出版传媒集团
宁夏人民出版社 出版发行

出版人　薛文斌
地　　址　宁夏银川市北京东路139号出版大厦（750001）
网　　址　http://www.yrpubm.com
网上书店　http://www.hh-book.com
电子信箱　nxrmcbs@126.com
邮购电话　0951-5052104　5052106
经　　销　全国新华书店
印刷装订　三河市嵩川印刷有限公司
印刷委托书号　（宁）0027098

开　　本　640 mm×960 mm　1/16
印　　张　17.75
字　　数　180千字
版　　次　2018年4月第1版
印　　次　2023年8月第2次印刷
书　　号　ISBN 978-7-227-06884-6
定　　价　53.00元

版权所有　侵权必究

目录

- __001 黑眼湾的蕨菜
- __008 五月的蕨菜
- __023 那年花开
- __046 当你老了
- __055 姑娘，你那么好
- __059 抢救室
- __062 六月，北京
- __072 心在远方
- __077 故园二题
- __085 一路向北
- __087 我不是个好人
- __093 雨在天堂
- __103 在路上

目录

- 108 秋天里
- 115 熬煮的光阴
- 138 冬日里的一碗凉皮
- 141 孤独是条流浪狗
- 147 这双手
- 149 旷野的王
- 151 你说想跟我去闯江湖
- 154 枕着书安睡在阳光里
- 156 离别，也许是永别
- 159 以各种方式活着
- 161 面朝大海，看见花开
- 163 姐说，我是福星高照款
- 165 我们在路上
- 171 江湖在每个人的心里
- 180 两段闲话
- 185 守候希望
- 196 嗨，挣钱走
- 206 五嫂子和她的孩子们
- 214 少年阿贵
- 221 经历了你就成长了

- 223　蔓　延
- 225　希望长在泥土里
- 229　牛人很牛
- 231　她的世界
- 233　这世间太多的无能为力
- 235　写给父亲
- 237　我爱你
- 239　我是母亲的笨孩子
- 242　有没有一种爱不让你流泪
- 245　五分钟的距离
- 248　看得见的孤独是影子
- 251　下个路口见
- 254　谁让你是我姨
- 257　你好就好
- 259　你的眼泪我假装看不见
- 261　在习以为常中习以为常
- 263　骑着羊去追赶太阳
- 265　你的梦想，能走多远
- 268　我无能为力的太多事情
- 272　愿生活一如既往

黑眼湾的蕨菜

我像只猫一样穿行在林间,脚下的枯枝败叶被我踩得乱响,各种灌木和黑刺时不时撕扯我的衣服,我的手背被划出一道道白印。爬了几个山头了,仍然没有发现大片蕨菜,我有点泄气,又一次被灌木挂住衣服时,就顺势坐下,决定休息一会儿再走。

林间静谧得只剩下我的呼吸,我要赶往一个只有我知道的地方,我一年可以在那里折三茬蕨菜,每次十几斤。那是我的秘密,我一个人的后花园。好几年了,我不愿意和人分享。那地方偏僻,丛林幽深,走路得一个小时。

喘了两口气,我开始打量我坐下的这片地方,这一看,顿时汗毛孔都乍开了。在我的左侧一米远的地方,一条土黄色、身上有黑斑点的蛇正调皮地吐着芯子看着我,它盘成一盘,歪着脑袋。我跳起来，蹿到自己认为安全的地方回头再看它，它还是那样盘着，有恃无恐。

逃离了这个让我心有余悸的地方，又爬了一个山梁，才到三道沟。三道沟山梁上的一丛丛黑刺，让人望而却步。我的秘密后花园恰好掩藏在这些黑刺后面。只要小心穿过这些扎人的黑刺，再进入密林走十几米，就到了那片有蕨菜的地方。这些蕨菜稀疏地散布在密林里不为人知，被进山折蕨菜的我偶然撞见，从此它们就属于我一个人的了。

早些年蕨菜只是我们饭桌上贴补困难生活的野菜，随便去哪个山洼上一折就是一抱。拿回家用开水一焯，拌上油盐酱醋，一人盛一碗，就着刚出锅的馒头吃，那叫一个过瘾。这几年因为有人收购，蕨菜值钱了起来，我们有好几年没这样吃过蕨菜了。

一斤蕨菜一块钱，一斤麦子也一块钱，蕨菜在这个季节只要折来就能变成现钱，贴补家用，而麦子才淹过膝盖，收获遥遥无期。和山沿边儿的人都能横跨几个山头来山上翻找，一根一根收集蕨菜，更别说我们靠山吃山的这些人。所以这个季节，黑眼湾的人在忙地里的同时每家都会抽出来一个人专门上山折蕨菜。

今年的气候干旱，蕨菜长得蔫头耷脑的。刚透土出来的时候，蕨菜头上的小吸盘紧紧蜷缩着，这样的蕨菜长过二十公分是采摘的最好时间，吃起来鲜嫩清香。再过几天如果没人折走，小吸盘就会伸开，渐渐整个散开，像一把小蒲扇插在地上，我们常说这是蕨菜散扇了，不能再吃了。阳面山坡上长的蕨菜容易散扇，我们叫羊蕨；阴洼的地方长的蕨菜周期长一些，我们叫牛蕨。就口感而言，牛蕨要比羊蕨好吃些。

我穿过黑刺丛到达密林，看见了蕨菜，心里一喜，我庆幸它们还在等我，庆幸自己这一个小时没有白跑。这里环境好，它们已经长了有一米高还没有散扇，正是我们说的牛蕨。我顾不上喘口气，我要赶紧把它们收集起来装进我的背包才安心。

我背着自制的背包。说背包太高级了，其实就是用绳子把编织袋的两个角拴起来，再把口子一扎，弄一个三角形的样子，貌似背包。等手里攒够一把蕨菜，我就把袋子口松开，小心翼翼整整齐齐地把它们码放在里面，然后背起来继续寻找蕨菜。背包里面还有馒头和水。

这一片林子说大不大，说小不小，它的犄角旮旯我都熟悉，蕨菜散布在半山腰，山顶没有，再往下也没有，在我到来之前，似乎没有人发现这个秘密，这些蕨菜的存在好像是专门为了等我。

在这儿，我是快乐的、欢喜的、自由的。我幻想着这里是我的王国，一草一木都是属于我的，我和它们同呼吸、同生长。我甚至不想再回家去，想在这里搭个窝棚过一辈子，像金庸小说里隐世的大侠，与动物为伴，和草木为邻……但是没一会儿，我的想法就被各种各样的困难否决了。在这里我吃什么，穿什么？夏天还好，冬天怎么办？我不回去，我的那些书咋办？我还没给最好的朋友回信，我还没实现对朋友的承诺，我还没和我养的小野兔告别，它可是我追了好久才逮回来的，还有，我若不回去母亲肯定会担心。想起母亲，心里突然觉得负疚，我怎么可以把母亲的担心放到最后，难道母亲的担心没有前面想到的那些重要吗？我一边思量，一边自责，思绪一时飘了很远。

胡思乱想可以暂时忘记不能再去读书的隐痛。那时的我，已经不读书一年了。家里没有能力再供我上学，从那时起我变得不爱说话，默默跟着哥嫂分担家里的农活，犁地、割粮食，也包括上山讨生活。春冬割糖条，夏天折蕨菜，秋天拣野果。

我把背包挂上树干，开始一根根折蕨菜，蕨菜太长，背包装不下，只能拦腰折断。触摸到蕨菜的枝干，清凉在中指和无名指间蔓延，折的时候也是小心翼翼，太使劲，鲜嫩的蕨菜会身首分离。没一会儿我手里的蕨菜已经握不住了，我撩起衣襟把蕨菜卷好夹在腋下，离背包远了，我想再折一把一起拿过去。林间的蕨菜极不好折，脚下要么到处都是枯枝败叶，要么就是人砍伐树木后扔下的树头，还有挖药人挖出的大坑，以及各种叫不上名字的灌木，前后左右都会有撕扯牵绊的东西。我的头发被挂得和鸡窝一样，衣服兜被扯开线甩着，布鞋又多了几个口子，我看着衣服兜甩得麻烦，索性撕了直接扔掉。忍不住得意，心说，我撕了看你还有什么好甩的。

又折满一把，我避开重重阻挠返回到背包跟前，把用衣襟卷起来的蕨菜拿出来准备装进背包，齐整整的蕨菜摆放在眼前我才发现，刚才卷进衣襟的蕨菜有几根没有头了，顿时自责，这应该是在林子里被挂掉的，如果我不撒懒，就不会有这样的情况。

我把有蕨菜的这片林子搜寻了个遍，直到自己认为没有漏下蕨菜为止。还有一部分才冒出土的蕨菜我没有动，再过一周，我又能来这里折一次，希望它们会一如既往只属于我一个人。

不知道具体几点，反正下午了。对面大东沟的山梁上一群羊在来回奔跑，密林里传来牛铃的叮叮当当声。我恋恋不舍地收拾好背包，里面装着我几个小时的劳动成果，有十五六斤蕨菜。

本来想直接回家，可抬头一看太阳还高，就准备再去大阳山洼转转。转过三道沟的山梁，再走一段路就是大阳山洼。远远看见我堂婶，她提着篮子，手里拿着铁铲子也在折蕨菜，转悠了半天，看见一根蕨菜，一铲子铲进土里，再提一把，蕨菜带着半截灰白的根就出来了。本来十公分长的蕨菜，这样一铲子就又增加了几公分。更过分的是，她连刚出土五公分的蕨菜都铲。看着她不停地转悠，不停地挥铲子，我一时再没心情折蕨菜了。

我们折回去的蕨菜，长短整理出来，用皮筋分成小把一扎，在开水锅里稍微焯一下，然后挂起来晾晒。晒干的蕨菜呈黑褐色，看不出来新鲜时是什么样子。这也给了一些人作弊的机会，那些带半截根的回去一焯晾干照样卖钱，还比折回去的蕨菜分量重。反正自己不吃，贩子不吃，至于吃这些蕨菜的人怎么处理这些不能吃的根，那就是他们的事情了。可这样铲下去，以后我们还能拿蕨菜卖钱吗？

我不想和堂婶打招呼，可她偏偏看见我了，立马大呼小叫地感叹："哎哟，这个瓜女子在哪折了这么半袋子蕨菜，太能了。你去哪折蕨菜呢也不说喊上我，真是的，咋那么小气。你看看这大阳山洼，我转了一下午就铲了这么点蕨菜。"

我讪笑一下，说："林子里找的，你老人家那么大年纪了，又不敢进林子，所以没喊你。不早了，回家吧。"

堂婶赶紧摆手，说："你先回，你先回，我再找找。"看着她盯着地面不停地走动起来，我也懒得再说。登上了馒头咀的山顶，就可以看见整个黑眼湾。

六月初的黑眼湾淹没在一片绿色编织的网里，面前横着的大咀山换上了新衣服，精神焕发。崖背山上，台阶式的梯田被小麦、豌豆、洋芋、胡麻一绺一绺装扮了起来。

馒头咀和崖背山是一体的，只不过被人为地分割了，靠近村子的有梯田的那部分是崖背山，再高没法修梯田的那部分是馒头咀。馒头咀是黑眼湾的制高点，坐在馒头咀上，黑眼湾人的一举一动都能收入眼底。我这会儿可以轻易地在层层梯田里看到我的父亲母亲、哥哥嫂嫂，他们在拔胡麻地里的草，一点点向前移动。

我叹口气，坐在馒头咀上不肯回家。很多时候我愿意这样一个人游荡在丛林里，那样我可以有许多稀奇古怪的想法，觉得世界也是宽广的。回家就意味着无尽的忙碌，给牛割苜蓿，给水缸里担水，给母亲烧炕，给父亲烧茶，帮大嫂做饭，我觉得自己是个被抽起来旋转的陀螺，没有停下的可能。

坐了一会儿，觉得无聊，太阳已经跌落在米缸山的山顶，我看见自己家的胡麻地里空了，我也该回去了。下山的时候一路小跑，颠簸让背包里的蕨菜打着我的后背。穿过散落在庄稼地里的弯曲小路，还没回到村庄，就远远闻到了葱花炝浆水的味道。一缕缕炊烟从各家烟囱冒出，穆萨他娘扯着嗓子喊穆萨回家吃饭的声音撞在大咀山上，又撒落在了黑眼湾的边边角角。

大嫂在厨房揉着一团面，肩膀一抖一抖的。父亲坐在屋檐下喝着他新泡的茶，一口一口好像能把一天的劳累全部吞咽掉。母亲在喂小鸡，看见我回来，赶紧问今天折的蕨菜多不。一看大半袋子，眼角满是欢喜。

刚扔下袋子，大哥就背了一大捆苜蓿进门了，我急忙摆放好铡刀。大哥抹了一把汗，招呼父亲和他铡草，我说我来。父亲母亲拣拾起我放下的袋子，把我折来的蕨菜倒在地上，开始长的短的分类整理，然后把长度相同的捏起一小股，拿皮筋一扎，码放在一起。我一边和大哥铡草，一边听母亲和父亲说我今天折的蕨菜真好，又长又嫩，晒干一定能卖个好价钱。

吃完晚饭后，大嫂烧了一锅开水，把父亲母亲整理好的一堆蕨菜分两次焯了一下，大嫂也念叨着今天的蕨菜好，如果能拌一盘肯定好吃。大哥说："你想得美，蕨菜那么贵，吃蕨菜就是吃钱呢，一斤肉才多少钱？"大嫂撇撇嘴："木匠住的塌塌房，大夫守着病婆娘，折蕨菜的人把嘴挂在南墙上。"大哥说："就你话多。"开着玩笑，我和大哥把焯好的蕨菜挂在铁丝上。天色已经擦黑，铁丝上挂着的蕨菜冒着腾腾热气，院子里开始朦胧起来，整个院子里都飘着蕨菜的味道。

我住的小屋的一角，码放着我这半个月折来晒干的蕨菜，有二十斤了吧，十斤鲜蕨菜才能晒一斤干蕨菜，一斤鲜蕨菜一块，一斤干蕨菜二十多块，差不多和一袋面粉一个价。屋檐下，母亲继续在说话，说明天有贩子了就把蕨菜卖掉吧，看这情况，可以卖个五六百块钱。父亲说，也是，卖了赶紧买两袋面，买两袋化肥。洋芋马上要壅土，不追肥不行。母亲又说，不知道姑娘什么意见。

天上的星星多了起来，一起给我眨眼。

（原载于《回族文学》2016年第6期）

五月的蕨菜

一

大哥每天赶着白驴,准时和太阳一道爬上堡子梁。白驴不用大哥吆喝,就知道怎么走。大哥怜惜白驴的辛苦,不愿意骑它。一个人,一头驴,好像多年的老朋友,充满默契,一前一后行走在山路上。白驴甩着尾巴在前面走得轻松自在,大哥踩着白驴的蹄印紧随其后,胸腔里发出沉闷的喘息,额头挂着一层薄汗。

白驴紧走几步,和大哥拉开距离,扑哧哧拉下一堆驴粪蛋,驴粪蛋顺着山路滚落,有几颗滚到了大哥脚下,大哥看着白驴扭动着的屁股笑骂。白驴甩着尾巴,听出这是大哥的宠溺。

在黑眼湾看日出,太阳是从堡子梁升起,而爬上堡子梁,太阳又在群山之外。抹一把头上的汗,大哥回望山下的黑眼湾,村庄还在晨曦的影子里昏暗。直到太阳爬上堡子梁,村庄才像突然被点亮,开始鲜活起来。

黑眼湾是个单调的山村,本来只有十几户人家,还分散在两个山头。据说这地方早些年不叫黑眼湾。一个版本是说村里有一户地主姓蒋,整个黑眼湾都是他们家的,当时叫蒋家湾。后来蒋姓地主流落他乡,山外的村民为了吃饱肚子,自愿入户到了黑眼湾,因为这里与外面隔绝,听不到看不到外面的世界(黑在我们这里有不知道的意思),所以就被叫成了黑眼湾。还有一个版本,说这里曾经有个海子,海子里有一条黑龙,以前是叫海子湾的,喊着喊着误成了黑眼湾。无论哪个版本,黑眼湾成了一个无法改变的称呼。

早几年,黑眼湾风调雨顺,家家每年都有余粮。可这两年,该下雨的时候不下雨,该天晴的时候不天晴,麦子眼看着能收了,一场冰雹下来就颗粒无收。大家的余粮都见底了,黑眼湾人开始陷入一种恐慌。今年收成再不好,大家都得挨饿。村民一边指望着今年能有好收成,一边开始自谋出路。

靠山吃山,黑眼湾地处深山之中,村民就开始在周围的山上打主意。一时间,山上的中药材、野鸡野兔、野果都成了大家追逐的对象,只要拿回来,就能换成钱。山上还有一样能换钱的,那就是野生的蕨菜。二斤干蕨菜就可以换一袋白面,但得二十斤嫩蕨菜去晒。蕨菜是一根一根分散长着的,真要折二十斤,那也不是容易的事情。但黑眼湾人一直说:"钱眼里有火!"只要能换来钱,那困难就都不是困难。

五月是一个美好的季节,山上的植物都披上了绿衣服。蕨菜也不甘寂寞，一场春雨后顶开泥皮，羞答答地探出脑袋四处张望，蜷缩着的触手紧紧抱在一起，生怕一出土就离散了一样。等长个三两天，拦腰折断，回家在开水锅里一焯，撒一撮盐，浇半勺油，就是一顿家常菜。当然，这说的是蕨菜还不能换钱的时候，我们把它当菜吃。

蕨菜生长得极快，几天不见，吸盘就会各自为家，长得和蒲扇一样。这时的蕨菜就没有价值了，牛羊都不吃它。所以蕨菜换钱只有五月一个月。

五月又是一个让人焦虑的季节，青黄不接，家里快揭不开锅了，一家八口人，买一袋面吃不了几天，也没个挣钱的门路。眼看着又一袋面要见底，父亲开始长吁短叹。

大哥试探着问，要不我明天上山去收蕨菜吧？父亲哼了一声：就你？本钱在哪里呢？大哥有些怯懦地看了父亲一眼说，我可以和小舅去借，他不是上班了吗？父亲不再说话，但没有再质疑。

大哥揣着二百块钱，赶着白驴，肩上搭着一杆盘子秤，上山去收蕨菜。父亲看着在山路上弯弯绕绕、时隐时现的大哥，重重地叹了口气。

第一天上山收购蕨菜的大哥居然满载而归，这让我们都大吃一惊。大哥有个外号，叫"大头"，这不光是说大哥脑袋比别人大，还暗指大哥脑子不灵光。就连父亲都一直觉得大哥过于老实，不会变通。但看着白驴驮回来的两大包蕨菜，父亲还是难掩高兴的神情，赶紧迎上去，和大哥一起把蕨菜从白驴背上抬下来。

大哥第一天收了一百七十斤蕨菜，我们一家人连夜分拣，再用皮筋扎好。大嫂架起大锅烧开水，把这些分成小把的蕨菜扔进锅里焯一下，再捞出来挂在院子里的铁丝上。一根铁丝不够，父亲又架了一根。那一夜，我们忙到很晚，但大家心里都特别高兴。

大哥又一次和父亲说，想买两只塑料桶，父亲问买那干啥，大哥说，给折蕨菜的人带水进山。父亲点头默许，第二天就去山外的集市上，买回来了两只崭新的大塑料桶。

大哥带进山的东西越来越多，开始是两塑料桶山泉水，接着是慢慢把大嫂蒸好的玉米面窝头也带走一大包。再后来，大哥来回都揣着一把小斧头。

大哥收回来的蕨菜越来越多，有一天居然收了三百斤。卸掉蕨菜，白驴身上整个是湿的，父亲不顾母亲的抱怨，扯起炕上的旧毯子给白驴搭上，又给白驴舀了满满一碗豌豆。

五月到六月，大哥和白驴每天早出晚归，驮走山泉水、窝头，驮回蕨菜。而山外的蕨菜贩子，两天来一次我们家，扔下一沓换好的零钱，背走十几斤干蕨菜。

二

春生也买了一杆秤，倒骑着他的黑驴进山了。他不相信，大哥都能收来蕨菜，他这么聪明的人，会收不上？他比大哥先走，一路上漫着山歌，催得他的黑驴四蹄生风。

春生到了端梁，刚十点，卸了黑驴的驮具，一根长绳把驴拴在山边，既能让驴吃草，又能防止驴偷跑回家。他顶着草帽，铺开麻包，把秤放一边，扯长腿半躺在山头上，等着折蕨菜的人从林子里上来。

到了端梁就到了方圆数百里群山的中心。东梁、西梁、大东沟、大西沟都以端梁为首，进山的人最后的会合地就是这儿。山头上因为人来人往被踩出一条宽阔的路，路边散落着牛粪、驴粪。向阳的这面生长着灌木和各种植物，蕨菜都散落在这些灌木丛中；向阴的那边是各种野生树木，遮天蔽日，落叶枯枝随处可见。夏天，人在向阳的这面山上讨生活；冬天，则在向阴的山上谋生计。大山像生了一群娃的娘，无论哪个季节，只要娃需要，她就一点点地给着自己有的东西。

七八个姑娘挎着篮子从灌木丛中钻了出来，头发乱糟糟的，脸上的土被汗冲出一道道印记，衣服也不是太鲜艳，可姑娘就是姑娘，尘土也盖不住年轻的脸上散发出的青春气息。

春生一骨碌爬起来，迎向几个姑娘。姑娘们抬头一看，闪向旁边的树荫下，坐着乘凉。春生远远和姑娘们搭讪，问蕨菜卖不。姑娘们没言语。春生有点儿尴尬，攥着又说，卖了吧，时间还早，还能下去再折几斤。姑娘们抹着脸上的汗，仍旧不言语。

春生心想这不搭理人是咋回事，他挠挠头发，突然明白过来，这几个姑娘肯定在等着大哥。他眼珠一转，又对姑娘们说，你们一定在等"大头"是吧，他今天不来了。你们就卖给我算了，我给你们一斤加一毛钱。

姑娘们开始低声交头接耳，商量着怎么办。一斤加一毛钱对姑娘们是个诱惑，十几斤蕨菜，会多出一块多钱。很快，姑娘们分成了两组，一组四个人，打算把蕨菜卖给春生，另一组三个人，决定还是等着大哥。

那四个姑娘把蕨菜卖给春生，喜滋滋地把钱卷紧装进裤兜里时，大哥才出现在端梁。剩下的三个姑娘一看见白驴的身影，顿时眼里有了笑意，彼此交换着眼神，笃定自己没有白等。

三个姑娘迎向大哥，帮他把白驴背上装水的塑料桶抬下来，提到阴凉处。大哥卸了白驴的驮具，在白驴屁股上拍了一把，白驴慢悠悠地走向有草的地方，找寻着吃了起来。

三个姑娘已经打开塑料桶的盖子，匀在自己带的小瓶子里喝了起来，喝完又撩起衣襟擦了擦脸。大哥解下驮具上的干粮袋子，塑料袋里的玉米面窝头还温热着，还有几片切开煮好的土豆，摆放在三个姑娘面前让吃。姑娘们也不客气，潦草地洗了一下手开始吃起来。

大哥又招呼那四个姑娘一块儿来吃。三个姑娘中的米莱说，别喊她们，没主意的人，吃喝了这么久你的东西，人家多出一毛钱就赶紧把蕨菜卖了。大哥憨笑说，没事，多卖一毛钱多好，来吧，姑娘们，天气这么热，不吃了先喝口水。

姑娘们正尴尬得不知道怎么好，被米莱一说更不愿意过去喝水。大哥拎着半桶水撵她们跟前递给她们，她们才坐下喝了起来，可大哥拿来的吃的怎么都不肯要了。

大哥招呼春生也来喝水，春生讪笑着说不渴，大哥也就再没礼让。一个人坐那开始整三个姑娘的蕨菜，过秤，装麻包里。又对姑娘们说，今天的蕨菜还是给你们涨一毛钱。姑娘们说，没关系，涨不涨我们都卖给你。大哥说，那不行，不能让你们吃亏。

吃饱、休息好的姑娘们又下灌木丛里折蕨菜去了，第一轮卖蕨菜的钱没和大哥要，怕到林子里丢了，一早晨就白忙活了。

她们进林子里后，又陆陆续续上来好几拨卖蕨菜的，只要一上来，春生就吆喝，哎，今天蕨菜涨价了啊，一斤一块一，来来来，卖给我不吃亏。

相比于春生热情的招揽，大哥实在笨拙，坐在树荫里，守着自己的两个塑料桶一言不发。于是情形又和先前一样，一部分人把蕨菜卖给了春生，一部分人卖给了大哥。而卖给春生蕨菜的那部分人反过来又找大哥要水喝，大哥也乐呵呵地给人家喝。

两塑料桶水很快剩了一小半，还有人来要，大哥开始拒绝。过一会儿那几个姑娘上来还要喝水的。

大半天的吆喝，春生的嗓子有点嘶哑，他想和大哥要口水喝，可又觉得不合适。看着大哥面前比他多一半的蕨菜，他心里很不是滋味。他和大哥一起长大，从来只有他欺负大哥的份儿，怎么就在收蕨菜这件事情上，输给大哥了呢？

姑娘们又从山下上来了，这次没有人再把蕨菜卖给春生。大哥面前的两条麻袋都装满了蕨菜。姑娘们一边喝水，一边和大哥算账，零头不够五毛的，大哥给凑够五毛，超过五毛的，大哥就给一块。

下午四点，端梁开始冷清下来，折蕨菜的人陆续准备回家。大哥吆喝着把白驴牵过来，把驮具架好，用绳子勒好麻袋，几个姑娘七手八脚帮大哥把麻袋抬上驴背，收拾好自己的东西各自散了。

三

春生的老婆和大嫂一块儿去挑水，走到半路神秘兮兮地问大嫂，你没觉得你家大头最近有什么不对吗？大嫂疑惑，说没什么不对啊，就是一直背窝头、洋芋什么的上山收蕨菜。

春生老婆撇嘴：你就知道在家闷头干活、管娃、伺候人家老人；你可是不知道，你家大头在山上把一帮女娃娃哄得滴溜溜转。那帮女娃连蕨菜都不好好折，围着你家大头一天到晚款闲。你蒸的窝头、洋芋，净被你家大头拿去哄这些女娃了。女人不能太老实，你不信哪天跟着去看看就知道了。

一担水挑回家，大嫂被春生老婆的话弄得心不在焉的。两岁的儿子跑过来抱着她的腿要窝头吃，她一转身，儿子没站稳摔在了地上，一下子哇哇大哭。大嫂更懊恼了，忍不住在儿子屁股上拍了两巴掌。儿子哭闹得更厉害，大嫂也无心哄他。

母亲听见孩子哭，过来抱怨了大嫂几句，抱着孩子去了另一个屋子。大嫂打定主意，大哥今晚回来，一定要问个明白。

大哥风尘仆仆地回来了，自从春生也开始收蕨菜，大哥的生意多少还是被影响了，每天都会少收几十斤蕨菜。但好在那些姑娘的蕨菜一直卖给大哥，倒也不至于太差。

往常大嫂都是双手把饭端给大哥，再递上筷子，可今天大嫂是把一碗饭插上筷子使劲放在大哥面前的，饭碗和桌子撞出了声响。大哥觉得哪儿不对，但他累了，也饿了，端起饭碗就开始吃起来，完全忽略了大嫂的情绪。大嫂一看大哥闷头吃饭的样子，更气了，进出甩得锅碗瓢盆乱响。

大哥连着扒拉了两碗饭，抹了一下嘴，赶紧起身去整蕨菜，大嫂看着忙活的大哥，有气都没地方撒。

收拾完蕨菜已经很晚了，大哥倒头就睡，可大嫂还一肚子怨气没撒，忍不住蹬了大哥两脚，大哥迷迷糊糊地问大嫂咋了。大嫂开始啜泣，大哥吓了一跳，瞌睡也没了，爬起来看着大嫂，又追问咋了。

大嫂说，你一天背着我蒸的窝头、洋芋进山给谁吃了，是不是领着一群小姑娘很风光啊？你说，你是不是变心了？

大哥一听忍不住笑了，说，你这个婆娘啊，谁给你捣是非了？我背窝头、洋芋进山，是为了多收点蕨菜，都是和咱妹妹一样的小姑娘，我也是当妹妹一样的看；没有她们，我一天上哪儿收这么多蕨菜去？人家卖给谁不是个卖。那些姑娘家里吃的都是白面馒头，吃窝头就是吃个稀罕。你这个傻婆娘，想哪儿去了？

听大哥一解释，大嫂倒不好意思起来，就说了春生老婆是怎么说的。大哥叹口气，说你不知道我一天出去有多难，山上收蕨菜的人越来越多了，可大部分人还是愿意把蕨菜卖给我，主要就是靠这帮姑娘。你不知道，把那些人都快气死了；你知道我后来干吗要带着小斧头吗？我是怕哪天打起来我一个人吃亏，带着防身，也是为了吓唬别人。

大嫂一听吓坏了，说，你可不敢和人打架去，你一直笨，别人伤了你或者你伤了别人都不好，凡事忍一忍。

大哥说，没办法，你看这一大家子人要吃、要花，地里的庄稼还不知道什么结果。其实我知道都是为了生活，都不容易，可是真没办法。

大嫂不再说话，披着被呆坐着。大哥拉了一下大嫂，说快睡吧，我明天早晨还得早点起来。

山村的夜晚静谧祥和，劳累的大哥睡得香甜，大嫂听着大哥轻微的鼾声，久久不能入睡。

四

端梁无形中硝烟弥漫，仅半个月，山头上收蕨菜的人就多了五六个，价钱从最初的一块涨到了一块五。每上来一拨折蕨菜的人，都被各种热情的吆喝诱惑着。大哥仍然守着他的两塑料桶水坐在路边，不怎么言语，那些姑娘的蕨菜别人始终没收走一根。

大哥是这群人里每天收蕨菜最多的一个，渐渐地，春生和那几个收蕨菜的拧成了一帮。不仅和大哥抢收蕨菜，还处处说风凉话挑衅。面对这些，大哥都不回应，每天收多少是多少。他们收的多少钱，他就给姑娘们多少钱。

这天天气很好，端梁和往常一样，会集了各处来的人，吃饱了的牛和驴躲进树荫里卧倒眯着眼睛休息。收蕨菜的人还是分成了两拨守候在山顶。春生领着其他几个小贩子吸着烟、打着扑克等着折蕨菜的人，大哥和几个放牛的小孩一起聊天。

姑娘们出山了，又把蕨菜卖给了大哥。春生看着大哥面前鼓起来的麻包，再看看自己收的十来斤蕨菜，心里很不是滋味。春生掏出一根烟递给旁边收蕨菜的小年轻，和他一边吸烟一边耳语着什么。

卖了蕨菜的姑娘们休息了一下又下山折蕨菜去了。那个小年轻把衬衣的前襟拉起来打了个结，又狠狠吸了一口烟，把烟蒂扔掉，双手插进裤兜走向大哥。大哥闷头整着蕨菜，丝毫没注意面前站了个人。

小年轻歪着脑袋打量着大哥，看着大哥忙忙碌碌的样子，小年轻问大哥，哎，还有水吗，给口水喝。

大哥看向塑料桶里不多了的水，犹豫了一下，还是把桶递了过去。小年轻拧开桶盖喝了几口，并没有把塑料桶还给大哥，而是把剩下的水倒在了大哥面前，一边倒一边用挑衅的目光看着大哥，一副你奈我何的表情。

大哥看着面前这个流里流气的小年轻和空了的塑料桶，一下子涨红了脸。天不亮他就要去挑水，然后装进塑料桶，再让白驴驮几十里山路来到这儿。现在就这样无端地被倒在地上浪费，大哥的胸膛里好像有一把火在烧。

春生嘴里咬着一根狗尾巴草，眯着一只眼睛远远看着大哥什么反应。大哥低下头继续整蕨菜，好像没在意水被倒了的事情。小年轻一看大哥没反应，把塑料桶甩手扔了出去，还撵过去又踹了一脚，塑料桶呻吟着滚向路边。小年轻继续挑衅地看着大哥，大哥仍然整着蕨菜，没有抬头。

塑料桶已经被踢远了，小年轻又打上了大哥的盘子秤的主意，抓起秤杆，把底下的盘子旋转起来，等转完了再甩一圈。大哥整完最后一把蕨菜，把麻包口遮好，抬头看着小年轻，问了一句：玩够了吗？

小年轻看着坐在地上的大哥，一脸鄙夷的表情，仿佛在说，这样了都没个脾气，还是男人吗？大哥说，放下我的秤，我就当这件事情没发生。

小年轻继续甩着玩秤盘子，说，我要不放下呢？大哥站起来了，站起来的同时从屁股底下把他一直带着的小斧头抽了出来拎着。小年轻想着大哥是吓唬他呢，这样一个没脾气的人敢动手吗？

他把大哥的盘子秤扔下，用手指着自己的头说，有斧头了不起啊，来，有本事朝这砍。大哥龇牙一笑，一把扯住小年轻的衣领，抡起斧头朝着小年轻的大腿砍了下去。

远远看着的春生大吃一惊，他只是挑唆这个小年轻触怒大哥，然后他们好出手，让大哥吃点亏，再不要来这山上收蕨菜了。他怎么也没想到，大哥会真的抡起斧头砍向小年轻，而且不是一下。如果真出点儿什么事情，他恐怕也说不清楚，老话说蔫驴踢死人呢，这真是没看出来啊。

小年轻也没想到大哥真的会抡起斧头砍向他，他开始恐慌和后悔，不该听信春生的话来挑衅大哥。

小年轻一声惨叫摔倒在地，抱着大腿哀号不已。此时的大哥手握斧头，像个凶神一样看着在地上打滚的小年轻，一脸谁再惹我试试的表情。

春生他们几个跑向小年轻，本以为会看到血肉横飞的场景，结果只看到小年轻抱着腿疼得乱滚。春生瞬间明白了，原来大哥并没有砍小年轻，只是用斧头背砸了几下他的大腿肉。春生顿时觉得松了一口气，也暗暗佩服大哥的聪明，大腿肉砸了顶多让小年轻疼几天，可真要砍了人，那是要去坐牢的。

大哥不理会这帮人怎么安抚小年轻，拎着斧头去把他的塑料桶捡回来拧好盖子收好，又把盘子秤放好。小年轻被搀扶到一边休息去了，整个中午，山头上都是他的呻吟。大哥又坐在阴凉处，听几个放牛娃吹牛。

下午收完第二茬蕨菜，大家都准备回家，小年轻是被自家的驴驮走的，小年轻的大腿上留下了几个青印子，毕竟是他先惹大哥的，也没办法再给大哥找事。

这件事情就这么过去了，在随后的日子里，再也没人敢给大哥找事了。几个收蕨菜的每天都收着属于自己的那部分，大哥还是收的最多的那个人，这和那帮姑娘一直卖给大哥有很大关系。

五

六月一过，属于蕨菜的季节结束了，没有人的打搅，端梁恢复了往日的宁静。

一个多月的奔波，大哥瘦了，收蕨菜赚的钱不但解决了家里的饥荒，而且还了去年欠别人的一部分钱。父亲的眉头舒展开来，看大哥的眼神都不一样了，以前老觉得这个儿子懦弱没出息，现在看来是自己错了。

不收蕨菜了，休息了一两天，大哥又开始忙农活。有一天父亲去赶集，碰上山外的一个熟人，那个熟人和父亲寒暄了一会儿，试探着问，你家大儿子在家吗？父亲说在啊，那人若有所思地点点头，父亲反问怎么了，那人说没什么。

过了一会儿，又碰见另外一个熟人，寒暄过后，那人也问父亲，你大儿子在家吗？父亲说，在呢，咋了？那人也说没什么。

连续两个人的询问让父亲心里充满了疑惑，为什么他们都问自己儿子在不在家？从收完蕨菜，儿子就一直忙农活，没赶过集也没出过门。

带着这样的疑惑，父亲的集也赶得心不在焉。迎面又碰上了熟人，这次碰见的是父亲的叔伯兄弟，我的堂叔。堂叔看见父亲，第一句不是问好，而是和那两个人一样，问父亲大哥在不在家。父亲的疑惑更深了，一把扯住堂叔的袖子，拉到路边没人的地方说，兄弟，咱俩的关系一直不错，你给哥说说，到底怎么回事？今天不止一个人问我儿子在不在家，出什么事情了？他最近可是连门都没出过，是不是谁给他造什么谣了？

堂叔看着父亲着急的样子反倒乐了，说哥啊，你着啥急？只要你儿子在，这件事情就好说。

这样一说父亲更急了，说，兄弟，到底什么事情嘛？你急死我了，我那儿子一向老实巴交，即使有什么事情，那也不是他的主意，到底咋了？

堂叔一笑，说，哥，别急，走，那有个饭馆，咱俩去一人叫一碗炒面，边吃边聊。

原来，一直给大哥卖蕨菜的那群姑娘里，叫米莱的那个姑娘失踪了，家里人经过排查，初步估计是和人私奔了。但这姑娘在家一直乖巧懂事，所交往的圈子也很透明，除了前两个月上山折了一个多月蕨菜，再没有和身边任何男孩子有来往。在折蕨菜期间，米莱的蕨菜都是卖给大哥的，而且历来很维护大哥。既然不是和一个村子里的男孩私奔，那么大哥就是很可疑的人。

米莱家在山外也是颇有家世的人家，确定了这件事情之后，米莱的父亲很气愤，打算召集子侄们来黑眼湾找父亲要人。村里的老人拦了米莱父亲，说事情还没搞清楚你这样贸然地去不合适，你这样不问青红皂白地就去要人，万一不是人家，只怕你从别那山里出不来。

私奔在当时是一件特别打父母脸的事情，谁都不想被邻里戳脊梁骨，说没教养好女儿。米莱的父亲当时也是气糊涂了，被老人这么一说，瞬间也冷静了下来。

老人说别急，先打听打听，看人家儿子在不，人家也是成家的男人了，又不是小伙子，哪有那么容易领你闺女私奔？

于是就有了各种打听，只要和我们家沾边的人，都被询问过同一个问题，我大哥在不？问了好多人，都说我大哥在家。米莱的父亲失去了目标，只好到派出所报警。

听完堂叔说的这些情况，父亲忍不住咧嘴偷笑，自己那个老实儿子居然被扣上领人姑娘私奔的帽子，他怎么都不相信儿子会有这么大的魅力。父亲一边扒拉着碗里的炒面一边和堂叔说，幸亏他们没来和我要人。他要来，说不出个合理的理由休想离开。

堂叔大笑，说，你儿子是我们看着长大的，那孩子憨厚老实，你就是给他个姑娘他都不一定要，还别说领人私奔。

六

大哥最终还是知道了米莱失踪的事情，忍不住和大嫂感叹，那个姑娘真好，折蕨菜是一把好手，她们那一群姑娘，不管做人还是干活，能比过这个姑娘的不多，也不知道上哪儿去了？

大嫂白了大哥一眼，说，咋，真看上人家姑娘了？在这念念不忘的。大哥一笑：你个傻婆娘，心眼多得很，我就是觉得那么好的姑娘，应该幸福才对，也不知道跟人私奔了会是什么结果。

大嫂拍了大哥一下，你还是好好操你自己的心吧，人家能私奔就有人家的打算。

大哥又是一笑，再不言语。

（原载于《黄河文学》2017年第8期）

那年花开

当我听到那段流言的时候，我是故事里的主角，故事已经结束了。我这个当事人是最后一个知道故事情节的。

故事的另一个主角已经离开了，据说是哭着走的，据说是被我大哥和另外几个人威逼走的。我忍不住大笑，我大哥那么老实的人，为了我也是拼了。

一

阳山洼的桃花盛开的季节，黑眼湾还没有暖和起来。我裹着一件老棉袄，夹着一本书，吆喝着以黑头为首的几十只山羊，奔着阳山洼的桃花而去。那时的我刚初中毕业，因为各种原因再也不能读书。好吧，读不了书就踏踏实实做个农民，但问题我不是个踏实的孩子啊，一边放羊一边还非要夹一本书。

其实放羊是看不了书的，山羊这种动物和我一样，也不踏实，只要黑头一声招呼，呼啦一下，其他羊就前呼后拥地跟着黑头翻山越岭，长途奔袭山外人家种的庄稼。我挺恨黑头的，无数次想父亲为什么不宰了黑头，留着它就是个祸害，一天到晚让我撑着它。面对我的抱怨，父亲数次和我安顿，你放羊只要看着黑头就没事，它在，整个羊群都在。

我一天大部分的时间就看了黑头了。黑头是一只通体雪白只有脑袋是黑色的母山羊，健壮、俊美，如果不是它一天到晚率领羊群造反，我承认它是羊群里一只极出色的羊。

阳山洼的桃花开得正艳，整座山都是粉色的，黑的、白的山羊散布其中，给阳山洼的桃花林添了一点儿不一样的色彩。黑头今天比较温顺，前蹄撑在一棵桃树上啃着嫩枝，颌下的黑胡须有节奏地甩着。我看了好多次，黑头都是这样子好好吃草。它不动，整个羊群就是安静的，都围着黑头在吃草。我低头开始看书，一开始还时不时抬头看黑头在不在，渐渐地就沉浸在《隋唐演义》中，头再也没抬。

不知道过了多久，一抬头，视线里没有了黑头；岂止是黑头，我的羊群都不见了。起风了，阳山洼的桃花摇曳在风中，羊群似乎消失在这桃花中了。我坐在这桃花中有些恍惚，但立马就跳起来了，我的羊呢？羊呢，羊呢？没有人给我说我的羊哪儿去了，我心里充满了对黑头的怨恨，原来这家伙今天所有的温顺都是为了麻痹我。

翻过阳山洼，是一片苜蓿地。经过一冬天的休整，苜蓿探头探脑地爬了出来，在土地上占着属于自己的地盘。我猜黑头十有八九领着羊群偷袭人家这片苜蓿地去了。我把书胡乱塞进书包，也顾不上看书放没放平整，这在平时是我最在意的事情，但今天不同，我的羊丢了，我要是找不回来羊或者羊群吃了苜蓿胀死，我都没办法和家里交代。一天到晚就是个放羊的，操的什么心这是？一想起来回家要挨母亲的骂，我就头疼。胡思乱想着，脚下一点不敢耽搁。

我揉着酸痛的膝盖爬上阳山洼的山顶，抹了一把汗，赶紧用目光搜寻着羊群的下落。可是整个阳山洼的山头上都看不到我的羊，我有点慌了。就一会儿工夫，黑头带着这些羊去了哪里呢？我继续向更远的山头走去，一簇簇苜蓿散落在山梁上，远远看着让人充满了希望。如果翻过那个山头还是找不到我的羊群，那我哭都没地方了。

还没爬上山梁，迎面就遇到了我的羊群，它们像一群旋风远远被驱赶着奔向我。黑头仍然是冲在前面的，我拦住了羊群的去路，想看看是谁在驱赶它们。一匹高大的骡子上骑着一个瘦削的少年，手里拎着一根自制的牧羊鞭子，鞭子迎风甩出"啪啪"的声响，正是这些声响撵得羊群乱窜。我虽然痛恨黑头和我耍阴谋诡计，但真正看着它们被欺负，我还是不乐意。我把羊群拢在身后，手里拿着临时捡的一根比我高的木棍，装出一副理直气壮的样子不满地瞪着少年，质问他这样追我的羊要干吗。

骡子上的少年似乎被我装出来的样子逗笑了，露出一口洁白的牙齿。他没有要从骡子上下来的意思，就这样高高在上地俯视着我，说："你家的羊吃我们家苜蓿了。"听见这句话我心里顿时有点慌，以往时常发生牛羊偷吃人家庄稼的事情，只要主人家发现，一般就会把牛羊赶回自己家圈起来，然后等着牛羊的主人拿等价的粮食来换。他这样骑着骡子追我的羊群，是不是也要把它们赶回他们家？我可不能就这样看着他把我的羊群赶走，我们家的粮食都不够吃，拿什么赔给他。

我握紧手里的木棍，迎着他的目光质问他："你说我的羊吃了你的苜蓿，谁看见了？"我打定主意，今天就是和他打一架，也不能让他赶走我的羊。少年似乎吃了一惊，没想到我会这样质问他。他说："没人看见，但是你的羊确实吃了我们家苜蓿。"我撇嘴："没人看见还说什么说，也好意思说？"少年有点愤怒："你怎么这样不讲理，明明就是你的羊吃了我们家苜蓿，这和谁看见没有关系。"

我继续狡辩："没人看见就是没吃，你休想讹我。"我为自己这一刻的伶牙俐齿感到满意。少年被我气笑了，潇洒地甩了一个响鞭："好吧，你说没吃就没吃。不过你回头看看你的羊现在在干吗？"

一回头，我恨不得现场就宰了黑头以泄我心头之恨，我在这儿为了它们和一个少年斗智斗勇，甚至做好了要打一架的准备，它倒好，一溜烟领着羊群奔向另一个山头的苜蓿地。少年说："那片苜蓿地也是我们家的，现在你看见了吧？"我说："都怪你，谁让你一直和我说话；现在好，我的羊吃了你的苜蓿。如果我的羊有个三长两短，我找你赔。"喊完这句，我也顾不上再看少年的表情，撒腿就朝那片苜蓿地赶，只要羊群不在他家苜蓿地，怎么都好说。

　　心虚加上着急，我跑得很快，当脚下失去重心重重摔出去时，我还想着，完了，羊还在人家苜蓿地里呢，这下这个少年又有话说了。手背的刺痛提醒我，我的手背被灌木刺破了。更可恶的是，就在我摔倒的地方前面五公分的地方，端端正正摆着一堆驴粪蛋，几只早春的苍蝇正享受着，一只还跑到我脸上炫耀。我听见身后的少年在大笑，挣扎着爬起来，手背上的伤口渗着血。少年骑着骡子越过我，朝苜蓿地里的羊群撵了过去，我坐在地上半天没有爬起来，眼睁睁看着羊群被少年驱赶。

　　从小我就是固执的，母亲一直说我犟得和驴子一样。在今天这件事情上，我一直抱着侥幸心理，我以为我可以安全地把我的羊群赶回来。但此刻，一跤把我所有的自信都摔没了，苍蝇品够了驴粪蛋，围着我不停地哼哼，想尝尝我手上血的味道。我没有力气爬起来和少年争夺我的羊群了，我听见少年的鞭子一次次甩出刺耳的声响。鞭子没有打到羊身上，却在我心里抽出一道道裂痕。

　　家里已经好久没吃过一顿长面和白面馒头了，仅剩的几袋麦子还要维持到秋天。一想起要拿粮食去换羊群，我的心就抽搐起来。娘一直说，读闲书误事，这次这个事误大了。我突然很想放声大哭，这样我的无助就可以少一点。

　　在三月午后的山梁上，我抱着自己摔疼的膝盖，把头埋进自己的臂弯，坐在一堆驴粪蛋旁边等着少年裁决我因为疏忽犯下的错。既然错了，就等着为自己的错买单，不就是拿粮食换羊吗，大不了我以后一天吃一顿饭。想到这儿，我突然不纠结了。

你哭了吗？我的思绪被这样一句询问拉回来了。一抬头，少年提着鞭子站在我面前。他好高啊！刚才骑在骡子上，没注意他的身高，现在仔细一打量，除了皮肤有点儿黑，眉眼居然是清秀好看的，特别是一双眼睛，似乎总有笑意。

我吸了吸鼻子，拍了拍屁股上的土站了起来，心想，他在这儿，我的羊呢？经过刚才的几番折腾，羊群也累了，开始在桃树下老老实实吃起草来。我有些诧异，少年怎么没把我的羊赶回家？

"你的手烂了。"少年又一次和我说，我瞪了他一眼，不肯接话，"你要把羊看好呢，春天的苜蓿，羊吃了会胀死的。"少年继续说。

我突然觉得无比羞愧，感情我误会了人家大半天，人家是为我好。少年从自己的棉衣破洞里揪出一撮棉花，拿出火柴点燃，等完全烧完后递给我，让我压在划破的手背上。这是我们处理伤口最简单的方法。

我还是不愿意说话，低头看着我被棉花灰包裹起来的伤口，像一条条黑虫子爬在我的手背上。少年站了一会儿，也离开了，转过一个山梁，就再也看不到他和他的骡子。

黑头和羊群开始细心地吃草了，而我再也没有看书的兴致。阳山洼是附近群山里最高的，坐在山顶，可以看到好多风景。除了漫山的桃花，周围的山上还没有什么绿色。花看得久了，也会让人厌倦，没有绿叶装扮，只有花的海洋，终究是别扭的。

我就这样呆坐着，看着花，看着羊。太阳快落山时，不用我招呼，黑头已经领着羊群下山，害我又是一阵狂奔才撵上它们。

爬上瓦窑坡，太阳还在阳山洼山顶，远远地响着鞭子甩出来的脆响，少年站在夕阳的余晖里，身边站着他的骡子，我猜他是用鞭子的声响向我说再见。

回家以后，因为怕母亲骂我读书误事，这件事被我活生生咽进肚子里，和谁也没有说。母亲问我的手背怎么了，我说自己不小心摔的。身后传来母亲的抱怨：这么大的一个人了，走路也不看着点。

二

原本以为我和这个少年之间不过就是这样的萍水相逢，这样的擦肩而过。但生活就是这样子，它不会让你平白无故地认识一个人。

我仍然每天背着一本书，仍然赶着羊群早出晚归。经过上次的事情，黑头成了我重点监管的对象。阳山洼的桃花已经快开败了，枝头的嫩芽星星点点地朝出冒，看着一朵花从盛开到枯萎，再看着一个孤单的枝条开始发芽，直到开枝散叶最后到结果，这个过程是奇妙的，需要用心去看。因为不时注意着黑头的动向，认真放羊，看书的时间越发少了，日子也从一开始的悠闲变成了单调和烦恼，我开始无比想念学校和同学，回家说的话越来越少。

这天的日子和往常一样，我看着一只鸟忙前忙后在桃树上筑巢。心里有点替鸟着急，你说它安家不找个僻静的地方，把蛋生在阳山洼的桃树上可怎么好？这个地方一年四季都有人有牛羊光顾，万一哪个冒失鬼碰翻了鸟巢，你说它不是白忙活了。鸟不知道我这个人在替它操闲心，仍然傻乎乎地忙活着。

我被一阵悦耳的口哨声吸引了，吹的是《一剪梅》的调子，我从来没听过有人可以把口哨吹得如此流畅。绕过几棵大桃树，我看见了吹口哨的人，他倚在一棵桃树上，半闭着眼睛，吹得很投入，表情看着有点忧伤。他身后，几只绵羊几头牛在吃草，一匹骡子和牛羊拉开距离，高傲地伫立在远处。这不是那天那个少年和他的骡子吗？原来他也有牛羊。

我的到来打断了少年的口哨声，他也站了起来，一脸羞怯。我不好意思地笑了笑，转身准备离开。

"哎，你的手好了没有？"身后，少年突然喊我，我看了一下自己的手，除留了一个疤痕之外，其他的全好了。他不问，我都快忘了还有这件事情。

"好了，还没谢谢你呢。"我突然想着该和他说句谢谢。少年有点儿害羞地挠了一下头发，我们的聊天就这样陷入了僵局，下一步不知道再说什么。我突然想起该去看黑头在不在，连忙和他说，我得去看看我的羊了，别又去吃你们家苜蓿。说完撒腿就跑。我猜我一定是留给了他一个很狼狈的身影，不然他笑得那么开心干吗？

黑头还在，羊群也在，我松了一口气。再找那只筑巢的笨鸟，已然没了踪迹，看来我的担忧是多余的，阳山洼这么大，它和它的孩子总能活下去。少年的牛羊转过山梁也向我这边来了，我一时有点慌乱，因为我不知道和他说什么，而且这么大一座山，就我和他，怎么都让我觉得尴尬。

我掏出书看了起来，借此来掩饰我的尴尬。少年也远远坐着，没有要过来和我搭话的意思，这样正好。满山就剩下他的骡子和牛脖子上挂着的铃铛的声响了。我一时又融入了书中的情节，许久没有抬头。

等我再次回过神来找黑头时，禁不住又想起我老娘骂我的那句话："看闲书误事。"黑头不见了，羊群也不见了，少年和他的牛羊、骡子都不见了。我在心里懊恼不已，怎么一看书就什么都忘了呢？胡乱把书塞进书包，拖着我放羊的木棍，又开始了找羊的过程。爬上了阳山洼的山顶，能猜想到的莫过于羊又跑去吃人家苜蓿。上次足够幸运，少年好说话，这次我不知道我还有没有这样的好运气。

整个山顶苜蓿地都找遍了，没有羊群的踪迹，我又一次慌了。这里没有，我的羊呢？找了这么久，我有点儿沮丧，一屁股坐在山顶再也不想起来，心里想，以后放羊，再也不拿书了。吹着《一剪梅》调子的口哨声又响起来了，我突然想到，坐在这里有什么用，为什么不去问问那个少年见我的羊没。

我循着口哨声找到了少年，少年依旧找了个桃树倚着，一个人悠然自得地靠着。在他身后，我看见了黑头，他的牛羊、骡子都在吃草，其中也包括我的羊群。找到了羊群的我并没有惊喜，反而觉得无比恼怒："赶我的羊为什么不告诉我一声？害我找了这么久！"面对我的质问，少年咧嘴笑了，他说："你的羊是我从苜蓿地里赶来的，我看你看书看得入迷，就没有喊你，想着一会儿羊吃饱了我就赶到你看书的地方去呢，没想到你这么快就找过来了。"

事实证明我又一次误会了少年的好意。听完他的解释，我一时又不知道说什么好。他笑着说："你想看书就看吧，你的羊我帮你看着。"我有些愠怒："我的羊为什么要你帮我放，我看不看书和你有啥关系？"可能是因为一直看书挨骂的缘故，让我觉得他这样说是笑话我，所以我狠狠地驳回他的好意。

"我闲着呢，我就帮你看着羊，你看书。那时候我妈也喜欢看书，我们家以前有好多书。可惜后来书都被我二娘拿去引火了。我没念过书，但我喜欢看着别人看书。"少年诺诺地说了一个让我震惊的理由。我脱口而出："你妈呢？"

"我妈在我七岁时就生病去世了。"少年说这句话时，头低了下去。

"对不起。"我在心里觉得抱歉，我用这么恶劣的态度伤了这个少年的好意。听见我道歉，他迅速地抬头笑了起来："没事的，你就安心看书，羊我看着。"

我没办法再拒绝这个少年的好意，他随着羊群走了，留我在桃树下。一本书，一下午的时光就这样过去了。

下午要回家了，少年早早把我的羊群和他的牛羊分开，和我说明天还是把羊赶来交给他就好，我点点头，没有再说谢谢。夕阳下两个人各奔东西，他牵着他的骡子甩着响鞭赶着牛羊走了，我拖着我的木棍紧撵着羊群着急回家的步子，很是狼狈。我猜少年肯定又在大笑，和他的从容不迫比，我总是慌慌张张。

三

阳山洼的桃花彻底开败之后，一个季节的绚烂结束了，阳山洼开始翠绿起来。此时我和少年已经很熟悉了，他帮我放羊，我坐在山顶看书。

　　某一天，少年送我一根鞭子，这种鞭子是用特质的线纯手工编织的，没有十天半个月做不出来。鞭子由粗到细，有棱有角，粗的地方特意把线撕开配了一个蓬松的缨子，还用墨水染成红色，鞭尾绾了一个死结后，又撕开线，这样只要一甩鞭子，就能发出啪啪的声响。更让人欢喜的是，鞭把是桃木的，用砂纸打磨得光滑细致，握在手里舒服极了。少年有点儿得意地给我演示，怎么才能甩出有气势的响鞭。我突然很想知道，他制作这把鞭子花费了多少时间和精力。还有一个问题，羊一天到晚他替我放着，我要这么漂亮的一根鞭子干啥，难道没事也学少年去甩响鞭？不过这些想法只能藏在心里，我可不想让少年觉得没面子。我把这根漂亮的鞭子拿回家后，一家人都问我哪里来的，我说捡到的。

　　少年大部分时间是跟着羊群走的，在他帮我放羊的这段时间里，黑头再也没能率众出逃。我忙着看书，时常忽略少年，只是在羊群极度安静的情况下，他会坐在我旁边和我聊聊天。从他断断续续地描述中，我想象着他的母亲。

　　少年有一个好听的名字——清源。我惊讶于这个名字的清新和与众不同。因为我周围同龄人不是叫三十就是喊五十一，随便哪个长辈的年龄就会成为一个孩子的名字，而且会伴随一生。少年说这个名字是母亲取的，他很喜欢。

　　清源的母亲不是本地人，包括这个县的所有人都不是本地人，只不过清源的母亲来得更晚一些。清源的外公出生于外省一个大户人家，从小受过良好的教育，后来在子女的教育问题上特别重视，所以清源的母亲是当时极少数的读书人。在一场饥荒中清源的外公家道中落，无奈举家逃难到了这里。在只要有一口饭吃就好的年代，两麻袋麦子就是清源母亲的聘礼。而清源母亲的陪嫁就是逃难时外公怎么都不肯扔掉的一箱书，外公说，唯有清源的母亲才懂这些书。

读书的人在庄稼汉的眼里就是事多。清源的父亲一直没想明白，妻子只要一有时间就翻那一箱子书有什么用？人家娶的老婆既能犁地，又能做针线，唯独自己老婆，做完针线剩下的时间就知道看书，从来不帮他干农活，而且老一副不情不愿的样子。清源的父亲心里对妻子不满，但又不敢说什么。直到清源出生，妻子才慢慢有了笑意。此后的日子里，清源母亲看书就抱着清源一起，时不时看高兴了会读给清源听。

如果日子一直这样下去，我猜清源一定会读很多书。可是在清源五岁那年，母亲突然得了一种病，寻医问药许久都不好转，断断续续两年后终究带着无限遗憾撒手人寰。她去世前对丈夫唯一的要求是，一定要让清源读书。

读书哪有那么容易，别人家的孩子都不读书，清源家离学校二十几里地，清源一个人怎么去读书？虽然答应了妻子的临终请求，但权衡再三，清源的父亲仍然没有送清源去读书。又过了一年，清源的继母带着一个小女孩嫁进了清源家。母亲曾经视如珍宝的一箱子书也在半年时间里成了清源继母引火的工具。看着最后一页纸化成灰烬，清源觉得和母亲之间最后一点关联也没了，清源忍不住号啕大哭，却被父亲几声斥责活生生打断。从此，清源再也没哭过。

清源和我说这些时一脸平静，只是眼底闪着哀伤。我问清源，你将来最想做的事情是什么？清源说，让我的孩子去读书。我合上书本，扭头看着清源，这一刻，我的心里有一种说不出的感动在流淌。我说，清源，以后我每天也给你念书听好吗？清源一下子脸红了，激动地说真的吗？我使劲点头。是的，如果清源的母亲还在，清源此刻一定是个读书人，但是这世上没有那么多的如果。如同我，曾经励志要做个读书人，现在不也赶着一群羊游荡在阳山洼吗？

　　为了给清源读书，我第二天特意带了一本《倚天屠龙记》，我觉得清源应该会喜欢。我不再特意坐着看书，羊群走到哪儿，我就跟着清源到哪儿，读一会儿书，放一会儿羊。这本书断断续续读了一星期，清源听得如痴如醉，每天我要回家时他都一副恋恋不舍的样子。第二天一见面，就赶紧问接下来怎么了，让我快点读。

　　那段时间日子过得太安逸了，清源会从家里带来好吃的饼子，或者背几个生洋芋来生火烤着吃。放着牛羊，读着书，我感叹，神仙也不过如此。有一天清源问我，你以后最想做什么？我说我最想回学校念书去。清源说，那你为什么不念了？我被这个问题问心烦了，扭头不再理会清源。这时的阳山洼到处都是花花草草，一片繁茂的绿。远处的山绿了起来，山下的小河都有了色彩，扭着腰身奔流去了远方。清源被我突然的沉默感染了，也不再说话。两个人各怀心事，看着远方发呆。

　　等我发完呆，清源已经不在身边，牛羊也不在这儿吃草，我为自己突然的沉默觉得不好意思，起身去找清源。又来到了阳山洼的山顶，各种各样的野花开在绿草中，清源手里拿着一个没有编织成的花环，正寻找着他中意的花准备继续编。清源是个手巧的男孩子，他编织出来的花环呈螺旋状，一色的花一组，花全部聚集在花环外围，漂亮极了。看见我，清源咧嘴笑了，他把花环递给我，满心的欢喜从眼角溢出。之前的不快早已经过去，我喜欢这个花环，顺手戴上，大小刚刚好。

我开玩笑问清源，你啥时候娶媳妇啊？这次轮到清源沉默了。两个人又一次无话可说。许久，清源说，我大希望我和妹妹结婚。我一听就明白了，清源的父亲是希望儿子和继女结婚，这样一来，两家人就成了真正的一家人。我问清源，你喜欢你妹妹吗？清源脸红了，说不知道。

突然想起来，半天没有管牛羊，清源提着鞭子走了，我一个人站在花海里，想象着清源未来的生活……

四

日子就这样一天天过去了，每天都是放羊读书，我和清源都不是话多的人，很多时候都是他放羊，我看书，看高兴了给他读一段，他听高兴了也会跟着我大笑。

有一天，清源带了油香和一个鸡腿给我吃，让我很诧异。在庄稼连年歉收的光阴下，一个油香的价值难以用言语表述，鸡腿更不是我们小孩子能随便吃到的。看着这么奢侈的吃食，一时不知道说什么好，我不肯要。清源说，昨天是我妈十周年忌日，家里过乜帖了，鸡腿是我大留给我的，我没吃。

我坚持不要，我无法心安理得地去吃清源父亲留给他的鸡腿。清源急了，说，我明天就不来了，你就吃了吧，那样我走了心里也好受一点。我急忙问，你要干吗去？清源说，我大说我都十八了，再放牛放羊的也没什么出息；二叔在外地的工厂给我找了个活，我大说让我出去干两年活了回来结婚，我明天就走呢。

明天再也见不到清源了吗？我心里突然慌了起来。起风了，阳山洼动了起来，树枝花草都在摇摆。桃树上已经挂着拇指大的果实，只是不会再长大了，野桃树，有价值的只有桃核，果肉是没办法吃的。

清源仍然执意要把鸡腿给我吃，我犹豫了一会儿，拿过来撕成两半，我说，你不吃我也不吃。清源没有再拒绝，接过去慢慢吃了起来。鸡腿很香，但一想起明天清源再也不会来放羊，我说不出来心里什么感受。这些日子，已经习惯了不为羊操心，习惯了给清源读书，习惯了两个人的默契……习惯，真是个坏东西，习惯突然的改变，会让人觉得无所适从、不知所措。

那一天，我们都没有过多的话语，我不知道说什么，清源更是拙于表达的人，面对离别，面对明天的远行，他用沉默表达了对生活和命运安排的服从。为了打破沉默，我开玩笑地说，清源，你出去挣钱时，还会想起你的骡子和牛羊吗？清源说，会啊，我还会想起你的黑头和你。我想着，我要挣钱了，就拿回来供你去学校念书去。我被清源的话吓了一跳，赶紧说，你快好好的，挣了钱就回来娶媳妇结婚去，我上学是没指望了，也许你回来我都嫁人了，还念什么书呢！清源再一次陷入沉默，太阳快落山了，一天又这样过去了。

清源把我家的最后一只羊和他的羊群分开时，离别近在眼前，清源还是沉默着。跨过小河，我和清源处在南北两端，羊群爬上瓦窑坡时，我一回头，清源还站在分离的地方，我忍不住大声朝他喊："清源，明天一路顺风！"他甩了几声响鞭回应我的祝福，然后对我喊道："我挣钱了就供你回学校念书去，你等着！"我没有再说什么，使劲挥挥手。

那天晚上，我梦见我回学校上学了，而我的新同桌，居然是清源。

五

第二天早晨一睁眼，我就想起做的这个梦，忍不住又叹口气。我想回去上学的执念因为清源一句话又死灰复燃，我难道真的希望清源重新供我回去读书吗？我想，我的潜意识里是信赖清源的。

没有了清源的阳山洼冷清了起来，我再也不能安逸地看书。偶尔会和清源的骡子、牛羊邂逅，但放羊的却成了一个瘦弱的女孩，手里提着清源常拿的鞭子，我猜这就是清源的妹妹，一个将来要成为清源妻子的人。我远远地打量着她，我想她肯定也在看我。我不知道清源有没有和她说起过我，在此后的数次相逢中，她都不愿意正视我，而我始终也没有和她搭讪的理由和想法。只是每次看见那匹骡子，我都不由自主地想起清源，想起他给我放羊、我给他念书的场景。

清源走后，我上山很少再背书，因为我知道，再也没有人会操心着替我放羊，我得看好我的羊。代替书的是清源送我的鞭子，我在想起清源的时候，会学着他的样子在阳山洼山顶甩着响鞭，"啪啪"的声响回荡在阳山洼的角落，只是我再怎么练习，都觉得没有清源甩出来的声音有气势。我突然很想知道在城市里的清源过得怎么样。因为我甩响鞭，那个女孩数次看着我手里的鞭子，欲言又止，我一脸冷漠，不给她说话的机会。

今年是个好年景，黑眼湾的庄稼获得了大丰收，连续几年的饥荒得到了缓解。父亲终于决定，卖了这群羊给二哥娶媳妇。这年深秋，黑头和它的伙伴们被一个羊贩子赶走了，看着父亲手里那一沓票子，我追出去，想最后看一眼我的羊群。为了顺利把羊赶走，贩子给黑头脖子里绾上了绳子，黑头几乎是被拖着离开的。和黑头斗智斗勇那么久，在这生离死别的时刻，我开始同情黑头。黑眼湾和阳山洼给了它无限的自由，而现在，一根绳子就捆绑了它所有的自由和命运。我以为，只有我没办法改变不能读书的现状，现在才知道，黑头也没办法改变被贩卖和屠宰的现状。看着黑头的身影消失在山梁上，我的眼泪也不争气地流了下来。

不去放羊了，日子也没有清闲下来。父亲托山外的亲戚张罗着给二哥说媳妇，家里则收拾着给二哥准备的婚房，我更没时间看书。每当我拿起书本时总会想起清源。

冬天的寒冷让黑眼湾也陷入冷清，人们都缩在家里的火炕上不肯出门，日子越来越无聊。我会在阳光很暖的时候坐在崖背山上看着远处的阳山洼，说不清楚在想什么。亲戚家能借到的书都让我借来了，现在已经无处可借，好久没有新书读了，学校似乎也离我越来越远，同学也很久没给我写信过来。我想，他们快把我忘了吧。

就在半个月前，比我大一岁的秀梅嫁人了。我去送亲，被她夫家的亲戚连连追问：谁家的姑娘？多大了？再念书没，没念书也该嫁人了吧？更有一个老太太拉着我的手语重心长地对我说，姑娘，不念书就早点嫁人，女娃，早嫁人早有出息，早生儿子早得济（方言，得到亲属晚辈的孝敬）。我妹妹亲家家有一个男孙子，模样俊，有本事，哪天我让媒人领你们家你看看……

我忘了自己是怎么逃离那个现场的，我只想继续回学校念书去。可学校是我想回就能回去的吗？

六

二嫂在寒冬结束后进了我家的门，她的彩礼是卖了羊，卖了多余的粮食凑起来的。除了必要的口粮，家里的日子又一次开始拮据起来。这时，远方的姨妈给我介绍了一个活。

姨妈家在平原上，那里盛产我们饭桌上所没有的白米。不知道谁说过，女人改变命运的方式有两种：一种是读书，一种是嫁人。和母亲比，地处鱼米之乡的姨妈生活状态远比母亲好得多。而姨妈这次在那边给我介绍活，也大有把我嫁到那里的意思。

阳山洼的桃花又盛开了，我收拾了一下随身的换洗衣服，准备离开黑眼湾。对于嫁人，我想着拖一年算一年，去到一个陌生的地方，哪那么容易嫁。

娘对我的离开充满了不放心，父亲更是落泪了，我很想笑着离开，但最后还是忍不住哭了。我知道这一走，就和学校永远地诀别了，就再也不能回去念书了。我想，父母亲如果知道我哭是因为这个，一定会很失望吧。

再看一眼黑眼湾，再看一眼阳山洼，桃花依旧灿烂，桃树丛中依然是牛羊在吃草。我突然想起黑头，想起清源，想起清源的骡子。黑头最终的命运不得而知，清源远走他乡，我也要离开了，一时之间，伤感如同桃花，蔓延了整个阳山洼。

我对送我的大哥说："把我的鞭子给我放好，我回来了还要用。"

大哥撇嘴："一个姑娘家，要鞭子干啥？"

我说："反正你给我放好，你们都别用。"

其实我自己也说不清楚，我护着清源送我的鞭子准备干吗用。放牛放羊已经不可能了，犁地也轮不到我了。

就这样离开了，当班车把群山一步步地甩在身后，驶向一个我从来没去过的地方时，我的眼泪又一次下来了。这次不是因为不能读书，而是因为我突然很想黑眼湾。

"姑娘，第一次出门吧？"旁边有人问我。我抹了一把眼泪，打量着这个人，看年龄不到五十，穿着时兴的中山装，头发向后梳成我们常说的背头。这是赶时髦的一种发型，除了有工作的人，一般的农民顶多剃个光头，谁会花钱把头发打理得这么好。

他又问我："你这是要去哪里呢？"我说走亲戚家去，就再也不愿意说话了。我以为我的沉默会结束这场聊天，可这个人并没有被我的态度打击到，仍然笑眯眯地逗我说话。

沉默是我一直以来的铠甲，我用它来逃避好多我不愿意面对的事情，我不高兴会沉默，不愿意说话会沉默，累了沉默，想心事时也沉默。但同时，我性格中最受不了的就是别人对我的和善，别人一和善，我就开始柔软，就没办法沉默。

　　这个人很耐心地听完我几乎没有什么情节的十来年的经历，跟着我叹口气说："姑娘，别灰心，世上也不是只有念书这条出路。想我当年，也是一门心思想念书，可命苦啊，三岁死了爹，寡妇妈一个人把我拉扯成人，勉强念了几年书就再也没进过学校的门。后来包产到户，老妈给我娶了媳妇，媳妇是我表妹，我们两个人从小一块儿长大，情投意合，结婚后感情好得不得了。我想着，只要能和表妹就这么过下去，我这辈子就知足了。但是姑娘，人生无常啊，我们结婚第二年，表妹怀孕了，我高兴地跳蹦子。可在生娃的时候，表妹难产，那时候乡里没有个卫生院，全靠接生婆，可怜我的表妹，大人娃娃都没保住……"说到这，他停顿了一下，缓了一口气，才继续说后面的事情。

　　"表妹去世后，老妈也病了，不久也殁了。家里一下子就剩我一个人和一片烂山坡地，我当时心乏得都想跟着表妹和老妈去呢。但是姑娘，我不甘心啊，我就不信我的命这么苦。我一看那一片烂山坡地也没啥指望，索性不种了，我出去给人打零工。攒了一点钱后，我就开始跑生意。叔和你说，除了人我没贩过，再啥都贩了。慢慢地日子就宽裕了，上门说亲的也多了，我就找了现在这个女人，两个人过得也好，最大的女子都十五岁了。所以说啊，姑娘，想开些，人生的路这么长，你不知道你最后的命运会咋样。但是，要朝前看呢，不能老想着自己的不好。"

　　我使劲点头，原来，每个人的故事拉出来，都是有磨难和曲折的。这个人在半路下了车，我没和他说再见，车子启动时，他已经散落进了路边的人群中，再看时，已经没了踪影。我心里突然有种错觉，这个人就像特意安排来开解我的一样，让我豁然开朗。

七

我在新的地方扎下了脚，每天机械地重复着相同的工作。我还是会搜罗着找书看，一看书，就会想起清源。阳山洼已经成了记忆，而给清源读书的情节却历历在目。我读书时他的疑惑、大笑，甚至表情都清清楚楚。清源，你在城市里还好吗？

在川区生活了一年，我回到了黑眼湾。我回来时，阳山洼的桃花开得正艳，而我，虽没有桃花娇艳，却也年华正好。媒人开始频繁光顾我家。相了一场又一场，但是因为各种原因，都没成。就在这时，我小学的同学辉当兵回来待业在家。一次偶然，我们相遇，他已经是精壮的汉子，家里催着让结婚，而我也不是当年灰头土脸的小姑娘。两个人聊起小学时的一些囧事，笑得眼泪都下来了。他要娶媳妇，我要嫁人，两个人开始谈婚论嫁。

两个月后，我和辉的婚事定了下来，只等冬闲时，就结婚成家。

后来的故事是我结婚后断断续续在母亲和大哥那里听来的。

马上要举行婚礼了，我和辉去买结婚的衣服，选结婚的家具，连续好几天都不在家。

就在此时，清源回来了，清源回来的第二天就来黑眼湾找我。我大哥说我不在，问清源找我干吗，清源死活不说，就是坐在我家门口不走。

那几天为了买东西方便，我都住在山外大姐那里没回家。清源天天来找我，但天天都碰不到。娘问大哥，这个娃天天这样子要干吗？大哥和娘说，听说以前和女子一起放过羊，不会是两个人有啥事情吧？大哥的话让娘心里咯噔一下，难道女子和这个娃私订终身了？不然人家娃守着要干吗？这眼看女子要结婚了，这个娃天天这样子让新女婿听到耳朵里会怎么想？

娘是个有想法就会有决定的人。她对大哥说，明天这个娃再来，你就找几个小伙子，先好话说，如果他要再不走，抬也要抬走。

我老实巴交的大哥坚决贯彻执行了娘的决定，连夜找了几个小伙子。清源第二天果然又来了，还是不说找我干吗。

大哥没有太多叙述，我无法想象清源是怎么离开的。大哥说，那个娃听说你马上结婚，哭着走了。哎，他一直找你干吗啊？

大哥问我这些的时候，我怀里抱着我的三个月大的儿子，他正在吃奶，一脸满足和呆萌。婚后的生活，忙乱匆忙，我已经没时间去读书，也很少想起关于清源的事情。

今天大哥重新说起这件事情，我的心还是忧伤了一下。我知道，清源回来找我，是因为他和我说要供我继续读书；他哭着走了，是自责自己回来得晚了，我再也不能回学校。

我笑了笑，没有回答大哥的问题，我要怎么解释我和清源的事情大哥才能不误解呢？他无法理解一个少年如果不是因为爱慕，凭什么哭着喊着要供养一个女孩回学校念书。而我也不知道在我和清源相处的日子里，我们有没有生出情愫。这一切，因为清源的腼腆和我的沉默成了过往。

再后来，因为移民搬迁，我们永远地离开了黑眼湾，再也看不上阳山洼的十里桃花。据说，清源所在的村子也在搬迁的行列，只是不知道他搬迁去了哪个地方。

当我们在一个新的地方安家落户并逐渐安稳的时候，因为网络的普及，我又重新开始读书，并且写作。

有一天，有人加我微信，通过后，对方发来一段语音和一张照片。照片上，一张陌生略显沧桑的脸，眼神有点忧郁。我一开始没反应过来，等再看那双眼睛时，我突然想起清源在阳山洼初次吹《一剪梅》调子的样子。桃花丛中，一个少年忧郁的眼神，和桃花一起在那个春天闯进我的视线，过了二十年，还是未曾改变。

这个人是清源。

当你老了

老太太又来串门，背着手，斜挎着包，满头银发梳成背头，根根抖擞，还有几根散落前额。老太太八十七了，糖尿病三十年，但人很精神，精神到能一个人住院。

医院是个没有隐私的地方，只要你健谈，只要点头认识，不到半小时，对方什么家境，几儿几女，因为什么病住院，儿女孝敬不孝敬就一目了然了。即使你不健谈，只要对方热情，几个回合，你家锅大碗小也就一清二楚了。

老太太记性真好，五六十年前的人和事说起来都有条有理，拉着老邻居的手回忆自己的青春是怎样一点点消逝的。作为援建宁夏的第一批知识青年，他们为建设这片土地背井离乡，付出了太多。现在好了，领着高额的退休金，享受着国家各种补贴，基本没地方花钱去。唯独一点，进出都是一个人。

老太太喜欢输完液体后躲在楼道口吸烟，她可不能让护士发现，发现得说她，老太太一辈子好强，不愿意被人说。吸完烟就开始串门，迎面走来，老远身上一股烟草的味道，还混杂着一股尿骚味，这两种味道不知道哪个遮掩了哪个。

老太太似乎浑然不觉，串门子串得不亦乐乎。坎肩的兜里鼓鼓囊囊的，又是烟，又是打火机，又是手绢，又是手机，一走一甩。

病房在八楼，对面临街，商场、KTV、夜摊，一片繁华地，各种声音攀爬上八楼，让病房和菜市场没啥区别。

马大婶六十多岁，是被老汉、女儿送来的，颤抖得像快要凋零的叶子，又像濒临死亡的病鸡，缩着脖子，蔫头耷脑。老汉看模样总是笑嘻嘻的，而她女儿则皱着眉头，嫌弃完医院嫌弃病房，嫌弃了床位嫌弃卫生，各种不满意从她嘴里不停地蹦出来，空气似乎都流通得慢了，空间显得更加拥挤。好不容易他女儿走了，护士扛着心脏监控、输液泵、氧气瓶、药液、针管……又是量血压，又是测血糖，没一会儿，马大婶就被全副武装起来，双手抱着膝盖，紧眯着眼睛靠在病床后的墙上，护士嘱咐必须卧床，上厕所都不能下来，马大婶眉头紧皱，嗓子里哀怨地飘出一句话，这可咋办？

笑眯眯的老汉留下伺候病人，护士一走，他就断断续续地唠叨，你这样怎么办呢，啊？车棚没人看，女儿儿子请不了假，谁伺候你呢？咱们又没钱，这烂医院，死费钱。

马大婶眉头拧得和打了绳结一样，眯着眼睛一句话也不说。利尿药一会儿就起了作用，她挣扎着要上厕所，可身体被氧气管和液体，还有心脏监控扯住了。喊自己老汉，老汉在唯一的空床位上睡得鼾声如雷。马大婶急得都快哭了，好不容易把老汉喊起来，他笨手笨脚地不知道怎么办，又喊护士，等护士来，马大婶已经尿了一裤子。

九十公分的床铺，怎么能容得下两个成年人安睡？但确实是两个人在那张床上睡了一晚上。女人因为胃里有息肉做了手术，一个人做的手术，一个人输液。下午时分，她坐在病床上焦虑不安，让同病房的人帮她看看，说她哥哥要来。等了一会儿，一个身材高大、略有啤酒肚的男人拎着大包小包出现了。一放下包，他又是打水，又是浸湿毛巾给女人擦手脸地忙个不停，一脸的怜惜心疼。同病房的女人感叹，看人家这哥哥，对别妹妹多好！但到晚上，这对兄妹就开始让病房里的人别扭了。明明空着一张床，当哥哥的却不去睡，挨着自己妹妹躺下了，躺下了不说，还让"妹妹"枕着自己胳膊，最后直接拉怀里搂着了。哼哼唧唧的声音断断续续响起，病房里的几个人只能装睡。夜晚漫长，对谁都是一种折磨。

刘奶奶总是被老姑娘牵着手来输液，像个听话的孩子，安静地躺在病床上，被子盖得整整齐齐。她八十四岁了，保养得很好，眼神清澈，神情淡然，没有多余的一句话。来陪护她的孩子们也一个个谦谦有礼。输完液，刘奶奶又被女儿牵着手领回来，走的时候，总和我安顿：晚上睡我的床上，你辛苦的，总也休息不好，别累坏了。温暖的话语不由得让人心生亲近，希望和这样的老人多待几天才好。

规划了两张床的病房，安置了五张病床，住了四个病人，除了床的过道，这间房再没一点空余。

好在刘奶奶和女人输完液体都回家了，只剩下马大婶和我们，四个人在这间房里。晚上陪护的是马大婶的儿子，他来的时候总会拎各种零食，手里握着最新款的手机，耳朵里插着耳机。他把零食递到马大婶嘴边让她吃，马大婶总是摇头。递的次数多了，儿子也烦了，自己吃了起来。

楼道的灯彻夜亮着，马大婶的病情比较复杂，值班的护士一会儿一趟来我们病房做各种检测。马大婶的呻吟像从骨髓里剥离出来的，黏稠而深不可测。极度困倦下，我刚沉沉睡去，就被这种呻吟一把扯醒，心脏狂跳，一头冷汗，再也无法入睡。加了利尿的药，婆婆四十分钟就要小便一次，她也被心脏监控、氧气、输液泵控制着，只能在床边小解。我眯着眼睛去卫生间提尿盆，心里万般抓狂，伺候婆婆尿完又要端进卫生间，拿尿壶量好毫升才能倒，等冲洗干净尿盆和尿壶，我的瞌睡已经没有丝毫。

每天早晨，女人总是先来，然后男人大包小包，气喘吁吁地随后赶来。男人在女人给别人的介绍里已经换了好几个身份，一会儿是哥哥，一会儿是老公，一会儿是朋友。到底是什么，谁也不能问。男人对女人很尽心，包子、豆浆、矿泉水、瓜子、核桃……两个人吃得慢条斯理，偶尔男人会喂女人，偶尔女人会和男人撒娇。刘奶奶说，看看人家那个老公，多好！

护士已经给那个笑眯眯的老爷子说了好几次了，让买个尿壶量排尿的毫升。老爷爷面对护士，只是憨笑着点头说好，但两天了还没买来。

老太太带着她身上的烟味和尿骚味又来了，坐在床边和刘奶奶拉家常。看见刘奶奶枕头边上放着的老年人用的尿不湿，问多少钱，她也想买。刘奶奶的女儿抽了两片给她，让她试试好不好用，好用了她明天给带着买来。老太太连忙感谢，念叨说这闺女多好啊，我女儿要有你这么孝顺，我也就知足了。刘奶奶问老太太几个孩子，这一问，老太太的话匣子打开了。

老太太当了一辈子医生，五个儿女。退休二十多年了，现在一个人住老年公寓。一个月工资六千多，有房。老太太平时喜欢抽烟，打个麻将，这么大年纪，和小年轻打麻将从来不输。提及儿女，老太太直摇头。说没人来医院伺候，她之前雇了一个保姆，一个月四千五，还得管吃住。刘奶奶说拿钱雇保姆，为什么不给儿女让他们来伺候？老太太一笑，雇保姆我自在，钱给他们，他们都不愿意，所以我也不给他们。别以为我没钱，既然他们不管我，我就不巴结他们。刘奶奶说你要那么多钱有什么用啊，将来死了不也是孩子们的。老太太脖子一梗，他们想得美，我死了，钱全部交党费，捐希望工程。说这话时，老太太两眼放光，额头甩着的头发更加抖擞。

老太太总算走了，病房暂时安静了下来。我在椅子上坐得昏昏欲睡，婆婆的鼾声一阵高过一阵，我起身拉她换了个姿势，鼾声低了下去。刘奶奶今天的液体输完要走，给我指着她的床，让我去睡会儿，说没事，出门了，得照顾好自己，你一个人，抽空能睡就赶紧睡。刘奶奶暖心的话语让我感动，想起第一天住进医院，隔壁床上也住着一个老太太，当时没租来凳子，我在人家床边上坐了一下，人家立马不高兴，又是嘟囔又是甩脸子，让我好不尴尬。

女人今天的液体也输完了，她欢快得像一只小鸟，收拾着东西，和男人念叨要吃各种吃食。男人像哄孩子一样劝说，你刚做完胃部手术，还不能大吃大喝，熬过这几天，想吃什么我给你买。女人噘着嘴，说，这几天我都瘦了四斤了。男人说没事，过两天吃着补回来。

下午的病房里，难得的清静，我躺在刘奶奶的床上，一边看手机一边观察着婆婆。婆婆几年前切除了一个肾脏后，现在又得了严重的肺心病，她大部分时间都在昏睡。但昏睡的过程中，又是说胡话，又是手乱抓，刚住进来那天一天就扯掉了两个留置针头，所以我根本没办法安睡，顶多累极了打个盹。

我听着婆婆胡话的内容不由得苦笑，她所有的心思都在黑眼湾，这个梁，那个峁，和她共度一生的丈夫，和她结怨一辈子的小叔。曾经的牛，养过的驴，已经逝去的黑眼湾人，儿子，女儿……所有这些都充斥在她的胡话里，有时候好笑，有时候吓人。

婆婆的一生都活给了伺候小儿子这件事情上，不让他受一点儿委屈，说她操碎了心一点儿都不过分。此刻在病中，仍然是各种各样的操心，给儿子孙子做饭了没，给牛添草了没，给狗倒水了没……所有的操心中，唯独没有她自己。

住了几天医院，马大婶的病似乎没有大的好转，她一直倒着蜷缩在病床上，时不时呻吟。每天早晨，儿子天一亮就离开了，随后老汉会提着早餐来陪护，说是陪护，其实大部分时间里他要么找个空床睡觉，要么在楼道的椅子上闲坐。护士又一次催问买尿壶了没有，老汉只说马上去买。等护士走了，老汉撇撇嘴，今天让买这，明天让买那，住个医院事情真多。

马大婶一声都不吭，闭着眼睛皱着眉头靠着墙。中午时分，她外甥女来看她了，这是第一次有人来探视。老汉看见外甥女来了，打完招呼就跑楼道坐着打盹去了。看着外甥女，马大婶眼泪下来了，和外甥女说自己这次怕是熬不过去了，住了这么久一点儿都不好转；又说护士让买尿壶的事情，说了几天了老汉也没买来。外甥女拉着马大婶的手安慰她，让她想开点。两个人有一搭没一搭地说着话，直到马大婶的情绪稳定下来。一会儿老汉进来了，外甥女掏出一百块钱递给老汉，让他去买尿壶，老汉推辞了一会儿，拿着钱走了。不一会儿他就买回来了，把剩下的钱递给外甥女，外甥女没要，让他拿着吃饭。

女人每天被男人陪着来去，说说笑笑。来时一包吃的，走时一堆垃圾。今天女人的情绪有点不好，男人也沉默寡言。一回头，男人背对着女人盯着手机屏幕，女人默默地抹眼泪。我和刘奶奶的大女儿面面相觑，气氛一时尴尬。端着盘子的护士进来打破了这种尴尬，她要给女人抽点动脉血。针头挑着皮肉转圈也没扎到动脉血管上，女人大呼小叫地直喊疼。她越喊小护士越紧张，额头上的汗都下来了。护士换了三个，也没抽出点血来，女人压着针孔龇牙咧嘴，靠着男人的胳膊把脸埋进男人的臂弯。男人不玩手机了，一只手搂着女人，一只手指着小护士的鼻子让给解释一下。小护士吓坏了，不知道说什么好。另一个小护士赶紧去喊护士长，护士长来好言劝慰了一番，亲自动手，一针见血，总算把男人女人的情绪给稳定了下来。

从儿子晚上进病房，马大婶就开始唠叨，你骑别人的车干吗？啊？你放在医院楼下被人偷了咋办，啊？人家一万多块的车呢，你怎么这样不让人省心？我的命好苦啊，你说，你姐刚结婚就离婚了，你现在都二十七了还没找到对象。你说，你们是不是要气死我？再说了，你连个驾照都没有，万一让警察逮住咋办？儿子开始还耐心解释，可越解释马大婶的唠叨越多，儿子就有点儿不耐烦了，目不转睛地盯着马大婶，最后长出了一口气，说，你刚好一点儿就有力气骂人了，有这力气你倒是好好养病，早好早出院，也让我正常上班。儿子这样一说，马大婶不乐意了，一下子哭闹起来：我就知道你们爷俩盼我死呢，我死了你们就都好过了是不是？一边说一边开始扯身上的各种管子。儿子急了，一把抱住马大婶，连连道歉，可马大婶情绪激动得不行，哭了一会儿居然开始呕吐，吓得儿子急忙喊护士。护士不知道发生了什么，又是量血压，又是测血糖，各种检查，最后嘱咐安静卧床，不要再乱动。病房恢复了平静，只剩下马大婶的呻吟，儿子无奈地站在床前，像打了败仗的将军般颓然。

一整晚，马大婶时不时喊儿子起来下去看摩托车在不在，在儿子万般不情愿的回应中，我几乎一夜没睡。天刚亮，马大婶又喊儿子，快点起来，趁警察没上班赶紧把车骑回去，骑回去就还给人家……儿子眯着眼睛把头在枕头上撞了几下，爬起来头也不回地走了。随后的两天，不管是醒着，还是小睡一会儿的时候，摩托车三个字都像幽灵一样时不时出现在我耳朵里，马大婶拿摩托车把儿子控诉了一次又一次。探视的亲戚、老汉、护士、病房里的每个人都是她倾诉的对象。好像她儿子不是二十七，而是七岁。

刘奶奶要出院了，她逐一和病房里的人道别。短短几天，相处的情谊已经让人记住了这个和蔼可亲的刘奶奶，我突然心生羡慕，如果我老了，能活得和刘奶奶一样优雅淡然，何其荣幸。

　　我在凌晨时分才能睡一会儿，然后被各种声音吵醒。护士查房，清洁工打扫……七点半就要安排婆婆吃早餐，然后等护士输液。走在街上，脚底下感觉像踩着海绵一样。早晨的银川，卖早餐的摊贩和买早餐的顾客随处可见，各取所需，然后散去；顾客脚步匆匆，摊贩手忙脚乱，城市在早餐中苏醒、繁华，直至拥挤。鼻子里有点儿疼，一揉，黏糊糊的，一抹，原来是鼻血。我用纸塞着鼻孔进了早餐店，这里卖包子油条豆浆。家族式的经营，儿子儿媳在外面蒸包子，老妈妈在里面盛稀饭豆浆。看见我鼻子里塞着纸，老妈妈微笑着，把我拉到后厨，让我洗洗手和鼻子。我尴尬地笑着，她问我伺候谁呢，我说婆婆。老妈妈点头微笑：真是好媳妇！别太累自己了，你这样子一看就是熬的。我端着老妈妈盛的热乎乎的豆浆，心里也热乎乎的。

　　刘奶奶出院了，女人出院了，马大婶正在好转，终于在第十四天，大夫通知我，你们今天下午也能出院了……

（原载于《黄河文学》2016年第4期）

姑娘，你那么好

我临窗站在医院的八楼病房，看楼下马路上的繁华。好几天不见她浏览我空间，不知道她又忙着怎样的琐碎。

这么多年，我一直会在某一天的某个时刻想起妞，总会忍不住咧嘴。我说的这么多年，是指十六年前到现在。认识的那年，妞十四岁，我二十岁。

骤然从山里熟悉的家来到一望无际的平原上，做别人家的保姆，我心里是不情愿的。陌生的环境，陌生的语言，陌生的人，我像一只被收养的小猫，畏畏缩缩，无所适从。妞出现在了我面前，好奇地打量着我，我也看着面前这个长相俏皮、身材高挑的小女孩。她一笑，长长的睫毛弯出好看的弧度，我离家的悲凉被这抹笑淡化了。

在慈祥的老奶奶一串陌生的语言和比画里，我大概猜测是要安排妞和我同住。威严的老爷爷说的话我听明白了，说好好吃饭，吃饱了不想家。

我的方言和妞的方言很快融合，我们俩在被窝里说着话睡去。一切简单而美好，因为妞，我开始喜欢这个地方和这一家人。

这个家庭的生活简单而规律。吃饭、睡觉、看报纸都有固定的时间。我的工作也极其简单，收拾屋子、做饭、洗碗，一周洗一次衣服，仅此而已。妞像只欢快的小麻雀，随时随地和我分享她的开心和惊喜。我所有的不适应因为有妞的存在而被淡化。空闲的时间里我和她形影不离。

那天实在是个意外，午休后我和妞在院子里玩，妞说咱俩出去玩吧，我说不敢去。妞说没事，就一会儿。等我们回来，老爷爷黑着脸大发雷霆，原来我离开的这一会儿时间里，家里来客人了，老爷爷到处找不到我。妞大声替我辩解，说是她拉我出去玩的。威严了一辈子的老爷爷更加愤怒，这个家里，还没有谁敢挑战他的威严。妞的铺盖被隔门扔了出去，且被警告不许再和我玩。那一夜，我没有合眼，而妞在另一个屋子里哭得一塌糊涂。我和妞被"隔离"了，我更加沉默，虽然老奶奶一直和我说，老爷爷一辈子就那脾气，但这件事情始终让我难以释怀。妞偷着在我的笔记本上留言：一定要开心，我会默默陪着你。

我很快适应并且融入这个家庭，他们也特别善待我，只是妞再也没有搬来和我同住。她放学回家会找我玩，我会给她讲故事、包书皮，老气横秋地给她讲道理，教她做事。

日子一天天过去，竟让我有一种错觉，以为我就是这个家的一分子，以为我和妞是血脉相连的亲人，老爷爷甚至要张罗着把我嫁到这个地方，让我拿他们当娘家，他会拿我当闺女一样看待。我曾经也有这样的念头，这样我就不用再回到山里去了。

妞不明白我为什么要离开他们家，大家也都不明白我为什么执意要回去。那天家里来客了，客人问我是谁，老爷爷大声说，这是我家保姆，找来的一个山汉丫头！而这句话恰好被我听到了，表面温顺的我骨子里是偏执的。我以为我可以融入这个家庭，其实我融入不了，既然我的身份是山汉丫头，那我就回我的大山里去吧。

听到我要走，妞几乎哭了，拉着我的手问我还来不来。我说不知道。妞说，你一定要来。我点头，其实心里已经决绝。

回到家半个月后妞的信来了，说她想我，老奶奶想我，老爷爷还在生我气，怪我走了。我看着哭了一场，虽然舍不得妞，舍不得那个家，但我有我的固执。这是我和妞之间的最后一次交集。

一直有听到妞的消息，说毕业啦，上师范啦，工作啦，结婚啦……转眼我记忆里的妞已经为人妻，为人母。那天突然接到妞的电话，千言万语，竟不知如何叙说。

再见妞时，一切似乎来得太突然，我们计划了那么久说要见面，可距离计划的时间一年又多了一年，十六年后，妞已经三十岁，但我觉得她还十四岁。妞说抱一下，我说你怎么还那么高，妞大笑，说意思你低了啊？轮到我大笑，我就比妞大六岁而已，为什么一直在她面前装老呢？

吃饭时和妞面对面，闲散地说着过去的事情，我心里是很惊讶的，妞说的好些事情我已经忘记，她却记得我说过的每一句话。她责怪我这么多年居然可以不联系她，我微笑，无从解释。妞还是妞，我还是我，在我们对视的眼睛里，时光又流淌回了曾经。

抢救室

护士一边处理着不滴的输液管一边使劲儿抱怨我：让你看着看着，你怎么看的，回血出来这么多，针头都堵了。标准的银川普通话，字正腔圆。

其实是点滴不滴了我就开始找她，足足五分钟没有找到人。我沉默不语，看着她用带情绪的动作不停地缠绕输液管，再松开，满怀希望地盯着点滴，希望它恢复正常，有回血的输液管缠在她白嫩的手指上格外刺眼。如此反复，抱怨反复，第五遍时，我开始说话了："我那会儿找了你半天找不到。"护士回头看我一眼，有点儿吃惊。我知道她奇怪，这个有点儿邋遢，有点儿土的女人，怎么会说普通话？抱怨停止了，我便继续沉默。这个地方已经足够让人焦虑，我不想和她争执。

抢救室一溜窄活动床，没有一张是空的。它不像医院的一部分，倒像人来人往的客栈。前脚转走了一个病人，后脚立马来一个。来的病人形形色色，年龄不一，性别不一，病情也是各种各样。

绿衣女人脸黄得有些过火，她不停地看我，可能觉得我和她有共同的特点，乡村的风和地里的活计给我们烙上无法摆脱的印记。我报以微笑，但她始终皱眉头，不肯笑。我不知道她什么病，但此刻，抢救室能用的仪器都给她用上了。她老汉看不出具体年龄，头发眉毛夹杂着灰白，脸上的皱纹是岁月开垦出来的实验田。此刻的他，拿着一根剥开的香肠递给绿衣女人。女人摇头，男人固执地不肯拿开，女人的眉头皱得更紧。女人没有拗过男人，赌气地咬了一口香肠，转过头有气无力地开始咀嚼。

等我再出去时，男人蹲在拐角处，手里拿着一瓶啤酒，一口一口喝着。他看见我，有点腼腆地笑了，说，我喝一口，在病房护士骂呢。我笑了笑，转身走了。灯光下的他，脸上的皱纹更深，就那样靠着墙壁，在酒精里寻找温暖和信赖。

女人捧着肚子，弯腰皱眉地挪进来，后面跟着女儿和男人。小女孩不过四五岁，一脸茫然，可能是被爸爸妈妈从睡梦中叫醒带来的。男人去办住院手续，女人挪到病床边，弯腰爬了上去，呻吟声在灯光下拉得很长，小女孩扁着嘴，呆呆地站在床边。

几个壮小伙子簇拥着一个彪形大汉冲了进来，大汉鼻青脸肿，腰上按着的卫生纸被血浸透，裤子上也满是血痕，大夫用酒精棉清洗着伤口，大汉挺着腰硬撑着。清洗得差不多了，大夫戴着医用手套探视伤口，食指触摸进了伤口里，大汉一声惨号，惊得病床上的几个人都抬头看。大夫一脸平静地嘱咐，去那边缝合一下，大汉龇牙咧嘴地说，还要缝针啊？大夫没好气地说，这么长的刀口，不缝怎么长好。

来抢救室的人和赶集一样，来了，走了。一个父亲扛着昏迷的女儿来了，一个女儿陪着因失去儿子伤心过度的父亲来了，满头白发的老太太领着心脏病突发的老伴来了，摔了腿的姑娘被男朋友背着来了……整个夜晚，抢救室成了医院最喧闹和忙乱的地方，小世界的人们，尽情体味着悲喜无常、世事难料。远处灯火辉煌，大部分人安睡在自己温暖的小窝里，享受平淡平静且安生的生活。

夜在继续，时间一点点过去。

六月，北京

路过摄影棚，大屏幕上一个男人用一口不太标准的普通话在试着演讲，内容是他走了多少地方，穿坏了多少鞋……我抬头看了一眼，一只超大的旅行背包放在他跟前。

"出了阳关，我再回头，身后送我的朋友跪在地上，我知道他们在祈祷我能活着回来。"这是我偶然抬头看着这个男人并且记住的一句话。这句话让我鼻子发酸，尽管我不知道这个男人出阳关干吗去了，他是做什么的。

还没来得及细想，"姑娘"催我去试衣服，我怎么也没想到，我偶然抬头看见的这个男人，会和我一块儿站在台上演讲，会成为我这次参加北京卫视《我是演说家》栏目的对手。

三个月前，我接到"姑娘"的电话，说她是北京卫视的，邀请我去参加《我是演说家》栏目。接到电话的第一时间我有点懵，我已经几年没看电视了，不知道这个栏目是干吗的。我的意识里，这种节目就是真人秀，我一个写文字的干吗去？我找了一堆现实中的理由拒绝着"姑娘"。"姑娘"没急着挂电话，坚持说让我考虑一下再说。

多方询问，百分之九十九的朋友支持我去，可我仍然犹豫，想起多病的婆婆，不会做饭的爱人，田里的琐碎农活……我的头就大，他们会同意我去吗？

"姑娘"是我对北京卫视这个联系人的称呼，我没问她叫什么名字，据说她大学毕业才一两年。她没放弃我，一直和我联系去北京的事宜。我有些漫不经心，我怕答应了到时候去不了咋办？纠结和矛盾困扰着我，我在去与不去之间左右为难。

让我真正下决心去的是舅舅的一番话。当舅舅得知我对去北京卫视录节目的事推三阻四时，声音一下子高了起来："你以为你是谁！多少人花钱想录一次节目都上不去，你还在这犹豫不决……"我一下子开朗了，是啊，我以为我是谁，既然有个舞台，干吗不去证明一下自己？

早几天我就在准备，给自己置办了衣服、鞋子。要去北京，一切都不能太寒酸。"姑娘"开始说是订火车票，可随后又改成订飞机票。心里还是小激动了一下，飞机，我从来都是抬头在天上看到的。

我兴高采烈地准备去坐飞机，想着下午就能到北京。可坐在候机大厅时，却听说北京暴雨，航班延迟，四点二十的飞机改成了七点一刻。苦苦等到五点半，拿到机票，托运了行李，过了安检。隔着玻璃看到了飞机，比想象中的大得多。想着一会儿就能坐上，心里多少有点儿忐忑。

没一会儿，头顶的喇叭又传来通知：北京暴雨，航班取消。心情瞬间沮丧到极点。和"姑娘"一说，"姑娘"也无奈，查了一下，说不行飞青岛，然后坐高铁进京。但我们从来没出去过，到青岛摸不着北咋办？

几番电话商议，"姑娘"说去赶火车吧，刚查了，晚上十点半的火车，还来得及，明天下午两点到北京。

出机场打车飞奔火车站，到车站已经是下午六点多了。火车票买得还顺利，晚上十点四十，我们踏上火车，车窗外细雨蒙蒙，火车一声清鸣，心也跟着飘摇，北京对我而言，是一个遥远的地方！

一番奔波，我们落脚在顺义区的一个小镇上，远处一片片麦田已经呈金黄色，再有几天就可以收割。零星散落着几片玉米地，公路边的排水沟都种上了玉米，一片蓬勃。高度和宁夏的玉米差不多，但我发现种玉米的地高低不平，一打听，原来这里雨水宽广，玉米不用灌溉，顿时心生羡慕，同样是玉米，我们那儿的玉米只能靠灌溉活着。

傍晚的小镇开始热闹起来，路边的烧烤摊坐满了人。一些银发老人采摘了自家的蔬菜瓜果，有序地摆在路边任人采购，他们摇着蒲扇，坐等顾客挑好、过秤、收钱，然后整理好被翻乱的菜摊，继续等下一个客人。小镇上卖菜的占一边街道，卖小商品和衣服的占另一边街道，互不影响，井然有序，似乎千百年来，大家都是遵循着潜在的规矩直到今天。京城的小镇，是一片烟火人间的缩影。

　　同学靖驱车五十多公里赶了过来。同在北京，相见并不是那么容易。不见已经二十年，彼此都苍老憔悴了，靖已经不再是当年那个瘦削单薄的少年。他在京城打拼了十来年，有了自己的餐馆，是个不大不小的老板。他说这里离长城不远，想带我们去看看。一导航，又是五十公里以外。我心生忐忑，怕耽搁他做生意。他说他就今天闲着，明天还真没时间，就别客气了，走吧。一路前行，他讲述着自己这二十年的生活，谈及现在，他说，生意、家庭都算顺心。看得出他的知足幸福，衷心为他感到开心。

　　远眺长城，崇山峻岭间蜿蜒、古朴、厚重的古城墙历经沧桑依然挺立。一步步向上，难以想象当年的工匠们是怎么完成这项艰难的工程的。一块块石头、一块块青砖倾注了多少血汗和泪水！我想每一个到这里的人，都应该是怀着敬畏的心、震撼的心、感慨的心一步步登上山顶的。向一代代埋骨在长城下的修筑者默道一声谢谢。感谢他们的智慧和付出，让后人看到如此伟大的工程。

　　一路向上，几乎每一块青砖上都刻着这样那样的字迹，留下各地的地名和繁复的名姓。我在疑惑一件事情：长城上没有任何利器或石块，这些字是怎么刻上去的？难道这些人在打算游长城之前就准备好了刻名字的工具？他们想和长城一样留存千古吗？可长城还在，这些刻字的人又有多少还在？站在长城上，不禁感慨，长城不倒，中华民族的智慧不倒，青山依旧，我辈当自勉！

　　下午饭是在靖的餐馆吃的，有家乡的味道。我也见到了另一个同学虎子，他在京城也有自己的事业，和靖是堂兄弟，这些年在北京，彼此照应着。下午虎子送我们回去，一路聊过去，老同学这些年在京城打拼的酸甜苦辣一一呈现。每一个光鲜亮丽的身份背后，都有不为人知的艰辛存在。心疼我努力进取的同学，愿以后的日子里，他们一切如意！

"老马拉面鲜肉人家"是小镇上唯一一家清真饭馆，经营各种面食、炒菜。我们是顺着街道东西南北奔走了一圈，"众里寻他千百度"才找到的。

要了最常见的拉面，并没有西北老家那种常见的味道，只是量很足，价钱是老家的一倍。吃着寡然无味，出门在外，权当充饥，也没什么可讲究的。连续几天都在那里吃饭，每次进去，老板都会笑一下算是迎接，我们也以微笑回敬。

认识鹰哥纯属偶然。在新散文写作群，只要鹰哥一出场，气氛立马活跃，三言两语必定笑倒一片。他幽默风趣，博学多识，口才极好。我钦佩鹰哥的学识，就加他了。之后，只要在新散文群碰见鹰哥，我都会喜庆地说一声"鹰哥吉祥"，就这一句话，和鹰哥认识了。

进京之前，和鹰哥说了一声，鹰哥说只要去了就找他，他会带我们玩。之后又有几次微信上询问我什么时候可以忙完，他来接我们。见到鹰哥是在北京的第五天，中午时分，在牛街的十字路口。满头大汗的鹰哥和照片上不太像，同行的还有新散文群里的安老师和漳义门老爷子。看见精神抖擞的漳义门老爷子，我不由得想起父亲，想去搀扶老人家。老人家摆摆手表示不用，他可以的。我的嗓子哑着，不能发声，只能比画着拣主要的说。

看着一桌子北京特色菜，心里满满的感动。安老师为我们逐一介绍着菜,并且不停地让我们吃,说别客气。我却连句谢谢都说不出来。

"姑娘"一边翻着资料,一边嘟囔:真是够奇葩的。我疑惑,问她怎么了。她说居然把她负责的两个选手在比赛时放一块儿了。

我知道我是她负责的其中一个,那另一个是谁呢?"姑娘"说是雷老师。我问干吗的。"姑娘"说,他是吉尼斯世界纪录"世界上徒步旅行距离最远"的创造者和保持者。我脑子里一下子闪出我刚到摄影棚看到试镜的那个男人,难道就是他吗?手机百度了一下,顿时觉得惊讶,雷殿生,一个创造了奇迹的男人,和他同台,我的那些故事有什么值得说的?对于第二天要录制的节目,我顿时忐忑起来。

晚上,我的房间来了另外一个漂亮姑娘,她来给我指导怎么演讲才合适。我一直不是个太善于口头表达的人,演讲对我而言,是个陌生的话题,更何况还要当着二百多人的面。面对这个姑娘,我就乱了,一遍稿子说得语无伦次、结结巴巴。她一直微笑着看着我,和我说,大姐,你可以的,咱慢慢来。您说话没问题,就是语速太快了,咱试着慢下来。来,再试一下。

从晚上八点到十二点,四个小时,我不停地重复着稿子,她逐字逐句地给我纠错。每过一遍稿子,她都鼓励我一下,就这样,我的状态越来越好。但同时,我的嗓子也出了状况,白天登长城喝的水少了,晚上一直出声念稿子,睡觉时,嗓子开始嘶哑起来。顿时忧虑,明天,声音出不来怎么办?

七月十七号,早晨起来嗓子依然嘶哑,我急着出去找药店,买了含片和清咽利嗓的药,赶紧吃,赶紧含。嗓子没严重也没好转,下午就要录节目了,这样行吗?

在化妆间看到了雷殿生,一个棱角分明、刚毅的男人。我的嗓子没有好的迹象,我问昨天给我指导的姑娘怎么办,她说没事,让录制组把耳麦的声音调大一点。节目三点录,但我们两点就到场了,她找了把椅子让我坐下等着,我觉得自己全身都在抖,昨晚睡觉已经两点,今天又起得早,嗓子这样子,我觉得自己很糟糕。

等的过程中听了一场演讲,演讲者是一个电视台的节目主持人,口才、舞台经验让她站在台上应对自如。我的手心里全是汗。

雷殿生上台了,接下来就是我。再一次听见他说出阳关,回头看见朋友跪在地上为他祈祷,让他活着回来时,眼睛还是湿了一下。我的紧张依旧,我怕自己上台后什么也说不出来。

雷殿生演讲结束了,还有和导师的一个互动,我已经站在幕后等着上台。幕后只有我一个人,顿觉孤单,我想起了我的朋友们,她们在我来北京之前就是各种鼓励和期望。我怎么能让她们失望?我一边想她们一边甩着手臂玩,突然不紧张了。她们和我说,娟,你只要把自己想说的说出来就好,你不需要任何修饰!

扣人心弦的音乐想起,鲁豫老师介绍我出场。屏幕升起,我踩着灯光上台了。王刚老师、乐嘉老师、鲁豫老师和现场五位谏言团评审,二百名观众就这样出现在了我面前。简单介绍之后,鲁豫老师说,慧娟,不要紧张,你就当我们是你种的玉米,你大胆地讲。

她的话让我心里温暖。演讲开始,几分钟后结束了。说实话，我不知道我的演讲是怎么结束的。连续半个月的死记硬背，昨晚四个小时的强化记忆……掌声响起来时，我知道我说完了。

一切好像都结束了，我嘶哑着的嗓子，我几个月的纠结，我来时的种种困扰，我三番五次抄稿子的辛苦，在掌声响起来的那一刻都结束了。

雷殿生又被重新请回来了。我们两个人站在灯光下，有一个人终究要离开，我想着离开的那个人一定是我，他吃了那么多苦，走了那么多路，如此执着坚持，精神感天动地。

然而，我们两个人让谏言团和观众都为难了。王刚老师说，我们一个是用脚行走，一个是用心行走；一个值得敬仰，一个值得学习。此时，雷殿生说了一句话，他说这个舞台只能留一个人，那么他希望留下的这个人是慧娟，如果是别人，他一定要争一下，但是和慧娟，他就不争了。谏言团几位评审的点评也很精彩，但是我没记住多少。

又一次扣人心弦的音乐响起，观众投票决定我们的去留。我一点儿都不紧张，因为去留不是我考虑的，能和雷殿生同台，能来这个舞台完整地演讲下来，对我来说已经超越了自己。所以结果是什么，已经不重要。

音乐停下，投票结束，我们一起回头，我比雷殿生多了几票，意味着我晋级了。我有些恍惚，直到走下舞台还没反应过来，怎么会这样呢？

楼道很长，我拉着给我指导演讲的那位姑娘的手，一起往外走，她的手有点儿凉。窗外是一个小镇，夜晚让它静谧而单调。拐过楼梯口，我就必须得松开她的手了，此后再见与不见，谁也不知道。脑子里有这个想法时，吓自己一跳，我怎么了？我和她萍水相逢，本就是生命中的过客，怎么会想到再见或者不见的问题呢？

　　回想和她认识的这段时间，打交道的次数屈指可数。第一次见她，就被她严苛地训练了四五个小时，折磨到嗓子嘶哑，之后一个星期没有说出话来。我居然死心塌地地不怨恨她，还感谢她把我练出来了。

　　感谢归感谢，我却没想着会有今天的难舍之情。我勉强笑了一下，她给了我一个拥抱，算是道别。一回头，我泪流满面，好像我要失去我最爱的一本书一样无法释怀。月光拉长了她的影子，月光下的姑娘，如玉。

　　她似乎扮演着一个救人于水火的角色，在我觉得自己四面楚歌、无能为力、夜不能寐的时候，她的电话来了，我所焦虑的一切事情都解决了。那时的她，在我眼里犹如神人，和她见面顿觉亲切。接触的次数多了，我就追着她聊天。棚里的女孩很多，都是刚毕业不久的大学生，六月的北京天气极热，她们这个职业要不停地奔走，好多女孩都是一身简单的行头：一条短裤，随意的T恤，平底凉鞋，甚至拖鞋。年轻的化妆师清一色的乞丐裤，留着各种颜色的头发和怪异的发型。只有她是不一样的，总是穿着得体的衣服，略有高度的高跟鞋，合适的淡妆，在嘈杂的人群中像一朵安静开放的荷花，对谁都是面带微笑。我远远地看着她，在想一个二十五岁的姑娘，怎么会有如此优雅淡定的气质。

　　她工作的间隙，我黏着她聊天。以前，我一直以为她那么美的笑是因为有很多的爱支撑。但当她平静地叙述自己的生活时，我才知道，她的笑是因为坚强和责任。我拉着她的手，心疼不已，确实是心疼，而不是同情或者其他。这世上的一些人，是不需要别人同情的，她们活出的姿态，是一般人无法企及的，比如姑娘。

六月，北京，邂逅的那些人，经历的那些事，必将让我一直怀念。

（原载于《朔方》2017年第3期）

心在远方

我出生的地方叫黑眼湾。为什么要说这个地方呢？因为它四面环山，交通极不方便。小时候我很痛恨黑眼湾，无数次想我们为什么要住在山里，而我的亲戚们却住在我认为美好的地方，兰州、吴忠、银川。我特别羡慕住在平原上的亲戚，他们不用像我们为了走出黑眼湾走得腿疼。

我的外公是河南人，我的爷爷是陕西人，因为某种原因他们落脚在了宁夏泾源。然后我就成了宁夏人，而且是深山僻壤里的宁夏人。我小时候时常爬到山顶呆坐着，一直幻想群山之外，没有山的地方，会是什么样子，但我看到的除了山还是山。我小学时看课外书知道河南、陕西都是繁华的地方，就抱怨我的外公和爷爷，为什么要舍弃那么富庶的地方跑到这个穷山沟里来，他们要待在陕西或河南，那我肯定不是宁夏人。

痛恨也好，抱怨也罢，我作为宁夏人，作为黑眼湾人的事实已经无可改变。咋办？陕西和河南肯定是回不去了，那就老老实实做宁夏人。

因为住在山里的缘故，我小学一年级是在吴忠姨妈家上的，那是我第一次对外面的世界有了概念。然后二年级我又回去了，但对于同龄的孩子来说，我可是见过世面的人。

初中时我接触到了很多课外书，学地理又知道了许多地方，突然就心生梦想，希望有一天能去看看黑眼湾以外的地方。

理想是美好的，现实却是残酷的。初中时我严重偏科导致中考成绩很差，而那年黑眼湾的庄稼因为天灾颗粒无收，无论复读或者上高中，我的父母亲都没有能力承担。就这样，我失学了，蜗居在黑眼湾，去看远方成了不可企及的事情。

记得有一次我在QQ空间发了一句话："如果可以，我们一起留在黑眼湾！"我的一个网友当时就拿白眼翻我：黑眼湾有二十兆宽带覆盖的网络吗？有移动4G的网络吗？如果你在黑眼湾，谁会知道有个溪风？

移民搬迁像一股春风吹遍了西海固土地上的犄角旮旯。凡是交通不便、地理位置不好、生存环境差的居民都在搬迁之列，我在二十岁的时候终于离开黑眼湾，第一次踏上远方的路。

我的远方是红寺堡区，我开始在这片土地上重建家园，生儿育女。几年下来，远方已经不再是远方，生活的劳碌把人变成了千篇一律的模式，种地，打工，打工，种地。我在某一天突然发现，在漫天黄沙和火辣辣的太阳下，我已经失去对远方的想象。

而我周围，一张张熟悉的面孔却被岁月带走了青春年少。我有点怕，如果有一天我们离开这个世界，那么黑眼湾发生的故事，我们身上发生的故事，这片土地上发生的故事谁会知道？我们就像历史长河中的一粒微尘，永远消失。

我陷入了恐慌和焦虑，难道我在这个世界上什么都没有留下就要消失吗？这时候我接触到了网络，有了一批大江南北的网友，在他们的空间我看见了远方的模样，知道了外面的世界是什么样子。网络，为我打开了一扇想象的窗。

我尝试着像他们一样，在空间写下几段笨拙的句子。直到有一天，我的网友们感叹：溪风，你用笔勾勒出了西北广阔的天地和不一样的风土人情，让我们好向往。看见这句话的时候，我萌生了一个想法：我可不可以把我们平时的生活记录下来，让更多的人来了解这片土地上发生的故事，来关注我们的生活？

于是在每一个空闲的时候，我都会拿手机随意地记录一些事情：季节的变化，庄稼的收成，好玩的事情，邻里的琐碎，我的感悟，等等。不知不觉，网友越来越多，看我空间的人也越来越多，而书写记录，已经成为我的一种生活习惯。

写得多了，对远方的向往就更加热切，但现实中有太多的琐碎需要打理，远方于我，仍然是一场遥不可及的梦，即便我的文字已被发表，并且得到越来越多的人的关注。

今年三月，我接到北京卫视《我是演说家》栏目组的电话，邀请我去他们节目，说实话我当时吓了一跳。我就是个写字的农村妇女，去演说啥？而且我一直没觉得自己口才有多好，但是栏目组一直鼓励我，周围的亲戚朋友也给我鼓劲儿加油。我跟自己说，要不去试试吧，这么多年，一直向往远方，这次远方就在面前，不如去看看吧。

于是我第一次坐着火车，去了北京，远方的天地果然是另一番模样，我终于站在了远方的土地上，感慨万千。《我是演说家》的舞台上，真的有太多优秀的人。和我同台的雷殿生老师，是真正行万里路的英雄，他是吉尼斯世界纪录"世界上徒步旅行距离最远"的创造者和保持者。他像一座山一样值得人去仰望；而我，是哪里都没去过的。这样的两个人，有什么可比性？无论谁晋级，我都以能和他同台为荣。虽然我不能和雷老师一样走万里路，但我可以让自己的心去远方飞翔。

我的远方并没有结束，北京回来之后我又很荣幸地参加了《回族文学》笔会，去了美丽的新疆，邂逅了一批仰慕已久的知名作家。

远方就这样猝不及防地来到了我面前，我其实是惶恐不安的，和这些优秀的作家在一起，我看到了自己的不足。写作，犹如逆水行舟，不进则退，需要长久的坚持和不断地突破自己。我又一次问自己，什么时候，我也能和他们一样优秀？

一路走来，其实也听到了太多打击的声音。有人说，我写的根本就不是文学；也有人说，我是因为参加《我是演说家》才发表的文章。其实我也灰心丧气过，但每一次看到我的网友们的鼓励，我又一次次地鼓励自己，即使我写的不是文学，即使我写得不好，我还是要写下去。因为，我不写谁会知道我生活的土地上发生了什么？我周围的人经历了什么？作为一个农民他的一生是什么样子？那天一个姐姐说的一段话更让我坚定了写作的信心，她说，我们不是为了要当作家才去写作，而是要用温暖的文字去暖人心。

在多方的支持下，我的散文集《溪风絮语》结集出版了。这本书的背后有太多感人的故事和太多朋友付出的心血，要感谢的人太多，就不一一列举了。也许作为一本书，它并不是太完美，但是里面的文字全部是我用真诚书写下来的。希望带给大家一段美好的阅读时光，让大家的心情可以安静愉悦，并且能有所启发。

故园二题

北山有归处

爷爷最终葬在了北山上,父亲想起来就抹眼泪。

马姓在华兴村是大户,旧坟院在一百三十年的时光里接纳了这个家族所有去世的侄男子弟,妇孺老幼。轮到爷爷去世时,坟院已满。爷爷的父亲母亲、三个哥哥都落脚在旧坟院,唯独爷爷此刻无处可去。父亲极希望在老坟院为爷爷觅一处落脚的地方,起码父子兄弟是一个整体,但族里管坟院的人说,坟院满了。

迁新坟是大事,爷爷落脚在哪里,就意味着爷爷这一支的后世子孙都要在百年之后落脚在那个地方。

黄花川是一条绵延数十里的狭长的河床,水源早已枯竭。两边是山，川里遍地黄蒿，多年前，一群逃难的人急于落脚，一眼就看上了这个地方，他们就是马家先祖。马家先祖骑着毛驴，选了黄花川最宽阔的地段，那里有一眼清澈的山泉水可依托。

一把火让一川黄蒿不复存在，却让一个家族落地生根。百年风雨之后，家族开枝散叶，子孙满堂，昔年先祖规划的坟院却再也容不下一个后人。

黄花川两边的山都是梯田，新坟地落脚在自己的地里是最好的。华兴村生养了父亲，父亲却在这里没有一点点土地。往事不堪回首，当年的对错与公平比起爷爷下葬，都成了小事。父亲抹着眼泪，急于找寻一片土地埋葬爷爷。

二叔唯唯诺诺了很久，说自己虽然在北山顶上有半亩地但那是自己最好的土地，自己靠那些土地养家糊口呢，做坟地可惜了。二叔的土地在北山顶上，不高不低，土地耕作多年，温润肥沃，从爷爷分给二叔，就为二叔养家糊口立下汗马功劳，二叔舍不得亦是人之常情。父亲斥责了二叔一顿，说这是我们大家的事情，不光是我们的事，还是我们的儿子孙子的事。二叔不再反驳，沉默了许久，爷爷的坟地就这样定下来了。

爷爷生前是个德高望重的人，为人耿直严谨。爷爷下葬那天，整个华兴村的老幼都来相送。

父亲年轻时因为生计被迫离开华兴村，没有分得爷爷的一分家产，在与华兴村一山之隔的黑眼湾自立门户，生儿育女。爷爷老了，父亲总想着回归华兴村。所有的生计都在黑眼湾，回华兴村意义何在？但父亲仍然想回来，他请爷爷给他一片宅基地让他盖房子，可惜爷爷已经无地可给，唯一能给的地方已让三叔盖了房子，因为没有房子，父亲终究被华兴村抛弃了。

三叔搬离了老宅，这处宅子曾经是马姓家族兴旺的见证，三进三出的院落依稀可以看见旧日的繁盛。昔年兄弟离心最终各立门户，家族的荣耀也一去不回。父亲说起这些旧事，总是唏嘘不已，大有不能重振家族辉煌的遗憾。

父亲最终从三叔那里花钱买下了老宅，母亲反对，哥哥反对。但是反对无效，在这个家，父亲的固执和权威没有人能对抗。

父亲买下的老宅大部分时间都是空着的，院子里又长起了黄蒿，父亲定期去清理一下。直到爷爷病重时，老宅才有了用处。父亲背着铺盖，带着简单的锅碗瓢盆入住老宅。

爷爷这一病就是半年，父亲早晚守在炕跟前，端汤侍药，陪爷爷说话，黑眼湾所有的生计交给大哥打理。爷爷去世，父亲泣不成声。

爷爷葬在了北山，北山俯瞰着华兴村，我们在老宅一抬头，就能看见爷爷的坟地。每次上坟，父亲都得从黑眼湾出来，回到华兴村，再爬上北山。在数年来来去去的光阴里，北山成了父亲的一种念想，父亲觉得，他最终也是要陪伴在爷爷身边的。

老宅自爷爷去世后又一次闲置了下来。几个月之后，院子里的黄蒿比屋檐还高，瓦片上长着绿绿的苔藓，墙上的泥皮掉落得七七八八，屋檐下的鸽子也离开了。老宅用我们看不到的速度衰落了下去。父亲站在老宅的院子里久久不语，半天说了一句：房子还是要住人呢，人是房子的精神。

父亲一生不甘平庸，即使在四面环山的黑眼湾，也力图把日子过得红红火火，安逸富足，这让他付出了比其他邻居多几倍的体力劳动，也让他深感地域限制下的郁郁不得志。

搬迁是一个谁也没想到的话题，黑眼湾被列了进去。远处是一场遥远的风景，是新生活的希望。父亲最终决定离开黑眼湾，离开黑眼湾就意味着父亲放弃了回归华兴村、住回老宅的想法。

最后一次在北山给爷爷上坟时，父亲又一次哭了。他知道这一去，就再也不能陪在爷爷身边了。

搬离后的几年里，奶奶去世葬在了北山，族里夭折的孩子也葬了进去，新坟院里终于不再是爷爷一个人，远方的父亲稍微安心了一点。

来到新的地方，住的人多了，生老病死也就多了起来。这里最先规划的还是坟院，父亲拿出自己平时精打细算的本事，主动承担了村里坟院的选址、面积预算以及最终的落实，一切都按父亲预想的那样实现了，父亲对这里的坟院很满意。

短短几年，坟院的新坟逐年在增加。某年的冬天，父亲也葬进了这里的坟院，他走得很仓促，仓促到没有来得及交代自己的后事。

二十年后，北山依旧。各种蒿草茂盛在各个角落，当年大家养家糊口的土地因为退耕还林政策早已回归了最初的样子，黄蒿遍地。爷爷奶奶安息的地方，坟茔已经略显平坦。

多年不见的表兄弟姊妹们浩浩荡荡上了北山，上坟时在乱草丛中踩出一条小径，直达爷爷奶奶的坟前。站在北山顶上一回头，老宅已经没了踪影，取代它的，是红墙绿瓦的新农村。

父亲，再也回不到北山。

永远的黑眼湾

一只鹰在头顶一圈一圈绕着飞,天空蓝得有点儿单调。午后的黑眼湾,我们一行人站在崖背山上对着一片蒿草地茫然不知所措——以前的村庄呢,我们的家呢?

我们不顾路陡、草深、尘土飞扬,小跑着冲进曾经的村庄。野鸡接二连三地从蒿草中蹿出,扯出尖锐的声响,划出美丽的弧线,栽进了大咀山的灌木丛中,足足飞走好几拨才安静了下来。

我们就这样毫无准备地走进了黑眼湾,我们要在这片蒿草丛中找我们曾经的家。好在我们家在村子边上,大哥指着一棵粗壮的榆树说,这就是咱家院子里那棵榆树,记得不?

从我记事起,院子里就有这棵榆树,我和二姐动不动就在树上拴根绳,自娱自乐地玩跳绳,童年就这样晃了过去。以前院子里房子少,没觉得它怎么样,后来父亲重新盖房子,黑眼湾能盖房子的地方只有那么点儿,这棵榆树就横在了新房子的窗前。

榆木在山里不会被庄户人家重用,上房不用,做家具不用,一般只是烧柴。我们无数次因为这棵树遮挡了新房子的视线而厌弃它,咬牙切齿地建议父亲砍了烧柴。但不知道为什么,父亲总也不同意,这棵树在父亲的庇护下留存了下来。站在这棵树下,想起曾经院子里的红火,我突然无比想念父亲。

父亲总是在一天的农活结束后坐在榆树底下泡一杯酽茶,一口一口慢慢地喝,仿佛能把生活的劳累也一口口吞咽。村里的年轻人都喜欢他,不忙了总会找他来下两盘方,简单的对弈中,笑声不时从树下传出。

笑声似乎还是昨天，只是我们再回来时，已经时隔二十年。二十年是一个怎样的概念？侄子走时还拖着鼻涕，如今，他的女儿已经一岁；父亲走时尚是强健的，如今，他已经在另一个地方安息；我走时，尚且青春年少，如今，我的孩子比我高了。二十年，足够完成生老病死的交替和生命蓬勃成长的过程。

找到这棵树，当年的院子似乎被复原了起来，我们尽力寻找着记忆里遗留下来的痕迹。我站在只剩十几块土坯的土墙边喊二哥，快来快来，这是你的家产，赶紧来认领。二哥大笑，过来抚摸着土坯，满眼的感叹。

当年分家，是全家人给二哥盖的两间房子，土坯是大哥和二哥自己打的，木头是一根一根从山里拿肩膀扛回来的，和泥的土是套起驴车从瓦窑坡拉来的，修房子的艰难和不易仿佛是在昨天。后来二哥为生计所迫离开了黑眼湾，再回来，他辛苦修建的房子只剩这几块土坯了。他的家，安在了离黑眼湾很遥远的地方。二哥转身和我说，给我拍张照片吧。镜头里，在黄蒿的掩映下几乎看不到土坯，但我想，这是二哥一生的念想，只要二哥看见这张照片，就会想起自己曾经的青春岁月。

侄子指着院墙边的几棵树说，这是我当年挪过来的樱桃树和酸梨树，你看都长得和碗口一样粗了。大哥发现了横在黄蒿里的倒下的电杆，扒拉开蒿草让我们看。电杆丝毫没有受损，曾经木质的电表箱子也没有朽去。

当年为了让四面环山的黑眼湾通电，我的父兄和乡亲们拿出了愚公移山的架势，十几米长的电杆，用车拉、肩扛，一根一根运进了黑眼湾，让这个黑了几辈子的小村庄的夜晚明亮了起来。大哥坐在电杆上，久久地坐着，岁月如同一条无底的长河，不经意间，就把人半辈子的光阴吞噬了去。

站在石崖沟的沟畔上向下望去，小瀑布早已没了踪影，连曾经的泉眼也被砂石坍塌湮没了。歪脖的杏树还挂在石崖上，把身子探出去看着石崖沟。树上有一只破旧的鹊巢，没有人住的地方，连喜鹊都不留恋。

侄子站在鼻梁洼上，远远望向韭菜梁的方向，身影有点儿孤单。韭菜梁不止有韭菜，还有李子、毛核桃、面梨豆豆、野柿子和许多叫不上名字的野果。在物质匮乏的年代，那里寄放着我们共同的童年。

水泉沟已经进不去了，黑刺、灌木、蒿草争先恐后地强占了水泉沟的道路。我们站在路口，伸长脖子，极力想看清楚蒿草和灌木丛后面能不能过去，看了半天，一致选择了放弃。

我们曾经的打麦场是黑眼湾唯一平坦的地方，两根电杆搀着变压器成了场边醒目的建筑，除了它们，黑眼湾的一切都被夷为平地。面对现代化的机械，所有的建筑都是渺小和不堪一击的。

当年一到春天就被杏花、梨花淹没的黑眼湾，在这个冬天里没有了任何记忆里的印记。我们站在黑眼湾的天空下看着这些，突然有种感觉，我们成了多余的。

没有人愿意坐车出黑眼湾，我们沿着山路慢慢前行，黑眼湾默默地送我们离开。上了大咀山山顶，回头看，在崖背山上、韭菜梁上都有铲车活生生地在山体上撕裂出来的大路。现在开着车，可以到达黑眼湾任何一个角落。

远远看，阳山洼的桃树依旧稀疏地散落着。这个季节，我们无缘看到十里桃花的香艳。我突然想起曾经，那个桃花林里吹口哨的少年……

再回头，再看一眼，这是我们记忆里，永远的黑眼湾。

（原载于《黄河文学》2018年2/3合刊）

一路向北

奔跑的火车像摇篮一样，让人很快睡去。夜半，我被冻醒，各种不适应，轻微头疼，嗓子不舒服，颈椎隐隐作痛。睡觉时车里有暖气，没有盖被子就睡着了。

清醒，摸来手机，凌晨三点，旅途已经过去大半，再有五个小时，我们将抵达北京。

又一次远行，身前身后，各种琐碎，让我有点狼狈，但最终还是顺利踏上旅途。婆婆说，你出去照顾好自己，回来了赶紧接我回家。妈妈说，去吧，东西都带上没？哥哥说，钱够吗？不够和我说。天气很冷，心暖暖的。

火车和铁轨撞出轻微的噪声，隔壁铺位上的老奶奶坐了大半夜，她身体不好，怕晃，只能坐着。她女儿连自己的铺位都没去睡，跟前跟后地伺候着，嘘寒问暖，关怀备至。人老了，能被这样宠爱，何等幸福。

闪烁而过的灯光洒过脚下的六十本书，我在为它们发愁。拉书的架子进站就坏了，所幸姑娘等在车站送我，帮我拎了进去。在候车大厅，姑娘说为了送我，买了一张车票，又说给我买了一个水杯、两支护手霜、一个笔记本以及手套。看着眼前亭亭玉立的姑娘，我说不了一句感谢的话。

而从出版社到车站，姐姐和侄子也是一路相送，又是搬书，又是请吃饭，又是拎行李，语言始终是苍白的，有些好，只能记在心里，且记一生。

三包书，两件行李，和老王会合时，我狼狈不堪。姑娘和老王帮忙，在东奔西走之后总算都安置在了车里。一回头，姑娘已经离开，空旷的站台，没有送别的声音。

我在心里左右计划，我和老王都没办法把四件行李和三包书带出火车站。正愁呢，微信上有朋友发消息，说他哥哥也和我们一起在这列火车上，并且给了电话号码。没一会儿，杨哥找了过来，原来我们和他隔了一截车厢。同是去鲁院学习的同学，初次见面，就觉得亲切。说起书，杨哥说别愁，咱三个人一人背一包去就是了。

一夜颠簸，火车进站，我们三个人一人拖着两件行李，提着一包书出站了。找寻地铁路线，研究线路图，各种折腾，三包书拎得越来越重，我有些抱歉。杨哥和老王始终说没事，一直帮我拎着，还不时回头关照我，看我跟上没有。

走出地铁站，上午十点钟，阳光正好，看见鲁迅文学院几个字时，一路没有叫苦的杨哥说，哎哟，终于到了，我的小手都快被勒断了。三个人相视大笑，都松了一口气。

北京，我们来了。

我不是个好人

一

上午十点，阳光正好，我和师兄闲散地坐在鲁院的宿舍里，我们就这样谈起了死亡。

一说死亡这个词，我总是想起我逝去的亲人，但一想起他们，我就觉得我不是个好人。我人生中第一次面对死亡是我小外甥的离世。他是大姐唯一的儿子，当时只有三岁。

我只记得在一个冬日的下午，我们一家凑在厨房的炕上吃饭。厨房烟熏火燎多年，光线不是很好。窗户纸被我用手指蘸着唾沫捅了好几个洞，漏着冷风，刮得我脖子凉飕飕的。母亲一边吃饭，一边骂我不省事，我缩着脖子朝嘴里扒拉饭，一句都不敢回，但我知道，如果母亲再糊一张纸，我还是会捅几个洞出来的，因为我要窝在暖炕上看外面的山，乱窜的狗，来串门子的人。我那时候八岁。

屋里进来了一个人，让屋子里的光线更加昏暗，我认出这是山外本家的叔叔。他大口喘着粗气，对母亲说，芳芳的儿子因为意外"口唤"（去世）了，你们快准备一下。

我一直好强的母亲饭碗一扔，夺门而出，父亲和两个哥哥也慌忙走了。我看见大嫂和二姐开始吧嗒吧嗒掉眼泪，我端着碗不知道剩下的半碗饭该吃还是该放下。我不知道"口唤"是一个什么概念，更何况我对我的小外甥也没什么印象。可是看着仓促离开的父母亲和流泪的嫂子、姐姐，我预感这个"口唤"是一件很大的事情。但我仍然没有想哭的意思，我想把我的半碗饭吃完，二姐对着呆头呆脑的我照头甩了一巴掌，斥责我：都什么时候了，还惦记着吃？我的牙嗑在碗边上，她也扇疼我了，我开始号啕大哭。我的半碗饭被夺去喂了家里的白狗，我在我戳出的窗洞里看见它撅着屁股，摇着尾巴吃得兴高采烈。

我感谢二姐的一巴掌，打得我用哭的方式附和了她们的悲伤心情。直到后来，大姐因为小外甥的离世所遭受的一系列的变故，才让我深切地体会到，当年，这件事情对她的打击有多大。我开始自责，我不是个好人，不能感同身受大姐的悲伤。

二

大哥的女儿是在存活了两年之后突然离世的。现在想来，她的小模样很可爱，而脑瘫这种疾病让她一直没怎么成长。

我是不喜欢她的。十岁的我一放学就得抱着她，因为大嫂要做晚饭给我们吃。我想去和小伙伴玩，想看小人书，还要做作业。但我每天的放学时光只能抱着她，她霸占了我所有的课余时间。我总是把小小的她架在我放平的双腿上，机械地抖着，直到抖得的我的双腿麻木，坐得屁股生疼。

脑瘫让她间歇性地抽风，她的小脑袋会扭向一个方向，然后全身僵硬，绷成一张弓形。这时候她会大哭，眼泪顺着脸颊滴下去。好一会儿她才能恢复正常，柔软下来。我之前总是跟着她一起大哭，可每天这样子，渐渐我也麻木了，看着她哭完，该干吗干吗。

在我读三、四年级的那两年里，每天放学我都抱着她。她除了哭，偶尔会在极舒服的状态下笑，再就是不停地抽风。她也会把我的裤子尿湿，把屎拉在我的裤子上。和她同龄的孩子已经满地跑了，咿呀咿呀学着叫爸爸妈妈，她还是那么小一点儿，我抱了她那么久，她都不叫我一声姑姑，这让我很嫌弃她，时常指着她的小鼻子骂她笨。

两年的时间里，她被我心不在焉地摔过，白眼翻过，心里抱怨过，但她从来都没有办法表达自己的情绪，我怎么样她都得承受。现在想来，我是多么的恶劣。

她去世的那一天，我因为抱烦了她，坚持留宿在二叔家不肯回去。心里为自己的聪明沾沾自喜，我终于可以拥有一天自由时光。

第二天上课，我的同学山女递给我一张纸条：你们家的凤凤"口唤"了！我一下子懵了，那个两年都让我没有一点自由空间，叫凤凤的小孩子没了吗？

我的眼泪奔涌而出，无论我怎样嫌弃她，她都是我的亲人，我希望她享受这个世间的阳光和活着的权利。我没有见到她最后一面，我下午回家她已经被安葬，整个院子都空了，只留下有她气息的一堆尿布。我放学后终于不用再抱她了，但我为什么这么想哭？

二十几年过去了，我始终记得她为数不多的冲我笑着的表情，小脸可爱。这个世界，你曾经来过。

三

在我的爷爷奶奶、外公外婆相继"口唤"的时候，我已经明确知道了死亡的概念，而且知道这是这个世界上谁都无法逃脱的命运，也是这个世界上最公平的事情。

在他们的葬礼上，我只是象征性地落了几滴泪，那也是看着父亲母亲流泪才触景生情，此后再也不曾悲伤。

爷爷奶奶、外公外婆在世时，儿孙众多，每个家族都有二三十个孙子孙女。我既不聪慧，又不娟秀，所以很难被宠爱，所以一直觉得和爷爷奶奶、外公外婆有距离。我一度很想做个被宠爱的孙女，但后来才发现，这是我的一厢情愿。

几个老人都是善终于世，儿孙孝顺，人生圆满，所以我觉得没什么好哭的。但看着舅舅姨妈、叔叔姑姑们悲伤的表情，我再次自责，我不是个好人。

四

直到有一天，我的父亲辗转在家和医院之间，饱受病痛折磨的时候，我的心开始慌乱起来。陈旧性的心肌梗死和新发现的肺心病，大夫说，随时都有生命危险，也许在起床翻身，也许在睡梦里，也许在上厕所的时候，这种病说犯就犯，总之要注意。

每次在医院，各种医疗器械在父亲身上大展身手的时候，父亲因痛苦而战栗的身体和无助的呻吟一次次撕扯着我的心。一方面我怕大夫的预言到来，一方面我又希望父亲能多陪伴我们几年。

一次次寄希望于现代化的医疗手段，一次次又看着父亲饱受折磨，我的心像绷紧的橡皮筋，再也没有松懈下来。

两年时间，父亲病了，好了；好了，又病了。慢慢地，病的时间比好的时间多，大部分时间都是在医院度过。每次去看他，他都是一脸无助，一脸期盼，却又一次次催我们回去打理日子，不要把时间浪费在医院里。

有时候，父亲也会流下无助的眼泪，因为疼痛，因为煎熬，更因为不舍，更多的时候他都是微笑着的，他说人总要"口唤"，这是谁都没办法的事情。每次看着他的煎熬，我心里都会有一个邪恶的想法：与其这样痛苦，不如早点结束生命。我在心里默默祈祷，希望我的父亲"口唤"时，不要有太多痛苦。

那一天终究是来了，快得让人猝不及防。父亲在又一次住院回来后，一切生命体征平稳，当时大家都松了一口气，觉得父亲这次在家待的时间会久一点。

我无数次设想父亲离世时会是什么样子，我以为在经历了两年的煎熬后我可以坦然接受父亲离世。但我错了，当我狂奔着迈进父亲家，看见他躺在冷冰冰的地板上的时候，瞬间的疼痛感让我喘不过气来。

我无法接受这样的现实，他怎么可以这样狠心，在我们都不在身边的时候悄然离开。他一辈子怕麻烦别人，所以他这样离开，还是说我的祷告被接受了，让他走得这样匆忙。

我开始恨自己之前邪恶的想法，我为什么要祷告他结束痛苦？之前就算他痛苦着，起码我还是有父亲疼爱的人，现在好了，他解脱了，此后，我再也没有父亲了。

眼泪里的盐分浸蚀着我的脸，生疼，但心里的疼更是无法言说，我长跪在父亲的坟前，任冬天的冷风把我穿透。那一刻，我不是个好人。

雨在天堂

一

老沙蹲在田埂上不肯回家。中午的太阳在天空像个大火球，烤着他，也烤着他的玉米。他的脑门上全是细密的汗珠，多了就汇成一滴顺着鼻尖、下巴滴到脚下的土地里。老沙脸上被汗拉出一道道印记，像一条条弯曲的小河。

玉米底部的几片叶子已经枯黄，顶部的叶子不由自主地拧了起来。干旱让它们拼尽最后一丝力气仍然不能避免枯萎。灌溉的水遥遥无期，这个地方一个多月没有下雨了。

老沙脚下被汗滴湿了小小的一片，看着玉米又一次无精打采，老沙的眼睛湿了。他是个勤快的农民，他一直相信只要勤快，土地就不会亏待人。

自从搬迁到这个地方，老沙在这片土地上付出的劳动一直是别人的两倍。第一年地不平整，别人都凑合着种，老沙不，他叫了辆铲车把地整了一遍，他在平铲车铲出的壕沟，忙了半个月，结果种出的玉米还不如别人家的。

第二年，别人还是按原来的方式种玉米，老沙却种起了覆膜玉米。七月高温，覆膜的地非但没保墒，地表温度还比没覆膜的地温度高，把玉米差点烧死。老沙急了，不眠不休地在地里撕薄膜，一时成了别人的笑话。等秋收，玉米又一次不如别人家的好。

近两年流行拿平地仪平地，老沙又平了一遍地，把所有的农家肥集中到地里，又换着花样地给地里上化肥。别人的地锄一遍，他骂着让老婆儿子锄两遍，别人都用化肥车推化肥，他把化肥一把一把丢在玉米跟前，再拿铁锨铲土埋掉。他就不相信，他如此实诚地对待土地，土地还能亏了他？

但是现在呢，脚下的土地干得快裂开口子了，急得他想用流出的汗、滴下的泪拯救一棵玉米。抬头看着天空，太阳面无表情，云彩也躲得没有一片。

儿子出门打工去了，是和老沙吵了一架走的。儿子说，再这样种地，迟早就饿死在这片土地上了。他暴怒，不种地你吃屎啊？儿子说，人家好多人不种地照样吃香的喝辣的，没见饿死一个，你就知道守着你的地，你守着，反正我不管了。老沙一巴掌扇在儿子脸上，说你给我滚，不要再回来。

老婆早晨和一帮女人去温棚上摘辣椒了，一小时六块钱。

天没亮就走了，棚里温度那么高，一早晨挣个二三十块钱有什么意思？可没这二三十也不行啊，老婆子十天半个月也能给他几百块，可以买水票、买化肥。老婆今年都没有给她自己买一件衬衫，想到这儿，老沙有点儿怨恨脚下这片土地了，它怎么就像喂不熟的白眼狼呢？

老沙被太阳晒得头晕，看着远处，大地似乎要着火了一样，翻腾着阵阵热浪，身边的水杯已经没水了。他听见有人喊他，一回头，老婆找来了。老婆头巾上还残留着几片辣椒叶子，衣服后背一片汗渍，眼睛有些失神。

老婆抱怨他，这么热的天气不在家待着跑出来干吗？老沙哼了一声不愿意回答。老婆看着低头耷脑的玉米，重重地叹了口气，也不知道说什么好了。两个人就这样站在田埂上，陪着玉米一起晒着。

老沙的电话响了起来，掏出来一看，是儿子打来的。老沙把电话递给老婆，老婆白了他一眼接通了，儿子问了一圈家里的事情，然后又问玉米咋样。电话在免提上，老沙是能听到儿子的询问的，他一下子觉得委屈，好像受人欺负的小孩看见大人了。

儿子继续安顿，玉米已经那样了，让他们不要再难过了。他在外边已经找到活了，让老沙不要担心，干到年底，一定比玉米的收成好。

老沙又一次抬头看着太阳，太阳仍旧面无表情继续发热，想着儿子在外面每天顶着太阳要干十个小时的活，老沙开始后悔打了儿子那一巴掌。

二

　　村道的树荫下，围坐着几个女人，旁边几个孩子跑着玩闹、嬉戏。说是树荫，其实也没多少阴凉。柳树上的叶子正一片片往下掉，在地上稀疏地落了一层。兰嫂子抓起一把，细长的柳叶一片金黄。才七月初，再这样下去，连个乘凉的地方都没了。

　　几个女人开始议论，说今年怎么就这样旱呢？她们已经两个月没有活干了。钱越来越难挣，可日子还得继续，柴米油盐酱醋茶少一样都不行，人情世故缺一点都会被人笑话。孩子要上学，老人要吃药，地里要灌溉、要种子化肥，牛羊要吃饲料，这些哪一样都少不了钱。

　　前几年还好一点儿，苗木基地、蔬菜大棚、葡萄园多多少少都在雇人。只要勤快，哪个女人一年不挣个几千块钱，虽然不能发家致富，可维持这些基本的开销还是可以的。可这两年，市场上葡萄饱和、苗木降价、蔬菜大棚一改再改，能用机器的尽量不用人，必须雇人的尽量少雇人。她们就这样被市场和机器替换淘汰了下来。

　　自来水也停了一个月了，家家的水窖存水都不多。她们都有点儿焦虑，这样下去，日子怎么过？乡村自给自足的模式已经不复存在，曾经她们吃的面、油、蔬菜都是自己家地里产的，但是现在这些东西都要拿钱买。她们现在和城里人的消费水平差不多，却没有他们那么便利的就业条件。

　　村道上的蜀葵没心没肺地开着艳丽的花朵，它们没有被干旱影响。舍儿奶奶把洗脸刷牙的水、洗锅的水都积攒下来浇了这些花,让它们给这炙热的村庄增添一点亮丽。

什么似乎都萧条了,前几年随便养几只母羊,一年生两茬羊羔都够生活了,村道上天天是收羊的贩子。现在一只大羊也不过几百块钱,反倒没人要了,越来越多的人处理掉羊,不愿意再饲养,草料那么贵,不赚钱,养它干吗?

女人们在闲聊中说着各种忧虑,其中一个女人的手机响了。她男人打来电话,说天气太热,钢筋把他手上的皮都烫掉了几层,他想回家。女人的声音一下子高了起来:地里的活我都干完了,你回来干吗?别人都能干,你为什么不行?你不干活欠那么多账拿什么还?电话那边长长地沉默了一会儿,男人挂掉了电话。女人哭了起来,边哭边说自己命苦,不是她狠心不让男人回来,而是家里实在没办法了。

他们春天贷了两万块钱贷款,卖了两头牛,准备在院子里盖一座新房子。本来这些钱单纯搞个主体也就够了,可在上房梁那天出事了。一个帮忙的邻居一脚踩空,从五米多高的房顶摔了下来,身体多处骨折。为给邻居看病,她家花了一万多元。本来预算好的钱现在有了空缺,只能和亲戚借,算是勉强把房子盖起来了,门窗到现在都没安上。

这样一下子就欠了将近四万块的债务。前几天一个亲戚要账要得急,他们把一头大肚子母牛卖了,给人家还了,女人说起来心疼得不行,养了好几年的牛,眼看着一头变两头呢,就那么贱卖了。现在就指望男人在外边打工挣钱过日子,他再回来,这日子咋过?

女人的哭诉让大家都觉得心情沉重却又无能为力,每一家都有这样那样的不得已。

柳树叶子还在往下掉，一片一片。起风了，天上没有云彩。

三

凌晨四点，村道上开始喧闹起来，这是属于这个季节特有的繁华。枸杞熟了，孩子放假了，于是女人们开始拖家带口领着孩子摘枸杞。虽然一天只能挣个几十块钱，可总比一天花几十块钱强。太早了，孩子不愿意起来，当娘的就施展各种方法。脾气好的，拿钱诱惑；脾气不好的，直接拿鞋底子招呼。枸杞不在本村，骑车要四十分钟，有三轮电动车的自己早早就走了，没车的集中在一起等着车来拉走。大人小孩让村道在黎明时分喧闹起来，一会儿又归于平静，走了的已经开始一天的劳作，没走的还沉睡在梦乡。

和劳作沾上关系的活儿没一样是轻松的，摘枸杞也不例外，蹲着不行，站着也不行，一会儿腰就受不了了。就那么大点儿颗粒，要一粒粒地摘下来，久了谁都心疯。

这两天早晨村道上突然安静下来。摘枸杞的人少去了一半。一问，原来前天路上出车祸了，一个女人半夜三更慌慌张张骑车去摘枸杞，被一辆大车追尾，车子被掀翻在路边，人跌落在路上。大车逃逸，等人发现，女人已经没了气。路过的人都见了事故现场，一时间都不想再去摘枸杞。紧接着又有消息传来，另一个女人拉着三个孩子去摘枸杞，天黑没看清楚路，居然把车骑进了大渠，车子摔得变了形，娘仨都受伤了，好在渠里没水。还说一个女人带着孩子摘枸杞，天气太热，孩子中暑，在医院里住了一周才回来。大家心里开始胆怯，生怕自己成为下一个出事故的人。这样的事情每年都在发生，听到的不过是少部分。外面打工的男人们，打电话安顿的第一件事情就是不让老婆孩子摘枸杞去，挣钱事小，安全事大。

可他们的女人才没那么听话，家里那么大的开销，靠男人一个人挣钱不把男人累死才怪，摘枸杞虽然挣得少，可买菜买西瓜总够了吧。消停了两天，恐惧的心理没那么严重了，女人们又开始跃跃欲试，三五成群结伴去摘枸杞。

前天有人给我讲了个笑话，说她们早晨去的时候，路边一个女人把电动车骑进了林带，电动车挂在树上，女人躺在草堆里，不知道什么情况。他们让司机停车下去看看，被司机一顿骂，说看什么看，现在的人你敢看吗？不说她自己骑下去了，我们去一看，还说我们把她碰下去了，赶紧走，该干吗干吗。等他们下午回来时，电动车不见了，女人也不见了。

那人是当笑话说的，我惊愕了半天没缓过神。如果有一天我们也不知死活地躺在路边没人管，那是不是我们对别人生死冷漠的报应？

四

高老汉始终没想明白，七八岁的娃娃、年轻年老的女人都能骑着电动车跑，为什么家人、邻居都不让他买电动车。

高老汉两只手抱着膝盖坐在村道的树荫里，把头枕在膝盖上，歪着脑袋看着面前来了去了的电动车，心想着自己哪天也能骑着电动车在村道上奔跑，去邻村的市场买东西，去地里割草，去镇上领低保和残疾补助。可这一切的前提都必须是他得有辆电动车。

四年了，看着别人家都买了电动车，唯独他家没有，高老汉就气得骂老婆儿子。十亩地一年大部分是他在种，一群羊是他一个人喂，牛的草一直是他在铡。想想夏天，割那么多草，都得他一个人拿人力车拉回来，上坡时脖子都快扯断了也没人帮他一把，凭什么玉米卖了钱给儿子拿着，凭什么儿子骑着三轮摩托车而不给他买辆三轮电动车？老婆子太偏心了，心里只有儿子，从来不替自己男人考虑。

孙子站在大门上叫高老头回去吃饭，叫了好半天他都不回头，孙子跑到跟前趴耳朵上喊，高老汉才明白过来，站起来跟孙子一起回家。孙子十岁了，站在爷爷跟前和爷爷身高差不多。被人叫了一辈子高老汉，个子却没长高。

回到饭桌上，高老汉还是不高兴。嘴里扒拉着一口饭，脑子里始终盘算怎么才能给自己买辆电动车。脑子转了几圈后，他把饭碗一扔，和老婆儿子说，我明天办贷款，贷两万元，我给我买个电动车，剩下的买头牛养着。

儿子一听，抠着自己的头，咂吧着嘴，不知道说什么好，端着饭碗出去坐台阶上吃。老婆子一下子发火了，贷什么款？银行是你家开的啊？天天嚷着买电动车，你也不在镜子跟前照照你自己，一麻袋高，两麻袋粗，耳朵又背，六十几的人了，你以为你十八？去年非要骑人家车子，刚骑上没一会儿你就把人家小汽车给碰了，给人一下子赔了一千五。这钱到现在都没还给人家。你贷款，你买个电动车，你能得很！你买回来骑着把你摔死了也就算了，摔不死谁伺候你？再说，贷款谁还？啊，你看这日子还能过不……

老婆子一通话骂得高老汉哑口无言，想起去年的那次骑车事件，确实是自己的错。可谁第一次骑车还没个磕磕碰碰？你骂吧，反正电动车我一定要买，下个月开始，我的低保钱我一分都不花，攒个几年我不信买不来一辆电动车。

可没几天，高老汉就坚持不住了，他胃有毛病，隔三岔五得吃药，孙子趴在肩头一撒娇，不给一块两块不行。时间久了，他还想吃个烧鸡。这样那样的不得已，高老汉又开始取低保钱。一个季度二百块的低保怎么也攒不下来。

电动车是高老汉心里挥之不去的梦想，高老汉有一次梦里笑醒了，他梦见自己终于买到电动车了，终于在老婆儿子跟前扬眉吐气了，终于可以骑着电动车奔跑了。一激动，梦醒了，脸上全是汗，一个多月没下雨，这天太热了。

五

五嫂子说，等高考成绩的那天晚上，儿子强一夜没睡。半夜两点，强的同学发来了成绩，597分。高出一本分数线，强松了一口气。接着面临填志愿，有人给他建议北京师范大学和陕西师范大学，这两所大学招收免费师范生，上出来工作有保障。强心里是不怎么想当老师的，可是看着自己家没有盖起来的房子、破败的院子，强沉默了。

父亲去了内蒙古打工，听说坐了十几个小时的火车才到，不知道在火车上是坐着还是站着。这么热的天，人完全裸露在野外晒着，一天十个小时的工作时间。母亲凌晨四点起来去远处的村子摘枸杞，劳苦已经把她变成了干瘪瘦弱的女人。而自己的两个弟弟，一个明年要参加高考，一个初中，哪样都要花钱，这个家已经内忧外患，所以，他不能说自己不想当老师。

想起远方的父亲，强的心里满是难过，父亲大字不识一个，不善言辞，常年在外打工，自己舍不得吃，舍不得穿，却时常打电话安顿让他吃好点。他一回家，父亲就让母亲变着花样地做饭。他的大学怎么都要上四年，还有两个弟弟呢，父亲的累没完没了。他上高中时就连续两个假期跟着叔叔在工地上打小工，他干活不惜力气，不偷懒，走到哪都让人喜欢。只有他自己知道，他不能偷懒，他不想让父亲太累。

同学说有助学贷款，他上了大学还可以勤工俭学。可贷款迟早是要还的，勤工俭学如果能挣够自己的生活费就好了。他不想再把这些负担增加给父母。他还要努力，早点工作，替父母分担两个弟弟的学费。

大门上有人在议论，说找几个人去老家工地上干活。强听见了，出去搭声，说算他一个。一个邻居说，哟，都考上大学了还去干活啊！强笑笑，肯定得去啊，不然没路费。五嫂子连夜为强整理着铺盖，唯恐落下什么，她很心疼这个儿子，勤快、懂事。可自己不是什么富贵人家，她的儿子，必须得自食其力。

早上，强一个人背着铺盖走了，没有人送他，五嫂子早就到枸杞地里挣钱去了。

（原载于《民族文学》2017年第1期）

在路上

老朱黑着脸,皱着眉头。扳子、撬棍咣当扔在地上,撬棍来回在砖地上滚动着,正午的太阳照在扳子上,发出刺眼的光芒。老朱黑着脸是有原因的,饿了一早晨本来要赶回家吃饭,却被我骑着摩托车拦截了下来。老朱有一间电焊铺子,兼职补胎。

补胎对老朱来说是小活,补一个疤五块,五分钟他就可以拆开补了装好,外带打气。老朱常年修补,他的手粗糙得如杏树的外皮。老朱脾气好,可我今天却让老朱很生气,我骑的是150发动机的大摩托车。本来后支架朝起一撑三两下就能补好,可偏偏这个摩托车的后支架因为弹簧丢失被我卸掉扔在家里,而我又忘了这回事。

老朱发现了这个问题后脸更黑了,说,你这二百多斤重的车子,没有支架,车胎怎么卸下来,嗯?你说你一个女人家家的,骑这么大一个摩托车干吗,夸你有本事呢?我不给你补吧,你骑来了;我给你补吧,我挣你五块钱我容易吗?此刻的我只能听着老朱的牢骚,不停地赔着好话,满头大汗帮老朱抬着用木头墩子支起来的摩托车,一刻也不敢松气,生怕摩托车跌倒砸了卸车胎的老朱。

外车胎一点点地被扒开,扯出了藏在里面的内胎。老朱帮我轻轻把摩托车落到地上,我的胳膊酸痛不已。我甩着胳膊看老朱细心地寻找车胎破了的地方。补好车胎,要装回去,摩托车又要抬起来。老朱这回不训我了,帮着我把摩托车重新抬在木头墩子上,娴熟地开始安装。外车胎在他手里像一件艺术品一样准确而轻巧地裹住了内胎。当车胎在打气筒的运作下一点点膨胀起来的时候,我松了一口气。付钱时我递给老朱十块钱,老朱找我五块。我说算了,今天耽搁了你吃饭,还这么麻烦,就不找了。老朱扯出五块扔给我说,赶紧拿着,我这人脾气不好,不过不会多收你钱的,你爸以前也常来我这里焊农用车,也没在这三五块钱上。

时间已经十二点四十,我顾不上再和老朱客气,奔向旁边的凉皮铺子,让老板娘赶紧调两碗凉皮带走,一点钟上工,午休的两个搭档还在地里等着吃呢。催着老板娘调好,跑到摩托车旁一脚踏起摩托车,挂挡,加油,在铺子周围人诧异的目光中呼啸而去。

摩托车带起来的风总算让我清凉了一下,远处的苗木基地就是我们打工的地方,一群女人或坐或躺,在树荫下凑成一排。在地边停好车,我提着凉皮奔向梅嫂子和兰嫂子,递给她们让赶紧吃。我抓过自己的干粮袋子,掏出一个饼子嚼了起来。她们俩问我要筷子,我大笑,说,一着急忘了。梅嫂子笑着白了我一眼,转身折了两根细点的树枝,剥掉树皮,折成筷子的样子,递给兰嫂子两根,自己用两根。她们提着凉皮袋子礼让了一圈其他搭档,就抓紧吃了起来。问我吃了没,我说别提了,便和她们俩学说老朱的牢骚,两个人大笑,附和着说,你一个女人家家的,骑那么大个摩托车干吗?

其实我是可以不骑这个摩托车的,家里还有个小摩托车,可那个车一捎人车胎就坏。一起干活的有我娘家嫂子、婆家嫂子、邻居嫂子,她们都不会骑摩托车,总不能我骑着摩托车让她们走路吧,看着都觉得生分,骑这个车可以轮换着捎她们。可这个摩托车今天也不争气。

女人们开始上工了,我也急忙收拾好干粮袋子跟上,其他人在树地里施肥,我和兰嫂子、梅嫂子拿剪子修树枝。我机械地跟着她们两个的步子缓慢地向树林深处走去。她们两个说说笑笑的,我没心思参与,咔嚓咔嚓剪树枝的声音像一首催眠曲,让我昏昏欲睡。剪到一块地的田埂上,她们俩说休息一下,我连忙坐下,靠着田埂上的一棵树闭上了眼睛,然后就什么都不知道了。

昨晚轮到我家的玉米地淌水,我和兰嫂子在地里守了一夜。除了瞌睡,野外的夜晚其实挺好的,水淌进田地的欢快,玉米得到滋润的喜悦,各种虫子的吟唱,远处城市的灯火辉煌,夜风温柔地从身边吹过,还有青蛙不甘寂寞的鸣叫,这些情景在人半睡半醒的状态中交织成了一种和谐,要不是蚊子像战斗机一样盘旋轰鸣在耳边，我会觉得自己也是这田野的一部分。

天快亮了，地还有一亩多没淌，我打电话叫下一个邻居来接水。兰嫂子迷迷糊糊地问我，还有一个多小时才能淌完，你把人家叫来干吗？我说剩下的让他来帮着淌去，咱俩赶紧回家吃一口，还能赶上去树地里干活挣钱，听说活刚开，我们要去迟了人家把人找够，咱就没地方挣钱去了，一天七十呢。

一说挣钱，兰嫂子不打瞌睡了，说，这样行不？我说行呢，他们七点上工，咱肯定赶得上。兰嫂子大笑，说，咱俩这样让别人把咱都笑话了，淌了一夜田又赶着挣钱去，不要命了简直。我说，没办法啊，我也瞌睡得要死呢，可人家就要那么多人，今天不去报到挂个名，明天就没活干了。

我捎着兰嫂子迎着清晨的太阳在路上跑，摩托车的轰鸣声，惊起一群早起的麻雀。到树地里刚赶上人家上工，一看好几个熟人，询问了一下说还要人呢，我和兰嫂子赶紧加入进去。可午休时出来一看，摩托车胎瘪了下去，估计是被路边刺槐枝子上的干刺扎着了。恰好一个骑自行车的带着打气筒，我借过来打好骑上就跑，赶上工是一定要回来的。

眼睛一闭就是无尽的瞌睡，耳边兰嫂子和梅嫂子的聊天越来越远，直到感觉有人摇晃我，才挣扎着睁开眼睛。梅嫂子蹲在我身边喊我醒来干活，我抹了一把额头上的汗爬起来，可眼睛还是睁不开。我有点儿后悔今天来干活。我抱着面前的一棵树继续打盹，梅嫂子拿脚蹬了两下树干："可不敢再睡了，你今天第一天上工，让老板过来逮着，你以后还想在这儿干活不？"

兰嫂子直接笑着骂我："看你那尿样，又想爱钱又乏得和死狗一样。让你今天别来干活，你非要来。我中午还睡了一会儿，你跑去补胎，这会儿眼睛睁不开怪谁？"

我勉强睁开眼睛，先瞪了兰嫂子一眼："说得好听，你不爱钱啊，你不爱钱回家睡觉去。我不去补胎行吗，不补咱俩下午咋回去？"

兰嫂子说："我管你咋回去，反正我搭个车就回去了，你坐那儿慢慢哭去。"

"梅嫂子，你给评评理，还有这样的人吗？"

梅嫂子大笑："你们两个，打架的事情就不要用吵架来解决了；树林外面宽敞，出去打一架再来干活，我给你们喊加油。"

闹了几句反倒没那么瞌睡了，三个人又慢慢悠悠地开始剪起来。

我就这样一边打盹一边干活，瞌睡得不行就抱着树眯一下，她们两个分担了我一部分的活计，没让我落得太远。

柳树林深处，树枝遮蔽了天空和大部分阳光，枯枝落叶在脚下铺了厚厚的一层。灌溉过的残余水分继续潮湿着这些落叶，走过去有踩在地毯上的柔软幻觉。一对喜鹊在粗壮的三杈树枝上筑着巢，来回忙碌着挑拣适合的枯枝衔走。我看着飞来飞去的喜鹊，心里浮躁起来，问梅嫂子几点了，回答说四点半。我有些沮丧地抱着一棵树不想再动弹了。

梅嫂子和兰嫂子的笑骂在耳边继续着，我抱着树不撒手。睡一觉成了唯一的念想。此刻，过日子、挣钱都成了遥远的事情。

（原载于《当代人》2017年第1期）

秋天里

我穿着拖鞋走过田埂。埂上的八棱刺一丛一丛的,无数长短不一的尖利的小刺隐藏在新结的果实上,像一个个准备战斗的刺猬。我小心地避开这些枝条蔓延了一米多长的霸道植物,唯恐扎了自己的脚。

蓬蒿这家伙把自己的枝干、叶子尽可能都舒展开来,和棉花糖一样蓬松,横在田埂上。我跨大步子跳了过去,蓬蒿被脚挂歪了,蔫头耷脑地倾斜,形象顿时颓败。原来它并没有蓬松起来的肢体那么强大。黄蒿、灰条、水蓬蒿,还有许多不知名的草推推搡搡地挤在一起,争着地盘。

我有点儿后悔自己穿了拖鞋。那种叫狗牙草的果实不停地粘在我的袜子和裤腿上,像给裤子上点缀了一颗颗绿色的小星星,等我到达玉米地里的时候，我的裤腿已经密密麻麻全是这种果实，田野里到处都是它们的影子，随时被人或者动物带向更远的地方。

天空飞过两只喜鹊，扭着腰身换着花样嬉戏穿梭，炫耀着彼此的恩爱。突然想起以前看见七只鹰组队在天空翱翔的壮观景象，现在能看见鹰的机会越来越少了，头顶上时不时盘旋着这样那样的飞机，不知道它们在干吗。鹰迁徙去了更辽阔空旷的地方展翅高飞。没有鹰的天空是寂寞的，这里的人或者鹰，都在努力寻求一种适合自己生存的方式，只要开心，哪里都是家。

大片大片的玉米遮挡住了视线，玉米已经不能煮着吃了，持续的干旱让它们灰头土脸，营养不良，起了虫害，一身伤疤。只有玉米秆还在挺着腰身，坚持着最后的希望。

我在田埂上坐了一会儿，埂上长腿的蚂蚱和短腿的蛐蛐你来我往，换个儿蹦跶，还有肥肥的夹夹虫，忙碌的瓢虫，偶尔经过的慢吞吞的屎壳郎，以及这样那样蠕动的软体虫子。野鸡结束了东躲西藏的动荡生活，待在草丛深处得意地嘶鸣，这个季节，草籽是它们的美餐。不时飞过一群又一群野鸽子，不知道谁家的田地又要被洗劫。农人始终没想明白，曾经温顺、黏人的鸽子，如今怎么就成了强盗般的存在，所到之处，枸杞、油葵籽一片狼藉。玉米已经无力回天，我只能在心里祈祷，明年有个好收成。

抓干净裤腿上惹人厌的果实，踏过野草的身躯回家。路过坟院不由得停下脚步张望，父亲已经融入这片土地了；短短几年，这个地方已经有了十几个坟包，公公、父亲、四哥、姑姑、儿时的玩伴，都长眠在了这片土地上。坟包上长满了这样那样的野草，若不是高高的墓碑，我们也会分不清楚谁是谁。很想念这些亲人。他们再也不用为俗世的生活忙碌奔波，而我们这些活着的人，终究也会和他们一样融入脚下的土地。

拐进村道，看见三个两个的鹅娃儿扭着雪白的身子，探着脑袋，宽宽的鹅掌落地时发出"啪啪"的声响，追逐着路边的杂草，你争他抢地啄食。后面跟着一个个放鹅娃儿的小孩子，我说我家的鹅娃儿大，他说他家的鹅娃儿乖，孩子的争论，鹅娃儿的乱叫，让村道无比热闹。

树荫下，一群女人坐成一圈，中间围着邻居家的八个月大的双胞胎儿子，满眼怜爱地逗弄着，时不时大笑。孩子母亲掩不住眼角的欢喜，欣慰地看着。想想真是不容易，连续生了两个女儿，第三胎查出来说是双胞胎，医院却不说是男孩女孩。一朝分娩，居然是一对男孩，一家人喜极而泣。

两个小脑袋从女人们围成的空隙中挤进来，争抢着要看这对双胞胎，看着双胞胎可爱的小手小脸，他们忍不住伸手去摸，还没摸到孩子，就被一声惊叫打断："妈哟，你看看你那手，你看看你那脸和衣服，你妈不在家，你奶奶也不知道给你洗一把。"

两个小男孩瞬间像霜打的茄子一样蔫了下来，悻悻地收回了手，从空隙中挪出身子，双双坐到另一棵树下，用手抠着地上的土，汗水在他们俩的脸上、胳膊上拉出一道道印记，衣服已经看不出本来的颜色了，上面还留着这样那样的水渍汤渍。

一个女人看不下去了，招呼这俩孩子跟她去她家。不一会儿，两个男孩头洗得湿漉漉地出来了，还换上了女人儿子干净的旧衣服，形象一下子干净清爽起来。女人没有出来，估计是给这两个孩子洗衣服呢。两个孩子相互打量着对方，你戳戳我的衣服，我扯扯你的裤子，脸上挂着开心的笑。

女人们旁边，高家的那个老汉把自己的身体紧紧贴在墙上，双手环抱着膝盖，脑袋歪着枕在胳膊上，睁一只眼，闭一只眼，嘴角向一边人为地扭曲着，用睁着的眼睛怨恨地盯着自己家的大门。女人中有人问他，怎么好几天没见他家老太太。这一问好像刺破了装满水的塑料袋，老汉的委屈仇恨一下子洒落开来。老太太今年一直腰疼，前前后后住了好几次院。老汉烦躁，心里说，要么你精神着，要么你一下子无常（死亡）了，这样三天两头住院谁受得了……

女人们难以置信地看着这个老汉，他们可是一起过了三四十年了啊，可这个老汉根本没注意女人们的神情，还在肆无忌惮地揭发老婆子的恶行，直到没有人理睬他，才悻悻地打住，继续歪着脑袋不甘地盯着自家大门。

高家老汉的邻居，一个七十多岁的老太太带着她多年的咳嗽，摇摇晃晃走出大门，一只手在后面扶着腰，一只手在前面扶着肚子。刚摸到老汉旁边的台阶上坐下，就是一串没有结尾的咳嗽，"咳咳……"嗓子里的气息由剧烈到沉闷再到悄无声息，脖子由于咳嗽使劲向前倾，脸憋得通红，眼睛里布满血丝。就在大家以为这一声咳嗽还转不过来了的时候，老太太嗓子眼里冒出一声悠长的"呕……呕……"声，气息重新剧烈起来，老太太使劲咳出一口浓痰，伸了伸憋气的脖子，理顺气息，又好了起来。

女人们的心随着老太太的一口痰落地也轻松了下来，这咳嗽的阵势也太吓人了。老汉等老太太气色平息后又开始说他的不幸和委屈，老太太一边咳嗽一边分析劝慰着，而女人们已经悄悄挪了地方，不想掺和。

远处传来阵阵劲爆的流行歌曲声，越来越近，是货郎骑着改装的三轮摩托车在走街串巷，到女人们这边停下了，女人们不再逗弄孩子，围住货郎的三轮车翻拣了起来，看有没有自己需要的东西。时代在发展，货郎也在与时俱进，车上大到衣服裤子，小到勺子皮筋，应有尽有，简直就是个流动商铺。女人们一会儿拿起衣服比画，一会儿询问有没有自己要的东西，不时讨价还价着，两个双胞胎孩子并排躺在婴儿车上吮着手指，蹬着小腿，好奇地听着货郎的大呼小叫、女人们的哄然大笑。

不一会儿，女人们手里多多少少都拿了一两件需要的东西。货郎重新放开喇叭潇洒而去，女人们重新聚拢，继续谈论起家长里短。

那个女人拖着疲惫的脚步，头歪向一边，脸色阴沉得快结冰了。女人们和她打招呼，她也是淡淡地应一句转身就走。不知道是谁起了头，说起这个女人家里的事情，气氛一下子神秘起来："你们知道吗，她们家老太太下葬时可能不高兴，最近他们家连续出事。山东的女婿来参加葬礼，家里养的藏獒扯开链子把女婿咬了个半死，现在还在医院住着。刚埋完老人，孙子开车出去一下子就把人家一个老头撞得一命呜呼。这不，五日还没念呢，她家的儿媳妇早产，孩子居然胎死腹中好几天了。唉，你说，怎么会这样子呢？"

一个女人接过话说："这还不是怪他们自己。谁让他们去年为疼钱不肯救治第一个孩子呢？想想看，孩子快六个月了早产，从医院拿回家还在动，可他们家怕花钱愣是不让医院救治。这是害命呢！"大家边讨论边唏嘘，两年夭折两个孩子，让人怎么能受得了。

"快别说了，这话要让人家听见可了不得。只是苦了那家的儿媳妇，刚十九岁，就已经亡故了两个孩子，可让这娃以后在婆家咋抬头？"一个年长点的女人制止了这场闲话接力赛，气氛重新归于平静。

一通争吵打乱了平静，只见一个矮矮胖胖的老汉手执木棒在村道上追打他瘦弱的老伴，老太太在前边跑，老汉骂骂咧咧在后面追，老太太跑几步，停下折回骂一会儿，然后继续跑，老汉不紧不慢追着，两个人总保持着棍子打不到身上的距离。追打到女人们跟前，老汉的声音高了几度，大声斥责着老伴；老太太也不示弱，脚后跟一抬，脖子一伸，一骂一串。老汉气急败坏地挥舞着棍子，几个女人一看急忙横在老两口中间，老汉的声音更大了，隔着人群发誓赌咒：今天不打死老太太誓不罢休；老太太更不省事，跳着回骂，唾沫星子四溅。双胞胎的母亲一看这阵势，赶紧推着自家宝贝回避。

女人们强忍着笑看这老两口吵架。想当初，这老汉和老太太新婚时，老汉逢人就夸，他一生娶了四个老婆，唯有这最后一个顺心，那针线，那茶饭，那知冷知热，是前三个老婆所不能比的。而老太太也是拉着同龄老太太的手感叹，唉，一生嫁了五个男人，直到嫁了这个老汉，才算是享了福，可以托付终生了。老两口一直是郎情妾意，双宿双飞，连小年轻都自叹不如，可这才过了两年，到底是什么让这老两口也恶语相向起来？

女人们都看乏了,散了。老两口骂了个糊里糊涂,在别人都散了的时候也双双回家去了。先前喧闹的村道沉寂了下来,只剩下那个咳嗽的老太太一个人带着她的咳嗽看着村道尽头,眼里一片迷茫……

(原载于《山东文学》2017年第1期)

熬煮的光阴

一

玉米棒子像老太太的小脚一样,被玉米皮裹了一层又一层,只露出干涩的玉米缨皱巴巴地耷拉在玉米皮上。女人们右手胳膊上挂着一个自制的锥子,用八号铁丝拧制而成,一端弯成一个环形,用绳子穿起来,一端在石头上磨得尖利无比。

掰玉米全靠它。抓住锥子从玉米皮上划过,紧紧包裹着玉米的玉米皮立刻裂开口子,露出玉米的身体。双手扯住裂口处的玉米皮用力一撕,玉米就完全裸露在了人面前,再用力一折,玉米棒就完整地和支撑了它几个月的玉米秆分离,女人们顺手将它扔进面前的编织袋子里,提着袋子挪向下一个玉米。

两个孩子拖着编织袋跟在女人们的身后，一人掰着一行玉米，这是雇主家的女儿和儿子。女儿十二岁，儿子九岁，他们踮着脚尖费劲地撕扯着玉米皮，一层又一层地把玉米剥出来、折断，重复着和大人们一样的动作。

十月的太阳没有了夏天的暴虐骄横，可晒在大地上还是散发着炙热的气息。几场干霜让秋天的痕迹更明显，一片又一片的玉米在太阳底下枯黄萎靡，叶子无力地随风瑟瑟发抖。

这片广袤无垠的土地上，到处都是玉米地。人像蝼蚁一样散落其间，一个一个掰着玉米，一片一片地进行一季的收割。天空不时飞过一群又一群大雁，用悠长的啼鸣提醒人们：它们来过，季节即将转换，赶紧干完活计准备过冬吧！

女人们搭着头巾，捂着口罩，戴着橡胶手套把自己全副武装起来，但还是无法隔绝玉米上尘土的侵袭，眼窝、鼻梁上落了黑黑的一层灰尘，衣服上沾着玉米缨的碎末，手套蒙上了一层不属于自己的颜色，整个人看起来好像煤矿工人下井出来的样子。

雇主家的女儿被女人们远远甩在后面，有些气馁，昨天掰了二十袋子，她的手又疼又肿，可今天还要跟着掰，她觉得自己的手都不是自己的了。她停下来，大声呼喊"爸爸，爸爸"。玉米叶子被人走过去带出"哗哗"的声响，迅速淹没了她的呼喊。喊了半天她爸爸才回应。她拖着哭腔说自己手疼掰不动玉米了。

前面回应她的不是安慰，女人们此起彼伏的笑骂和呵斥让她无比伤心。她爸爸也大声说让她赶紧掰，别偷懒。她终于哭了起来，越来越大声，边哭边控诉自己的爸爸："你去看看别人家地里，谁让六年级的学生掰玉米？你把我妈放在银川享福，你让我来给你掰玉米，我的手疼得不行了你还让我掰，呜呜……"

她爸爸无奈地起身劝抚，可她哭得更厉害："我妈咋不回来，我妈要回来肯定不让我掰玉米，呜呜……"

她爸爸叹了口气，咂吧着嘴，抠着头看着面前哭得一塌糊涂的女儿，束手无策。一年前他出车祸摔断了胳膊，医生嘱咐三年内不能干重活。家里上有父母，下有孩子，给他看病又借了债，一家人的生活咋办？无奈之下他才让媳妇去银川打工的，可媳妇一走，家里也开始乱套。

雇主家的儿子闷声不响地跟着大人们继续掰玉米，脸被晒得红扑扑的，脑门上挂着细密的汗珠。他偶尔抬头看看前面的女人们，又继续闷头掰玉米，他姐姐的哭诉似乎对他没有什么影响。女人们都夸这孩子实在，不停地拿言语逗他，可这孩子一句话也不说。他提着一个装米的袋子，掰十几个玉米就满了，他像他爸爸一样把袋子朝肩膀上一抢，横着扛起来，走向三轮摩托车，踮起脚尖使劲一甩，把袋子扔进车厢，又爬上去，提起袋子把玉米倒掉，拽着空袋子翻出车厢，继续去掰玉米。

孩子的爷爷没有戴手套，玉米叶子在他手背上留下一个个细微的伤口，他一边掰玉米一边嘟嘟囔囔地说着什么。说着什么呢？只有他自己知道，女人们是不愿意听他说话的，把他分在另外一块地里，让他一个人在塞塞窣窣的玉米叶声响中诉说，他的声音被撕裂玉米皮的声音淹没，如同他瘦小的身躯从来不被人注意。

转眼到了午休时间，大家都停下手里的活计，围着馒头、方便面、饮料开始吃喝起来。这家的男人殷勤地招呼着，女人们也不客气，撕开方便面的塑料袋把调料放进去，开水朝塑料袋里一倒，捏住捂一会儿，方便面也就泡软了，抄起筷子提着塑料袋就能吃。就着馒头、咸菜，倒也比光吃馒头暖胃得多。

男孩子也被女人们招呼过来一起吃方便面，他还是不肯回应女人们故意的提问，提着泡好的方便面躲在他爸爸身后，一口馒头，一口方便面。吃完方便面，孩子盯着面前的一箱茉莉蜜茶，眼里满是渴望和欢喜，舔着嘴皮盯着女人们，看能不能得到这瓶香甜的茶水。女人们故意不发话，也不看孩子脸上的表情。孩子有点着急，围着茶水盘桓，犹豫焦急着。

孩子眼看着女人们一人拿了一瓶，有的还拿了两瓶，没自己的份儿了，眼里顿时失望。突然转身奔出玉米地，蹲在田埂上大哭起来。女人们顿时觉得尴尬，不好意思地面面相觑。她们只是想和孩子开个玩笑，没想到孩子会哭。雇主的女儿这会儿情绪也稳定了下来，拿了一瓶茉莉蜜茶去田埂上哄弟弟。孩子执拗地不肯接受，也不过来和女人们在一起。姐姐轻轻搂着他，不知道在他耳边低语着什么。女人们吃好又开始掰玉米，谁也顾不上管姐姐哄好弟弟没。掰了一行玉米出来一看，这孩子抱着一瓶茶自顾自地喝着，乐着，早忘了刚才的号啕大哭了。

二

一个人，一大杯水，三个馒头，一辆三轮摩托车。早晨七点钟，骑车行走在去地里的路上。晚秋的天气已经冷了，虽然穿着薄棉袄，可摩托车带起的风还是刮得人透心凉，几分钟的路程，感觉漫长得难以到达。几只早起觅食的喜鹊在路边蹦跶着，被摩托车惊起，站在树枝上冲我"喳喳喳"大叫，扭着脖子甩着尾巴上蹿下跳，好像没占到便宜的泼妇在骂街。顾不上看它们精彩的表演，等挨到地里，风刮得我眼泪都下来了。

停好车子，手冷得有些麻木。我活动着手脚，看向远处的田野，这片土地广袤平坦，到处种着玉米，玉米掰回家后，玉米秆在半个月内也被砍得精光，只剩下一溜溜玉米茬诉说一个季节的过往。

现在的人很能攀比，你干得快，我比你还要快。现代化的机械加快了这种进程，也让农民省了不少力气。犁了几千年地的牛、驴、骡、马彻底被解放，成了一种可供交易和增值的商品圈养了起来。

我不由得想起以前在黑眼湾用毛驴犁地的情景，手扶木犁，甩着响鞭吆喝着那头灵性十足的白驴。我的鞭子怎么甩它就怎么走，瓷实的土地便在毛驴轻快的脚步中开出黑色的土花，它是那么卖力而勤劳。

收回这些乱七八糟的想法，该干活了。捆玉米秆需要在底下先横放一根玉米秆，然后转身抱一大抱，齐腰放在这根横着的玉米秆上，蹲倒用两只手交叉分别握住横放的玉米秆的首尾部分，使劲朝两边拉，还要用膝盖帮忙朝紧按，等拉不动的时候就用打绳结的方法把玉米秆拧到一起，这样一捆玉米秆就算捆好了。

一大块地里的玉米秆就被我反复重复这样的动作捆完，一捆捆整齐地摆放着。已经十一点了，明子打电话说他从镇上回来了，我吩咐他去看侄子给别人拉完了没有，完了赶快来拉这些。

他说，你不回来吃饭啊？我心里着急，还有一亩多玉米秆没捆，不抓紧今天是干不完的，他明天上工我又成"孤家寡人"了，再说有馒头、榨菜、开水，饿了吃一口就行。想到这儿，我跟明子说，不回去吃了。

休息了一会儿还没捆剩下的，侄子开车拉着明子来地里了。侄子从西宁打工回来时白白胖胖，阳光帅气，只一个多月，这个地方的劳作就让他变得又黑又瘦。他一边和我拖玉米秆，一边说自己这几天腰疼、颈椎疼得难受，说得我心疼，只能嘱咐他自己注意身体。

三个人装车速度就是快，我把一捆捆玉米秆抱到车前，由侄子递给装车的明子，他负责码放在车上。拉了两车一切顺利，车装好拉回去的缝隙我抓紧捆剩下的，第三车刚开始装，大哥打电话说我三哥拉玉米秆翻车了，让侄子开车去拉一下。拉玉米秆就这样，稍微装偏就有侧翻的危险，年年都有这样的事情发生。我催促明子也跟去看看，也好帮忙。去了有半个小时两个人回来了，说是没什么大碍，车拉起来又装玉米秆呢。这个空当，剩下的玉米秆也被我捆完了。

第三车装了一半，明子的朋友打电话说让他帮忙去看一车木胶板。我又是打手势又是使眼色，示意他不要同意，可这家伙一口答应了。把手里的活计一扔，在我愤怒的抱怨声中骑着三轮摩托扬长而去，扔下一句：会打发他五哥来帮忙。

水分还没蒸发的湿玉米秆实在折磨人，捆了好几天，我已经累到极点。今天又一捆捆朝车前抱，腿像绑着铅块一样沉重。太阳这会儿也暴虐地晒着，玉米秆上飞扬起来的细绒毛和灰尘让人额头上似乎有千万条虫子在爬，奇痒无比。侄子也左一把右一把地用袖子擦拭着额头，试图让这种烦恼减轻一些。

明子这家伙总是这样不靠谱！我一边费劲地举着玉米秆递向车上的侄子，一边心里抱怨着。还好装了十几捆后，五哥真的开着拖拉机来了。

我是不用再朝车上递玉米秆了，可总得把满地散落的玉米秆捆拖到车跟前，好让五哥递给侄子。我的两条腿抡得和风车一样在地里来回穿梭。此时的我已经没什么力气了，肚子也饿得前心贴后背，才想起来中午就吃了两个馒头！

还有一车没拉回家，我又一次抡起我的腿继续朝一块儿拖玉米秆，心里还忧虑着如果五哥这次不来这车玉米秆怎么装？一块地拖了一半，侄子一手拧着方向盘，一手拿着半个馒头啃着，和五哥一起来了。看见五哥我松了一口气，有个男人朝车上递玉米秆总是件让人轻松的事情。

不知不觉最后一车玉米秆又装起来了。夕阳用尽力气强撑着一张笑脸，红彤彤地秀着可爱的模样。我长出一口气，扯下口罩，口鼻那部分已经成了黑色，看起来有些恶心，我把口罩揉成一团塞进上衣口袋，摘下遮土的大檐帽提在手里，眼前似乎像拿掉了一座山一样轻松起来。身上的迷彩服沾满灰尘，裤子膝盖裂开口子宣告着它们的委屈。

侄子和五哥用紧绳器绑车上的玉米秆，车上没地方坐，我招呼一声先走。田埂上杂草丛生，鞋子里不知道进去了什么杂物，那会儿忙没觉得，这时候却硌得脚疼。

夕阳羞涩地躲进天边的云彩里，只剩下一抹嫣红，特别迷人。到了公路边,脚是真受不了了,只好不顾形象地坐在路边脱掉鞋子,在水泥路上用力地磕了几下,玉米叶、草籽、土,混杂着出来了。我才注意到我的布鞋伤痕累累,一层布已经掀起来,大拇指的地方快露脚趾了。脱下另一只鞋继续磕着,一个骑电动车的男人经过这里,不看路却盯着我看,我耷拉着眼皮不愿意面对他的目光,心里嘀咕:不好好骑你的车,看什么看,没见过"美女"还是没见过难民?

穿好磕干净的鞋,起身,回家。一脚踏进家门,羊叫、犬吠、儿女吵闹……我凑合着吃了一碗婆婆替我蒸好的米饭,静静地坐着,什么也不去想,也懒得想,一缕炊烟中,倒也一片祥和。

三

十一月的红寺堡,晚上的气温已经到了零下。凌晨五点多是一天中最冷的时候,我和我的搭档们要在这个时候起床,给牛羊拌好草料后,再给自己做点简单的早饭。吃完饭在六点四十的时候不约而同走出家门。围巾、口罩、棉衣、手套、棉裤、棉鞋,用这些衣物把自己武装得和熊大熊二一样。但是出门站在村道上,还是忍不住打了一个哆嗦。

这几天,中圈塘万亩葡萄基地到了盘树压土的时候,需要大量雇工。我们刚好忙完家里的农活,可以去挣几天钱。走了一段路没那么冷了。"三个女人一台戏"。六个女人凑在一起就是麻雀窝里捅了一扁担,热闹非凡。边走边聊天,这家的牛羊,那家的孩子,东家的媳妇,西家的婆婆,听说的绯闻,谣传的趣事……总之什么话题都有。

离天亮还有一会儿，远处的罗山朦胧地矗立着，像一只蹲着的巨型蛤蟆，俯瞰着脚下这片广袤的土地，也见证着西部大开发在这里取得的辉煌战果。田野里一些没拉回家立起来的玉米秆像草原上的蒙古包一样。路边的杨树随着晨风沙沙作响，似乎在抱怨我们这么早扰了它们的美梦。月亮还没有落下去，像一个橘黄色的大气球悬挂着。蒙蒙亮的天空让我生出一种错觉，问了一句：那是太阳还是月亮？搭档们大笑。空旷的野外，她们的笑声传出很远……

活是前一天联系好的。我们到雇主的地头，天刚亮，雇主还没到。走得急，大家都出汗了，正好松口气。没等几分钟雇主开车来了，给这家干了几年活，彼此都熟悉。

中圈塘的酿酒葡萄栽种了八年，前三年是等树长成型，不许挂果，第四年才开始有收益。政府大力投资建设，给村民相应的补贴，才形成今天这种规模。这里昼夜温差大，种出的葡萄含糖量极高，品质也好。至于农民的收益，也是根据个人劳动的付出来区分，有好有坏。

八年过去了，当年手指一样粗的葡萄树已经长的有小孩胳膊那么粗了。一眼望去，一沟一沟的葡萄树挨个儿靠在钢丝上，如褐色的蛇一般扭曲着身子。葡萄树冬天怕冷，需要深埋在土里，我们要做的就是把葡萄树压倒盘好后，等着耕犁卷土覆盖。

这个过程说起来特别简单，可实际操作起来就不是那么回事了。修剪过的葡萄树有两米高，树的间距五十公分左右，需要两个人一前一后合作，后面的人从根部踩压一棵树向前，俯倒到前面的一棵葡萄树根部,再把第二棵踩压俯倒至下一棵,始终是第二棵树的根部压着第一棵的树头,前面的这个人一边用手理顺压倒的树头,一边用脚蹬住葡萄树防止它反弹起来,还要把没压好的侧枝像拧麻花一样编织好。如此循环,一直向前推进,二百多米长的地两个人一天只能编两行。这个活儿需要两个搭档高度配合,稍有闪失,葡萄树反弹起来的力量会让人受伤。一起的兰嫂子一不小心,眼眶被弹起的树枝打得乌青,好几天了都没好。听说前年另一个村子的女人因为失手,导致一只眼睛失明。所以干活时,手底下一点儿都不能马虎。

我和元嫂子一组,米家嫂子和她姐姐一组,兰嫂子和红嫂子一组。这里的女人结婚以后就没有了自己的名字,只说是某某的老婆或者谁谁谁的妈。

元嫂子今天是第一次压葡萄树,开始是我让她踩压我编树,一边干我一边给她说要领,没一会儿她就踩压得很拿手,还故意挤兑我:"谁说我不会,看看,才一会儿咱就成专业的了。"大家大笑。

米家嫂子和她姐姐那组是米家嫂子在编树,兰嫂子这组兰嫂子编。编的这个人基本上是在树根部连爬带滚地前行,后面踩压的人相对轻松点。两个小时过去,干了有一百多米,编的人已经是满头大汗,元嫂子并不知道其中的辛苦,还笑着说这活原来这么轻松啊。

米嫂子今天是哑巴吃黄连,她姐姐也会编树的,但不知道什么原因,两个小时里她没有替换自己一下。米嫂子来例假,这样蹲着干活真够她受的。看着她不时站起来捶打自己的腰,我们几个都觉得吃力。兰嫂子和红嫂子都干过，两个人替换着干得又快又好。

快十点了，天气还没有暖和的意思，远处的地里三三两两散落着干活的女人，一个个把自己裹得只剩下眼睛，各色的花头巾在天地间醒目地招摇，给这单调的田野增添了一点明亮的色彩。

这时，雇主拿来吃的，还是馒头、榨菜、可乐。看着这些冰凉的吃食，冷像传染病一样在全身蔓延。我挤在元嫂子和兰嫂子中间坐下，好让她们俩给我挡挡风，可还是忍不住哆嗦。拿掉手套，接过元嫂子递来的馒头和榨菜吃了起来，雇主天天拿的可乐喝得人牙酸，和馒头榨菜融合在胃里异常的不融洽。一人吃了两个馒头一袋榨菜就吃不下去了，又噎又冷，拧开可乐抿了一口，稍微朝胃里冲了一下就不想再喝。想休息一会儿又冷得实在坐不住，只好相互招呼着继续干活。

树太粗了，每压倒一棵拧得人手疼胳膊疼，我的速度明显慢了下来。元嫂子提议说让她试试，我喋喋不休地叮咛嘱咐后才让她编树。米家嫂子的姐姐仍旧没有替换妹妹的意思，气定神闲地在葡萄树上太空漫步般地踩压。树上偶尔还挂着没剪干净的葡萄，虽然已经被霜踩蹦得干瘪丑陋、蔫头耷脑的，但是味道特别甜。米家嫂子的姐姐不时拽一串吧唧吧唧地吃着，嚼着，等嚼干里面的糖分，再狠狠地吐出嚼成沫的葡萄籽。葡萄籽嚼碎后往往一次吐不干净，就听见她不停地"呸呸呸"吐着。没吐干净呢又碰上一串，又继续吃，吃完继续吐，全然不顾脚底下的妹妹什么感受。我们碰见了也拽下来吃，不过一会儿就吃得舌头发麻，可还是经不住甜味的诱惑不停地想吃。

雇主家的女人比较胖，而男人瘦得和猴一样，干活也没女人有力气，时不时被女人斥责，他也不吭声，只咧嘴笑，气得女人不停拿白眼翻他。前天听他们的邻居八卦：两个人结婚多年，日子过得红红火火，可唯一美中不足的是没有生育。

忙碌中的时间过得飞快，十二点时，三组人都编完了一沟葡萄，开始编第二沟。元嫂子已经被我指导得差不多了，开始不停地和我替换。一棵棵葡萄树被压倒编好，如一条落地的黑龙，带着不甘和委屈。枝丫如鳞片一般完美地交织在一起，整齐有序地俯在地面准备迎接土的洗礼覆盖，好过一个暖冬，期待来年更好的成长。米家嫂子的姐姐仍旧没有替换她，我们几个都替她着急，相互用眼神交流着对她姐姐的不满。

两点钟又到了吃馒头的时候，太阳总算羞答答地从云层后面探出头来，给了我们一点儿奢侈的温暖。大家围坐着吃了馒头休息了一会儿，忍着冰凉灌了几口可乐，准备继续干活。米家嫂子站起来龇牙咧嘴地捶打着自己的腰，有些发愁地看着剩下的一百多米。

许是都累了，下午的气氛有些沉默。我和兰嫂子那组四个人都互换着干感觉还可以，唯独米家嫂子的姐姐始终没有替换妹妹一把。

又编了一块地的模样，总算挨到了五点半，太阳无精打采地挂在西边的天上，一副昏昏欲睡的模样，天气更冷了。几个女人此刻的形象也显得滑稽。头巾斜了，口罩脏了，裤子膝盖上顶着两个大大的泥包，鞋子被挂得起了皮，手套磨得露出了手指，就剩俩眼睛在扑腾着眨巴。雇主家的男人掏出一叠钱给我们付工钱。刚把钱攥在手里，六个女人已经用飞奔的速度离开，像一群出笼的雀儿一样欢欣。

四

早晨起来一看，天气的脸扯得老长，太阳不知道上哪儿偷懒去了，风幸灾乐祸地"嗖嗖"刮着。羊圈里发出"哐哐"的声响，我不用看就知道是那只羯羊在用脑袋打门。它没有对手，孤独得久了就用这种方式证明它雄性好斗的天性。我还没走到羊圈门口，几只母羊就像商量好了一样开始大合唱。刨了一筐铡碎的玉米秆，推开门，这些家伙已经你推我搡地挤在羊栏边，脖子伸得老长等草吃。那只羯羊挤不到羊栏边，恶狠狠地一头撞向一只母羊的肚子。母羊吃痛后退，它得意地占了母羊的位置。我生气地扇了羯羊一个嘴巴，这个坏东西，那只母羊有身孕好不好？草倒进羊槽里，几只羊开始埋头进食，总算安静了下来。

两头牛淡定地歪着脑袋看着这一幕，既不叫唤也不争抢，等我给它们添草。添完草，看着它们大口地把草卷进嘴里咀嚼，我也觉得开心。摸了摸左边这头牛的额头，它抬起头用蓝莹莹的眼睛温顺地看着我，想用舌头舔我的手。我忍不住使劲揉了揉它的头，真乖。

忙完牛羊已经八点多，我急忙洗脸刷牙。装了两个馒头和一瓶开水，找好手套、围巾、口罩、大衣，用这些东西把自己裹好，该走了，出门去喊梅嫂子，又给元嫂子打电话让她动身。等元嫂子骑车过来我和梅嫂子已经站在路边等她。梅嫂子坐在元嫂子旁边,我则笨重地爬上车厢坐下。三轮电动车"哼哼"着不情愿地启动,不过也渐渐快了起来,行驶在新铺的水泥村道上,平稳而欢畅。

元嫂子和梅嫂子说着家常,风大,听不清楚她们说什么。我抄着手盘膝坐着,用军大衣把腿脚包住,看着身后远去的道路和村庄。

昨天晚上刘总打电话,让我叫两个女人给他铲韭菜。"刘总"是一种戏称,他是种棚的菜农,经营着十一个大棚,我们认识已经八年,抛开主雇关系,多少也算朋友,他有活儿需要雇工一般就给我打电话。我答应了,依旧叫的元嫂子和梅嫂子。我们在一起商量着早晨怎么过去,梅嫂子说天太冷,走过去;元嫂子不同意,说那么远的路,两条矬腿"嗒啦嗒啦"什么时候能走过去;我说要不我骑三轮摩托车拉你们去。元嫂子一听烦了,骑什么三轮摩托车,费油,我明天骑电动三轮车拉你们去,不管怎么说,电都比油合算。我有些担心,问,嫂子,咱们三个加起来四百斤呢,你那小车车能拉动吗?元嫂子嘴一撇说,拉不动三个人还了得。

从村里到菜棚,电动车走了有十分钟。几百个大棚整齐有序地排列着,像等着被检阅的军队一样。现在还不是大棚进苗的时候,除了韭菜棚,其他的空棚都没有搭塑料。这些大棚是红寺堡区重点扶持项目,引进甘肃靖远的菜农来种植。在西北,靖远人种大棚是出了名的,宁夏各地的大棚都有他们的身影。这种技术我们本地人见也没见过。

电动车还没到刘总的韭菜棚边,远远就看见他背着一个编织袋，头上斜挑着褐红色的棉帽子，棉衣没拉拉链，像张开翅膀的蝙蝠一样扇着。刘总走路挺有意思，似乎把所有力气都灌输到脚后跟上，然后猛然发力行走，让人看起来他走路和竞走差不多。

我们到韭菜棚边他也到了，看见我用军大衣把自己裹得严实，刘总就开始笑骂我："冻死人的那年生的你吧？"我翻着白眼回敬他："你管得着吗？你想穿还没有呢。操的闲心不是？"

他习惯了我一直以来的态度不好，假装气得瞪了我两眼，编织袋地上一扔，置气地说："干活。"惹得两个搭档嫂子大笑。韭菜棚早晚放草帘子一个多月了，他把他的大棚裹得很严实。我捡起他扔下的编织袋，里面有铲子和包扎用的塑料绳。

他用卷帘机起草帘子，我们三个等着。草帘子在齿轮的带动下缓缓向上卷着，卷了有一米就关掉电闸不再继续。大棚靠墙的塑料上开了一个一米见方的小门，用于干活的人进出。上面为了防风防冷，又像挂门帘一样绑了一片塑料。

我拖着编织袋到棚口，扯开这片塑料，弯腰钻了进去，一股温热潮湿，以及羊粪和韭菜混合的气息扑入鼻中，棚上的帘子没有完全起起来，光线不是很好，脚下的韭菜一行行整齐地站着队，密密麻麻无处下脚。在这寒冷的冬天，绿油油的茎叶鲜嫩得让人有一种想吃的欲望。

我铲开一行韭菜走到棚后面给她们腾地方。门口的韭菜不铲，进来的几个人站都没地方站。梅嫂子把包递给我让我挂在棚后面的柱子上。元嫂子和刘总这时也进来了，从编织袋里拿出铲子递给我们。四个人开始蹲下铲韭菜。

鲜嫩的韭菜在锋利的铲子下就好比绵羊遇上狼，韭菜根"刺刺"地被铲断，我们把它们一把一把地放成堆。这个是有讲究的，根部必须向后，这样后面捆韭菜的人拿起来顺手。

我们一般都说割韭菜，因为是真的拿刀子在割；可靖远人说铲韭菜，因为是真拿铲子在铲。我们初次看见他们拿铲子铲韭菜，也惊诧了好久，这韭菜怎么可以用铲子铲？惊诧得久了，一切都已习以为常，现在若不用铲子只怕我们都不会割韭菜了。

门口的韭菜铲得差不多时又来了三个干活的。一看都认识，其中一个叫小烟，前两年给刘总长期干活的一个女人。相互打过招呼就干活，铲的铲，捆的捆。

一边干活一边闲聊，我问小烟："今年怎么不见你打工？"这个女人开始晒她的幸福："今年不想干活，一直在家待着，早晚有男人喂牛烧炕，一天三顿饭有女儿做，我基本上就是吃了睡，睡了吃。"

她说到这儿，刘总开始接话："你说你这样和猪有什么区别？我一天忙得只吃一顿饭，你吃了睡睡了吃的，真是！"小烟大怒："你那个狗嘴里吐不出象牙来，放的屁一点都不臭……"直骂得嘴角飞沫。

他们俩一直这样，我们也习以为常。刘总被小烟骂并不生气，反而更加眉飞色舞："本来就是，反正我们喂猪就是三顿。"我是听不下去了，插了一句："刘总，你可真可怜，人家猪都吃三顿，你咋才吃一顿？"我的话让几个女人大笑，刘总讪笑着，不再和小烟调侃。

韭菜快铲结束时，贩子来了，这个人我们在棚区见过很多次，姓朱。他一见刘总就肆无忌惮地大声用方言说他网聊的"趣事"，拿出手机让刘总看着什么，暧昧猥琐的表情溢于言表，全然不顾棚里还待着六个女人。

五个小时后，韭菜被我们铲完捆好了。为了防冻，我们又把韭菜整齐地装进了纸箱，还用塑料袋包裹好。装车的时候，姓朱的贩子一直嘱咐：小心点，别压伤了韭菜，上车三块钱呢，压烂不好发……

忙完这一切，刘总付给我们一人三十块钱的工钱。中午一点半，太阳依旧偷懒不肯出来，天更冷了。

五

一群女人散落在早春的田野里，扎着头巾，戴着口罩，只剩下两只眼睛在扑腾，盯着面前拇指粗的杨树苗，有些无奈地蹲下去。树苗是去年插秧长起来的，今年为了让树苗根扎得再深一些，就得剪掉去年的秧苗，让它们重新发芽。

女人们左手扶着树苗，右手拿着剪子，手一松，剪子张开锋利的"嘴"嵌住树苗，离地五公分，拇指和其他手指默契配合，一使劲，"咔嚓"一声，树苗应声倒在地里。再一松手，剪子的弹簧快意地呻吟了一下又张开"嘴"，女人们挪向下一棵树苗。

四百米的地一眼望去，树苗林立，密不透风，每一棵都要重复相同的动作剪下来。休养了一个冬天，女人们的腰身略显臃肿，蹲了没几步就气喘吁吁，只好用膝盖来回替换，半跪着前行。一棵又一棵的树苗倒在身后。那个叫喜宝的男人跟在女人身后捡拾着，捡够一抱，就地一放。

太阳慢吞吞地从罗山上爬了起来，无精打采地巡视着大地，没一会儿工夫就厌倦地躲进云层里不出来了。风是个阿谀奉承的家伙，变着法子上蹿下跳，招摇舞蹈，刚抓起一把枯树叶撒落，又扯起一只塑料袋飞舞，顺带着扬一把土。没一会儿就把树地里弄得乱七八糟，女人们的头巾乱了，心也乱了。

剪了有一小块儿地，我的手心开始作痛，虎口像要撕裂一般，抬眼望去，一根根标杆似的树苗冷峻地站在面前，等着剪子结束它们生长了一年的枝干。天上的云越来越厚，像一群保驾护航的卫兵把太阳裹挟了去，不让它看树苗落地的悲凉。

有人摸出手机看时间，其他人赶紧问几点了，看手机的人眼睛一翻，说才八点。女人们顿时泄气，质问看时间的人：你那时间对不对？干了这么多活了才八点？

又有两个人摸出手机，一对照，时间是没错的，可时间咋过得这么慢呢？看身后剪断的树苗数量怎么也得十点才对。唉，这鬼天气，连太阳都不见了。

女人们的速度慢了下来，三三两两的有人结伴去上厕所。野外空旷，女人们找个上厕所的地方真不容易，一来一去得十几分钟。十几个人换个儿地上了一遍厕所，时间却没有因此变得快一点。手来回不停地使劲握剪子，手背略微肿了，肩、肘、手腕都因为用力过度而抗议起来。

女人们的队伍开始凌乱起来，手上有劲、剪子快的开始领先，中间那部分女人始终不紧不慢，落在后面的三两个最是狼狈，头巾松了，口罩挂在一边耳朵上来回甩着，半跪在地里，膝盖上顶着大大的泥包，呼哧呼哧喘着粗气，两只手握着剪子，转着圈地绞着树苗，别人剪了三四根了，她们一根也没剪下来。其他人已经远远地走在前面了，几个人一抬头，不乐意了，喊着让前边的女人等等她们。前面的女人心一软，折回帮她们剪几棵树苗，拉近一下距离。可没一会儿，她们又落到后面去了。连续几次，再喊，相熟的搭档便失去耐心，回头笑骂："你们几个邋遢鬼，穷屄鬼，活该赶不到前面，你们说说，一把剪子二十来块，你们买一把新剪子会死啊？"

一通骂惹得大家哈哈大笑，骂归骂，可也不能见死不救。走在前面的折回来帮这几个女人，几下就剪倒了一片，这样刚好和中间剪的人会合。女人们重新排成一行开始下一轮的活计。但没一会儿，又成了前后参差不齐的队形，手已经承受不起来回的张合，速度一再减慢，这回落在后面的再喊也没人救场，几个人恨不得立马去买一把新剪子来。

喜宝是这群女人中唯一一个男人，始终跟在女人身后捡拾树苗，偶尔被脚下的树茬一绊，他一米五的身体会前倾一下但不会摔倒。喜宝快四十了吧，矮矮胖胖，一张冬瓜脸无事挂着笑容，总看见他提着一只茶杯，绿莹莹的茶水上漂着三颗大枣，蹲在他家大门口的台阶上，打量着过往的人，口齿不清地和行人打着招呼。那些人总会揶揄地夸赞喜宝是有福的男人。每到这个时候，喜宝都会咧嘴大笑，一颗多余的门牙显眼地顶出嘴唇，炫耀着主人的得意。

直到儿子出来，趴在喜宝身上闹腾着要一块钱时，他才开始狼狈起来，左右摸不出来个钱。儿子才不管他三七二十一还是二十四，躺在地上开始撒泼打滚，喜宝开始还有耐心，哄着抱着。可这孩子是越哄越得势，越闹越厉害。喜宝终于怒了，从路边的柳树上扯下一根柳枝，照着儿子的屁股就抡了下去。孩子一阵撕心裂肺的哭引来了邻居的围观。喜宝还脸红脖子粗地质问儿子再要不要钱。喜宝的家门爷爷看不下去了，掏出一块钱哄着孩子，转脸对着喜宝就是一顿骂："你个坏尿！你一个大男人，不想着出去挣钱，把女人放在外面饭馆里能挣几个钱？你天天一个茶杯子一提蹲在大门口夸你呢？你看看别人家的房子，你再看看你们家，你连给娃的一块钱都掏不出来，你还好意思打娃？"

那天的喜宝颜面扫地，悻悻地站在村道上回也不是，不回也不是。后来一个邻居就喊他和女人们一起去干活，虽然一天七十块钱，可哄孩子总是足够的。

时间熬到了九点半，该吃馒头了，女人们总算松了一口气，提起干粮袋子三五个一坐吃了起来，天冷，水早凉了，胡乱吃几口馒头凑合一下吧，可这馒头得细嚼慢咽。

在没有色彩的早春，女人们的头巾成了炫目的风景。粉色、红色、浅绿色，相互映衬在一片枯黄的旷野。远处的罗山雾蒙蒙的，看似近在眼前，其实遥不可及。吃在嘴里的馒头如同刚才难以打发过去的时间，只在嘴里打转却咽不下去。喝口水冲一下，冰凉刺骨。

天空飞着几只喜鹊，变换各种身形表演着自己高超的飞行技能，飞累了，一个转身，潇洒地飘落在杨树苗最高的树枝上。细小的树枝经不起喜鹊的踩压颤颤巍巍地晃着，好像要把喜鹊甩落在地，可这小东西甩着尾巴竭力保持着身体的平衡，愣是在那根树枝上站稳了脚跟，得意地"喳喳喳"大叫。女人们正烦着呢，谁有心情听它卖弄。一个女人弯腰捡起一块土坷垃，掷向枝头狂喊的喜鹊。土坷垃没打到喜鹊，受了惊的喜鹊扭着腰身飞走了，临走在女人们干活的上空盘旋了几圈，似乎用这种方式表达着它的不满。

二十分钟后，不用老板催促，天气就无情地驱逐着这些女人上工。女人们甩着手有些大义凛然地走向树苗，有几个女人的手确实疼得不行了，她们开始打喜宝的主意，看能不能把剪子换到喜宝手里，再咋说喜宝是男人。她们一边念叨一边装可怜，一边看喜宝会不会主动来换一下。但是她们估计错了形势，喜宝还是那副憨憨的表情，龇着牙笑得天真无邪，就是不接女人们递过去的话，只专心地捡拾着面前的树苗。

四百米的地头在女人们的吵闹笑骂中很快出去了，时间依旧缓慢得像一头拉不动车的老牛。十一点了，仍旧没有暖和的意思。手上的疼痛似乎支撑不到中午休息了，气氛越来越沉默，只剩下咔嚓咔嚓的剪树声和树苗落地的沉闷。一声惊呼打破了这种沉默，大家一抬头，不远处田埂上的一幕触目惊心。一只大狼狗领着五六只土狗在分食一只死羊。大狼狗显然已经吃饱，半眯着眼睛卧在田埂上，冷冷地看着这群人。而那几只狗仍旧在撕扯着死羊，完全没把女人们放在眼里。而女人们也没勇气像驱赶喜鹊一样去驱赶流浪狗，只能任凭它们在面前上演血腥的场面。我们手底下的活计依旧在继续，狗无视着人，人忽略着狗。

远远驶来一辆电动三轮车，几个女人对双膝跪地匍匐向前的一个女人惊呼，你看你看，那个怎么像你儿子。女人抬头细看，可不正是自己在省城重点高中上学的儿子吗？他怎么回来了？是不是出啥事了？看着儿子一步步走向自己，无数的疑问涌上心头。

三十七岁的她瘦弱干瘪，皱着眉头甩着手腕，新买的头巾鲜艳悦目，却遮不住脸上积淀下来的沧桑。丈夫一开春就打工去了，家里就她一个人。养着四头牛，二十几只羊。她牛圈里出来羊圈里进去，得早早地喂好牛羊才能去打工。三个儿子都在上学，一个月的生活费要两千多元，家里还有这样那样的花销，光靠丈夫一个人挣钱根本不够，自己虽然挣得不多，可好歹也能补贴一下家用。

儿子腼腆地笑着，两个月不见，又长高了。仔细询问，原来今天是星期六，儿子随亲戚的车回家来看看。回来看见母亲不在，一打听知道在这里干活就过来看看，一会儿马上就走呢。女人的心放下了，儿子抢过女人手里的剪子，半蹲着开始剪树苗，到底是男孩子，手上有劲，几下就帮女人剪倒了一大片。女人一边甩着手腕一边和儿子聊天，问东问西，儿子一边剪树一边小声回答着。

剪了一会儿，儿子要走了，女人开始询问一起干活的女人谁装钱了。一群女人零七八碎地凑齐了五百块钱，女人拿过去递给儿子。儿子推辞着不要，说自己这个月钱够花，下个月再说。女人执意扯着儿子的手腕强行塞给儿子，儿子一看不行，数出来二百块钱自己拿着，剩下的又塞给母亲。娘俩就这样来回地推让手里的钱。儿子一看拗不过母亲，便把三百块钱使劲儿塞到母亲兜里转身就跑，边跑边回头嘱咐母亲别操心他。女人一看追不上儿子，只能大声喊着让儿子在学校吃好喝好，千万别亏待自己。走远的儿子挥了挥手，示意母亲忙去。女人看着儿子远去的背影，叹了口气，拿起剪子重新加入剪树的队伍，匍匐在地用双手使劲儿剪树。

看了无数次的手机，时间总算熬到了中午，剪倒的树苗和站着的树苗齐齐整整地拉开了分界线。女人们拖着有些跛了的腿，甩着手腕，像一群打了败仗的伤兵，懒散地走向地头休息。

（原载于《散文选刊》2017年第4期）

冬日里的一碗凉皮

因为她给我指了路，也因为我要等时间，我在她的小摊前坐下了。她经营着一个露天的凉皮摊子，周围打扫得还算干净，不大的桌子上放着一溜带盖的盆，里面盛着调凉皮的各种汤汁。

这是银川郊区的一个小镇，三十几年前，作为宁夏最早的移民点，我老家的一批乡亲们背井离乡来到这里，在一片荒漠上吃尽苦头建设起了这个小镇。

我和她要水洗手，她提着水壶给我倒，一边倒一边说，你的手真白，你看我的手，和乌鸦的爪子一样。她的话让我吃了一惊，第一次有人这样夸我。我抬头打量面前的这个女人，棉帽子、大口罩捂得她只剩下两只眼睛，两只手像蜜枣一样泛着油光，这是常年涮洗凉皮被油浸泡的结果。我又看自己的手，和她比，确实白很多。

我是无意在这冷天吃凉皮的，但我没地方可去，面前的这个女人让我觉得有眼缘，人又亲善，所以我打算在这里逗留一下。她问我要大碗还是小碗。我有点懵，问她区别在哪里。她说大的多一块钱。我不知道这个所谓大碗到底有多大，似乎和红寺堡卖凉皮的方式不一样。我犹豫了一下，为了照顾她的生意，我说那来个大碗的。

她面前有一个铁皮炉子和一口小锅，她说给你热一下吧，我说好，便静静坐在对面看她娴熟地忙活起来，我第一次知道凉皮还可以热着吃。

我一看端上来的一大碗凉皮就后悔了，这一碗的分量抵得上红寺堡凉皮的两份，我本身不是特别喜欢吃凉皮，但已经要了，我没有选择的余地。

凉皮很筋道，味道不错，热了一下也不那么凉了，我一边吃一边和她说话。她问我是干什么工作的，我说农民，种地的。她说看着不像，我说真的。

她叹口气，说不管干啥，只要日子平顺，两口子一心一意这辈子也就知足了。我使劲点头，询问她这个摊子生意咋样，儿媳妇娶了没。

说起她的摊子，她的眼睛里露出一种深深的疲倦，说干了二十几年了，今年都四十八了，啥时候是个头？别人家的凉皮都是批发的，不用自己做，她为了生意长久，一直坚持自己洗面，自己蒸，所以生意还是可以的。

我说儿媳妇娶了就好了，不用再这么辛苦，可以领着孙子，让孩子们来接摊子。她大笑，你也不看看现在的年轻人，谁给你耐这个烦？娶个儿媳妇都当太后一样供着，不敢指望，也指望不上。

我说娶了几个了，她说才一个，还有两个没娶，娶了一个花了二十几万元，剩下的要等账还得差不多再娶。

她又叹气，关键我们那老汉指望不上，我一个女人家，操劳一辈子，拴不住人家的心，人家外面有人呢。活到这把年纪，也就是替娃们扒拉日子呢，再没有一点盼头。

除了叹气，她的表情很淡定，或者说是一种麻木。她说打过，闹过，离过，最后认了。说的时候，她眼里有笑意，似乎在回想曾经的一哭二闹三上吊，笑自己太傻吧。

凉皮的分量太大了，我实在吃不下去了。她又说了一些关于婆婆、关于儿媳妇的琐碎。更多的，是对自己男人的描述。她先嫁了这家的哥哥，结果因为意外哥哥去世了，她又嫁给了弟弟，才有了现在的婚姻。不知道人家嫌弃她还是咋回事，从娶了她就开始在外面拈花惹草，半辈子毛病不改。

正说着呢，她给我使个眼色，说曹操曹操到。我一回头，一个看着并不显老，而且打扮时髦的中年男人骑着电动车来了。再看女人，瞬间似乎又苍老了不少。

付钱后和女人道别，走了又回头看她一眼，冷风中她的身影有点萧瑟。谢谢你的信任，和我讲了这么多，祝你早日苦尽甘来。

孤独是条流浪狗

我在一个下雪天站在屋檐下看着漫天飞舞的雪花,一瞬间的清冷让我瑟瑟发抖。拿出手机,很想找个电话号码打出去,但滑了一圈,也没有找到。

这样说我的朋友们会伤心,她们对我太多太多的好,我随便打给谁,都会被关怀,被温暖。但恰恰是这样,我才不知道这个电话应该打给谁,我无法理直气壮地说自己不开心,因为我也不知道哪里不开心。既然自己都不知道,又如何说给别人听?而我丝毫的不开心都会让她们担心,徒添一场烦恼。

把手机装进兜里,手伸出去,一片雪花在我手心瞬间成了一滴水。我呼出一口气,眼前迷蒙,仿佛天地间只剩下一个我,而我,想在雪地里寻找我的同类。

微信飘来一句话：你那里下雪了吗？有没有写一点儿和雪有关的句子？不知道这是哪里的网友，也没问过人家性别，只是偶尔地说过几次话，他说喜欢我的文字。我回复说没有，他说写一点儿吧，我说不写，写了心情悲凉，他却一再坚持让我写一段。写字这个事情，我对自己很娇惯，想写的时候谁都挡不住，不想写时一个字都不写。第一次被人这样三番五次要求，我的情绪一下子恼怒、暴躁起来。

不再搭理他的消息，雪继续在下。季节还没到最冷的时候，雪一落地，就没有了落下的美丽。人一落地，总也没有活成自己想要的样子。

屋檐下站得久了，手脚有点冷。身后的大楼里聚集着许多人，我们在参加一个会。这些人里，大部分人认识我，我记不住他们谁是谁。我很笑话自己，现在不能在人群中巧舌如簧，八面玲珑，除了笑着听别人说、说谢谢，再不会其他。

母亲一直说，我是个不会说话的人。她老人家说的"不会说话"，指的是我不会和不同性格的人说出让别人舒服的话，总在不经意间得罪人。于是，我就刻意少说话，以免让别人不舒服，也免得自己因为说错话而惶恐不安。

我还是回到人群中去了，找到我的座位。旁边的美女问我这半天干吗去了，我说在外面看了看雪，她撇嘴说，雪有什么好看的？我笑笑，不再言语。

我在面前的本子上用笔写着字，装出一副勤奋好学的样子，挖空心思写了这样几个短句：

一杯茶已经冷去/窗外飘着雪花/有人在路上/坐着火车飞奔/我想做一片叶子/随着秋风凋零/我不喜欢下雪/心在发抖/想念远去的季节/久不联系的朋友/远处飘来一句话/可怜的娃

　　雪停了/人还在喋喋不休/一堆纸上，印满看不懂的文字/相同的表情/各怀心事/来来往往/一杯茶/一个下午/时间一点点荒芜

　　到饭点，一声散会，大家开始活跃起来，邀相熟的一起离开。几天时间，我没有和谁熟起来，一个人缩着脖子，拎着包离开。公交车停靠在空旷的院子里，被风雪包围，顶着风靠近公交车，发动机的声音被风分解。车上挤满了人，我上去找了个地方站着，听各种声音抱怨风雪。公交车颠簸着前行，雪花被风鼓动着撞击车身，看着雪一次次勇往直前地冲击。我很沮丧，质问自己为什么要来参加这个会，没有认识的人，没有喜欢的氛围。每当这个时候，我就像一只刺猬，因为没有安全感而竖起全身的刺与这种氛围对抗。

　　到吃饭的地方，到处都是人，自助餐台上的食物被一点点分走，肉类一添再添仍然供不应求。好多人面前盘子里的食物冒尖，筷子一次次从盘子向嘴里输送，咀嚼声响成一片。

　　这里凭票吃饭，餐厅里面各个角落都是人，门口却还排着长队，我跟着队伍缓慢向前，快进餐厅门时有人插队。插队者穿着呢绒大衣，波浪卷的头发配锥子脸，画着恰到好处的妆容，手里拖一个四五岁的小女孩，打扮同样精致。她把票递向服务员，只

有一张。服务员说,抱歉,女士,一张不能带孩子。她指着餐厅里几个穿校服的学生说,他们不是孩子吗?服务员解释,那几个孩子有票。一听这话,她把票甩在旁边的地上,说不吃了,拖着手里的小姑娘转身就走。孩子太小,被拖得有些跟不上妈妈的脚步,女人的高跟鞋踩出刺耳的"嗒嗒"声,回荡在餐厅大堂。

我前面的老爷子托着托盘,看着面前荤素搭配的冷菜热菜,迟疑着不知道该拿哪样。可能牙口不好,胃口也不好,他没有拿一点肉食。我静静地看着他挪动脚步,不由得想起父亲。他老人家因病老早掉光了一口牙,吃不了肉,嗑不了瓜子,就连面条都得煮烂一点儿才行。可只要有什么节日之类的,他总是买来牛羊肉、瓜子花生、各种水果,把儿子女儿、孙女孙子召集到一起让大家吃,而他自己则咀嚼着牙床微笑着看着。有一次,小姨夫开玩笑说,你又没牙,买来看着别人吃什么感觉?他说,我没牙,可我的娃娃们有牙,替我吃了一样的。

我时常想他,但我很少哭,我知道他不喜欢我用眼泪来想念他。他也极少出现在我梦里,仿佛他从来没有离开一样,他一生都在为别人着想,我想他不出现在我的梦里,是因为他希望我能更好地生活,不要记挂他。有时候我挺怪他的,当时他要稍微咬咬牙,我也不至于辍学。可一方面我又心疼他,他一生好强,却没能看到我让他骄傲的时刻,如果他在,该多欣慰。一缕酸涩的气息充斥在鼻腔,我吸了吸鼻子,随便夹了几样菜,找个角落坐下吃了起来。

和其他桌子上红火的气氛比起来,我这桌太过冷清,能坐十个人的桌子只坐了四个人,还互相不睬,只听见筷子和盘子撞击以及吞咽食物的声响。

耳边又飘来《我是演说家》栏目、手机写字的话题，我知道是在说我。我朝嘴里扒拉着抓饭，不愿意抬头，在这个时候我是想把自己这张脸藏起来的。

我一口一口慢慢吞咽，无比想念我的搭档们，我多希望她们也来这个干净、温暖、舒适，有人服务的地方吃一顿饭。这里有大块的牛羊鸡肉，有各种蔬菜，有多种饮料。我要给她们的盘子里盛满丰盛的食物，我会劝她们多吃一点，我会问她们要哪一种饮料。我宁愿自己不吃，伺候她们。但我知道，我的搭档们在这种场合会拘谨，拘谨到吃不下一块肉，不敢多喝一口饮料，明明没有吃饱，却不肯再去拿菜，想吃哪个食物也不会说出来。这种场合会给她们套上沉重的枷锁，城市的体面远没有乡村的广阔让人觉得自在。我的心骤然疼痛，我的想法不是要束缚她们，只是想让她们好好吃一顿。

我嘲笑自己，她们还在挣一个小时六块的工钱，我却坐在这里人模狗样地吃着饭，有什么资格同情她们？而她们从来都是不需要同情的，你给她一块饼，她们会回报你两个馍。

电话响了，是我最好的搭档，接通先是笑骂。我们用彼此最熟悉的方式调侃对方，然后才说正事。她一再问我要不要胡萝卜，她总是这样固执地对我好，让我难以拒绝。

前两天见她，她说手机停机了，我用微信给她充上，又见她冷得缩着脖子，随手解下脖子上的围巾给她裹上。看着她好像欠了我万儿八千的样子让我心疼，和她平日对我的好相比，我做的这些事情微不足道，而她却要记在心里。今天她买了胡萝卜，第一个想到的是要送我。我不停地说不要，她不停地坚持，我佯装生气了，她才惴惴不安地放弃了坚持，挂了电话。我忍不住笑了起来，随即又是一种难言的悲怆让我觉得鼻子发酸。

大姐去西宁看外甥女，我不知所以地惦记她什么时候回来。好多时候感觉离开大姐我的地球就不转了。家里有大事情要问她怎么处理，买衣服问她哪个颜色好，腌菜问她放多少盐，请客送礼问她怎么做才合适……生活的种种都离不开问大姐，我一直叫她"领导"。

此刻大姐应该和外甥女在一起，享受着天伦之乐，而我却期望她赶紧回来。我们兄妹已经太习惯依赖她，她一个人，管顾着四家的事情，哪一样都得她操心大家才觉得安心。可每一次，看着大姐因为操劳而疲惫的眼神，我都觉得我们太自私。

雪继续在下，城市的灯火通明掩映在风雪中，地上没有留存下一片雪，雪依然固执地下着。这雪多像活着的熙熙攘攘的人，走了一批，又来了一批，来自冥冥之中，归于尘土，没有谁真正能够留下，这是世间最公平的事情。

看着漫天的风雪，我的思绪也跟着雪乱飘。当我的梦想开始一步步实现，一次次穿行于城市和乡村，穿着干净衣服面对我的搭档们的时候，我总觉得我背叛了她们。此刻，我的心情怎样失落都是我自找的。而我，已经没有回头路可走。

这双手

　　饭桌前，两把薄荷，一把菠菜，和泥巴一个颜色的两只手举着这些青菜，仿佛青菜是从这双手里长出来的，嫩得可以闻到泥巴的清香。

　　客人，刚铲的，就剩这些，买了吧！青菜转着圈在饭桌前被拒绝，这双手有些尴尬，有些无奈。

　　唯一的希望在饭店老板那里，挪过去，老板不耐烦地挥手，有了，有了，快走吧。

　　老板，买了吧，就这些。几近哀求。老板仍然挥手，走吧走吧……

　　这双手捧着青菜挪出了饭馆，解放鞋踩着门外的水，溅起一路水花。这双手虔诚地将菜放进三轮车，苫上一块塑料，弯腰挽起裤腿。

　　雨细碎地下，这双手抹了一把脑门上的雨水，抬头看看天空，一会儿工夫，后背已经湿了。

　　这双手推着三轮车，一步步挪着，消失在雨中。

　　一只油腻的挎包挎在左手腕，左右甩着。右手攥着几张一块的纸币，闹市中，这双手一直伸着，等着下一张纸币的降临。

　　人来人往，掏钱的人不多，这双手就这样伸着，一次又一次，满怀希望地伸出去，期待着别人的慈悲，又失望地收回来，等待下一次有好运气。

　　街上的小吃散发着各种香味，整条街都被这味道包裹。这双手穿行在这些味道中，不肯换个地方，只要一回头，就能看见这双手。

　　早些年这双手是否也灵巧过？是否也编过竹筐，种过庄稼，抱过孩子，盖过房子……

　　无从猜测这双手这辈子经历过什么。

　　现在，这双手只能一次次地伸出去，缩回来，再伸出去……固执地等待着——等待运气，等待慈悲。

　　给了这双手一块钱，再相遇时，回避了过去，与这双手擦肩而过。下一双手，伸在不远处等待……

旷野的王

很多时候,在旷野和我做伴的是我的三轮摩托车,我一个人干活,它停在路边。我会在突然的静谧中被吓到,然后赶紧看看它,它橘红色的外表暂时安抚了我紧张的情绪,让我瞬间静下心来,不再慌乱。朋友坐过一次我的三轮摩托车,夸奖,摩托车很拉风,而我,是风一样的女子!

旷野在很多时候都是一样的,同样的土地,同样的庄稼,同样的野草,甚至同样的树。偶尔飞过几只喜鹊,或者从草丛里蹿出一两只野鸡,只是暂时打乱一下旷野的节奏,一阵风吹过,一切又都恢复原状。

我插着耳机重复听着一首歌,一直是这一首,我说不上来为什么不肯换,其实歌词是什么我从来没记住,只是喜欢沉浸在这首歌的旋律里。朋友说，不要一直插耳机，对耳朵不好。想想也是，旷野里就我一个人，干吗不让旋律飘扬起来。也许，我是个自私的人，不肯把自己喜欢的东西分享出去，要么就是不想打搅旷野的静谧，在旷野，我们都是卑微的。

眼前一根明晃晃的东西闪过，仔细一看，居然是一条小蛇，小拇指粗细，正缓慢地扭动着身子从松软的土地上通过。隔着一条田埂，我看着它，它也打量着我，可能它太小了，所以看起来一点儿都不让我惊恐，甚至觉得它有点儿小可爱。我不敢动，一直目送它穿过土地。

我想，它也许是和妈妈失散了的孩子。

秋季多雨，犁过的土地松软潮湿，一会儿我就要停下来用鞋底擦一下铁锹，不然粘连得铁锹没办法多铲土。今年干活的进度明显不如往年，往年打个田埂算什么，六七个田埂半天就干完了。可今天一下午就忙活了一个，还上气不接下气。一阵风吹过，顿觉冷得不行。

那只偷吃了我麻花的喜鹊又来了，我猜一定是它，它盘桓在早晨放麻花的地方，来回蹦跶。想起大家常说的一句谚语：吃惯了的野狐比狼灵。

一边干活一边任思绪游走。此时，天地间的我渺小如一粒微尘；此刻，我又是旷野的王！

你说想跟我去闯江湖

昨夜，在鲁院静谧的黑夜里，我和我最好的搭档微信聊天。她也学会用微信、发朋友圈了，但她的微信聊天只能是语音，朋友圈一直是图片和小视频，文字于她，是天方夜谭。

我是看她发的朋友圈和她聊天的，我想念她了。她又开始了冬天的奔波，顶着冷风来来回回在蔬菜大棚里讨生活。如果我不来学习，我也会随她一起，在那个闷热、潮湿，充斥着化肥和羊粪气味的狭小空间打拼，维持生计，一边干活一边说着漫无边际的话，开重复了八百回的玩笑，是非一下村里的家长里短，挤兑一起干活的搭档让她们哭笑不得……这些在别人眼里无聊透顶的话题，对我们来说，是为了打发干活时的漫长时光，让辛苦和劳累淡化，让心情愉悦。而我，是极愿意和她一起干活的。

我找她聊天，搭档很欣喜。把我在北京的衣食住行、天气情况、作息时间、上课学习、什么时候回去等挨个问了一遍，才放心地说那就好。问我孩子谁照看，要是没人洗衣服她给洗。又让我给她发视频看我住的地方，看了惊呼：你可享福了，住的真好。同时又笑，你等着，我干活呢，等我攒下钱了，给儿子娶了媳妇，你再出去时也带着我，让我看看外面的花花世界。

我笑骂她，你那么爱钱，会舍得出来吗？儿媳妇娶了忙着哄孙子，孙子抱大你又想着给孙子娶媳妇呢。

搭档大笑着回骂：看你那屄样，就不能盼我点好吗？我还指望你发达了拉我一把，你倒好，一把把我推得远远的，真不厚道。你等着，老娘我攒下钱了，就跟着你闯江湖去。

我依旧笑着说好。微信里搭档还是笑得没心没肺，又是叮咛，又是嘱咐，让我安心在外面待着，照顾好自己，家里有什么需要她帮忙的就尽管说。我说好，但眼里已经有泪，只是她看不到。就算她看到，也会笑着骂我神经病，好好的流什么眼泪。

她是当玩笑说的，我却不能当玩笑听。我的搭档既能吃苦，又能吃亏，口才极好，思维敏捷，聪慧过人，勤劳善良。我把我能想到赞美的词汇用到她身上都不为过，甚至我觉得还远远不够。但是她却一直劳作在土地上，年复一年，日复一日，重复着没有止境的辛苦。她在我发给她的照片里、叙说中最大化地想象着远方，想象火车、飞机、城市、景点，以及她没有接触过的生活。然后满怀憧憬地感叹，什么时候，她也能穿得光鲜亮丽，暂时离开土地和劳作去这些地方看看；但时间、金钱，都让她只能想想，从来不敢当真。

我曾经不也这样子吗？我只是想想而已，甚至把去远方当作我最大的梦想。在这个黎明，在异乡，在鲁院温暖的房间里，在舒适的床上，写下这些文字，我对我的搭档充满歉疚。和她们相比，我觉得卑微，我的文字没写出她们身上十分之一的高贵品质，我的生活态度远没有她们坚强豁达。每当我哀叹生活压力的时候，一想到她们，我就觉得羞愧。但同时，一种悲凉撕扯着我的神经，让我惴惴不安，夜不能寐。

　　我绝没有嫌弃生我养我的那片土地的任何意思，但我深深痛恨那片土地上的潜规则。它让多少女人将一生的美好年华断送在了那里，终其一生未能踏出远方一步；它让多少女人把对远方的向往化作一声哀叹，吞咽进了肚子里不敢言说；又有多少女人为了远方，付出了惨重的代价。

　　其实，对我而言，对我的搭档而言，远方很远，远到我们无法想象。我一直在想，如果她们不是生活在那片土地上，她们的人生格局会是什么样子？

枕着书安睡在阳光里

阳光挤进窗户铺洒在床上，冬日的寒冷销声匿迹。我在满头大汗中醒来。鲁院的四楼，我的宿舍，我的床，一切仿佛幻觉。

隐约中楼上的联欢会还在继续，我的同学们大展身手，拿出自己的看家本领展现着本民族、本地方的文化。歌舞齐现，欢笑此起彼伏，我坐了一会儿就请假回了宿舍躺着，我病了，没办法全程参加。

枕边堆着几本书，有我买的，有朋友送的，还有借的。早之前写过一句话，在我们那个地方，借书比借钱难。而现在，早已过了那个难的阶段，我随时随地有书可读。

在之前的很多时候我是笑话自己的，我强行让自己豁达，强行淡然，那么真正的我呢？我装成一个文人的样子，但我没有安心读过一天书，我天天写字，却没有一句是写给自己的。我高朋满座，仍然无法让自己不悲凉。我找了这么久的自己，却越来越模糊。我知道我被生活稀释了，最后消失不见。

现在以一个学生的身份重新出现在鲁院，我想我是找自己来了。规律的作息时间，有同样梦想和目标的同学，良好的环境，可口的饮食……更重要的，是可以安心地拿起一本书阅读。而每一个来鲁院学习的学员，都会在这里留下美好的回忆。

《小王子》是我自己在书店买的一本书，慕名很久。读过，里面有许多充满哲理和思考的句子：

"只有孩子知道自己想要的是什么。"

"眼睛看不见的，应该用心去寻找。"

"没有谁会对所处的地方满意。"

"你要永远为你驯服的东西负责。"

"语言是误会的根源。"

这本书里这样的句子好多，每一本书流传于世，都有它被人认可和赞同的部分，每一本书被不同的人阅读，都是仁者见仁智者见智，但我想人们最终认可的，始终都是真善美的东西。而今天老师讲课，也在重申这个观点。

精神很差，眼睛一闭又睡了过去。几本书散落枕边，守候着我。我想无论任何时候，只要有书，有阅读，就有希望和未来，就有传承和文明。

离别，也许是永别

　　凌晨四点的北京，除了雾霾，还有无边的灯火通明，以及掩映在雾霾中影影绰绰的高楼大厦。预约的车是奥迪Q5，行驶起来性能良好。这种情况，适合昏昏欲睡。

　　夜晚的路是空旷的，人睡去了，也给了城市休息的空间。车里的气氛沉闷，我想不出要说什么。花姐和颜姐在后座，我在前排迎着灯光看一直向前延伸的路，路只要想走，似乎没有尽头。

　　花姐抱着我哭得一塌糊涂，我轻拍着她的背安慰她，却说不出一句话。她的亲人离开了，我不能感同身受她的痛苦，何必再说无关痛痒的话。下午吃饭大家就在讨论这个话题，一致说这种事情自己要想开，没办法。

　　我觉得这句话是个笑话。最亲的人，让人家怎么想得开？然而想开想不开的又能怎么样，已经发生的事情，谁也没办法改变。但花姐的悲伤无处安放。

首都机场T3航站楼像一只落地展开翅膀的大鸟。车子远远奔着这只鸟而去，我不喜欢这个地方，它总让我无比忧伤。就在一周前，我在这里送别了白姐，她在东北，我在宁夏。以前总想要么她来宁夏见我，要么我去东北见她，但人生就是这样捉摸不定，我们竟然在北京见面了。

我很想见她，这种想见是固执的，她在我的生命里有很重要的位置，似乎此生不见她一次我的人生就不圆满一样。然而见了，紧接着就是离别，她在夜里起飞，我在夜里返回，我们去往不同的方向，再见与不见，由未来掌控。

花姐一夜之间憔悴了，她是人如其名的美丽女子，我认为她生来就应该被呵护和疼爱。这样的变故不是她能承受的，她三姐只大她两岁，孩子还没有成年，突然的脑溢血，匆忙离世，让她情何以堪。明明她走时还好好的，明明还期待着回去一起聊天，怎么就成了这个样子。花姐一次次落泪，夜晚也变得漫长。

几个同学围着花姐，收拾行李，改签机票，并安抚她的情绪。花姐紧紧攥着我的手，我感觉到了她的无助和战栗。等一切回家的事情安排妥当，大家都散去了，花姐又一次哭泣起来，我希望给她力量让她坚强，但我又是如此的无能为力。

顺利拿到了机票，托运了行李。一场离别又在眼前。三个女人彼此看着，不知道说什么，再见太轻。紧紧拥抱了一下，我笑着对花姐说，记着，你还欠我钱呢。花姐忍不住笑了。这是我们两个人之间的一个小笑话，我想多年以后，花姐都会记得这句话，都会因此忍不住大笑。

目送花姐过了安检，机场在雾霾中恍惚，来来往往的人，不是接送就是远行，离别隐匿在雾霾中，笑得不露声色。

离别，也许是永别。

以各种方式活着

我在厦门的海边偷拍了她,我想请她原谅我。我是被嘈杂的音乐吸引了的,一抬头就看见她坐着轮椅在唱歌,跟着音乐,一曲又一曲。她面前放着一个箱子,里面有零星的小额纸币以及硬币。厦门的阳光很好,碧水蓝天,硬币在太阳的照射下闪着刺眼的光芒。

她整个身体陷进宽大的轮椅里,轮椅旁边有一个大型音箱。来往的人不时有人投进去一张纸币或者硬币,她一边卖力唱着一边点头致谢。偶尔在音乐的空当,她会咳嗽着清一下嗓子,再使劲唾一口唾沫出去,并不时地拿出轮椅上放着的水杯喝一口水,如此反复。我知道这样子一直唱嗓子会很难受,看着她不时朝旁边的地上吐唾沫,我更难受。我在附近寻找着小卖店,我想给她买瓶水和纸巾，但始终没有找到。

　　我只有两块钱零钱，早就投到她面前的箱子里了，但我还是强烈地想给她买瓶水，甚至想替她唱两首歌。但我没有找到卖水的铺子，也始终没勇气去替她唱首歌。我很怕我的善意会伤害她的自尊，这个世界上，有些人是不需要别人的同情和悲悯的，那么就给她尊重好了。

　　想起在深圳，和白姐一起去莲花山，那个清秀的姑娘穿着校服，坐在林荫道上拉着二胡，景美，曲美。人们纷纷驻足，尽兴处随心投出纸币，不问缘由。我和白姐把手中的零钱都投了出去，我们不是同情心泛滥，只是觉得，姑娘的曲子实在优美，值得鼓励。

　　不由得又想起另外一件事情，一个姑娘背着书包长跪在一家商场门口，面前一张纸上写满生活的凄楚和悲惨。她面无表情，就那么跪着，等别人把零钱递到手上。实际上我也递钱给她了，因为她的长跪不起，一直跪着，很不容易，希望她得到她心目中的那个标准，赶紧起来吧，大冬天的，跪着真的很冷。

　　一路见到各种乞讨者，缺胳膊的、少腿的，蠕动在人行道上，等着大方的施舍者。施舍的始终在施舍，但大部分人都面无表情，避之不及，甚至嫌恶。然而到下一个地方，这些人仍然充斥在各个角落，绵延不绝。

　　向用才艺谋生的人致敬，向对生活不低头的人致敬！

面朝大海，看见花开

看见海的时候，我被逗得大笑。海不应该是蓝色的吗，为什么我眼里的海是灰色的？姐也大笑，她说海水应该是无色的，它会随着天气而改变自己的颜色，天气晴朗时一片蔚蓝，天气阴郁时是暗灰色。我惊叹，活了这么久，居然一直认为海就是蓝色的。

天气阴沉着，海面很平静，时不时蹿出一只水鸟，又一头扎进水里觅食。远处一片迷蒙，似乎拉了一层灰纱，看不清楚海对面是什么。姐说这是海湾，不会有那种惊涛骇浪的场景，而对面就是香港。以前有偷渡的人都是从这里游过去的，我更是觉得难以置信，这么远的距离，能游过去吗？姐说可以，他们一个游泳圈一套就游走了，不过因为偷渡也死了好多人，毕竟每个人的体力是不一样的。

在这个季节能来南国，是一件幸事。我的家乡现在虽然没有冰天雪地，但万物已显萧条，处处弥漫着一种古板的气氛，让人不由得跟着严肃，把自己包裹起来。而这里，一切都不一样起来，满眼的绿，大把的花，蓬勃生长的植物，温润潮湿的空气……让人瞬间错觉，我是不是从那个寒冷的地方来的？

面对美景和家乡的苍凉对比，还是不由自主赞叹这些景。同时也期望，我的家乡可以越来越美。

漫步于花海中，各种绚丽的色彩争相绽放，叔叔说现在不是这里花最多的时候，无法想象，花最多的时候会是什么样子。眼里看到的和想象的终究是有差距的。

和一对热爱生活、平和、有包容心的老人一起相处是一件快乐的事情。随意地走在林荫小道上，随意地说着话，遇到都觉得特别漂亮的景时，一起赞叹，一起相互拍照留念，再一起欣赏照片中彼此的样子，好的留下，不好的删掉。

人在异乡很难找到家的感觉，但在这里，我就像个被宠爱的孩子，各种随意。我心安理得地享受着这些温暖，他们待我如亲人，而我也深深把自己融入到这个家里，做一个开心的人。日子，便在寻常琐碎、一粥一饭中逍遥。

姐说，我是福星高照款

辗转落地西安，夜幕降临，机场在灯光下绚烂。开机，姐的消息弹出，可落地西安？爸爸妈妈很惦记！盯着屏幕微笑，温暖不言而喻。

陌生的人和人需要怎样的机缘才能处得和一家人一样，无法想象这其中的奥秘。想起朋友说的，一切自有安排，我们何必猜想？

和姐一家相识源于文字，姐说他们一家人数次在家里的饭桌上讨论我的文字，姐把我的文字推荐给她认识的每一个朋友，书出来后姐一下子买了十本，而我的每一篇书写，姐都会过目并且留言。我们聊天不多，但关注从来没少，姐如同三月细雨，温润及时。

想起姐带我去大梅沙看海，去时天气阴沉，姐说这样的天气，海也是灰的，我说没事，海就算是灰的，那也是海。坐公交车经过深南大道，姐给我讲着路边的著名建筑，我惊呼这些建筑的高度和设计的多样化，旁边一帅哥撇嘴，似乎想说这有什么好看的。我和姐一起偷笑，生活中的美，得用心去发现。

一个多小时的行程，我一路大惊小怪，而天气渐渐明朗，等到海边，居然有了些许太阳，海从灰色变成了墨绿，温度也高了起来。我和姐漫步在海滩，看着潮涨潮落，姐给我拍下各种姿势的照片，又和我一起寻找贝壳，只因为我说了一句，想带给儿子女儿看。

回到姐家说起看海的经过，叔叔阿姨为我没有看到蔚蓝色的大海而遗憾，叔叔急忙找自己的平板电脑，调出在新西兰拍的大海给我看。我对姐说，没看到蔚蓝色的大海又怎么样？和你们在一起，如此轻松平和，这才是最开心的。

一个人在西安机场问询重新登机的方法，我一点儿都不孤单，我知道我刚离开的地方，有一家人在为我守候祝福，而我到达的地方，朋友一定会等待。我要做的，就是管好自己。

重新找到登机口，一切顺利，发给姐消息，告知一切顺利。姐回复，顺利找到登机口就好，你是福星高照款。忍不住又笑，这是在深圳姐夸我运气好时说的一句话，姐总是最大限度地放大每个人身上的优点，并告诉别人，你这样很棒！我心安理得地得意，因为我是福星高照款。虽然我才认识姐这样好的一家人，但他们给的温暖，足够一生珍惜。

我们在路上

我们是一个群体，我们来自不同的村子，我们每天在路上行走，我们有着相同的目的。在年复一年的重复中，我们彼此熟悉起来，在无聊乏味的活计里，听到了一个又一个女人的光阴故事。我们，始终在路上……

小 罗

老李是我认识的菜棚老板中脾气最好的，用"温文尔雅"来形容他一点都不过分。可那天老李发火了，气愤之余和我抱怨："小罗的那个男人简直是个'冻水磨''癞蛤蟆'，一使一动弹，不使不动弹。让他去棚里拔草，说太热，会晕；让去挖葱，一个小时挖了十来斤；让去装土压棚，抱着铁锨把不使劲；让背帘子，差点被帘子压趴下。你说，这样一个人怎么挣钱？要不是小罗的面子，倒贴钱我都不用他。"

我问老李谁是小罗，老李说他雇的一个打工的女人。每天在老李菜棚里干活的女人来来去去，小罗是她们中的一个。

小罗干活很卖力，干今天的活，总会联系明天的，生怕自己闲下来。摘完辣椒，剩下的不好的辣椒，小罗并不嫌弃，收成一堆拿头巾一包带走。小罗二十五岁，脸上却有着三十五岁的沧桑。

和小罗熟悉起来以后，渐渐有了交流。有一次小罗说她想主动去计生站做结扎手术，问我们这些过来人做手术疼不疼。我们一块儿的都笑她傻，说有些人是哭着喊着躲避计划生育，你倒好，哭着喊着要自己去结扎。小罗沉默了一下，说自己都生了两个儿子了，万一再怀孕，生下来拿什么养活？我疑惑，计生站宣传了那么多避孕方法，难道就没有适合你的？小罗的眼神黯然，低声嘟囔了一句"你不懂"，就不肯再说话了。

一直走路打工的小罗骑上电动车来了，满是雀斑的脸上洋溢着笑，好久没见她了。我们和她道贺，她腼腆一笑，说自己去青海摘了三个月枸杞，挣了八千多块钱，这车就花了她一半工钱。我说你出去打工了，你男人干吗呢？小罗说在家放羊呢，他出去打工没人要，啥都不会干，只会放羊。

在菜棚越来越少见到小罗了。夏天听说她去了中宁摘枸杞，秋天听说去了新疆摘棉花。在养家糊口的路上，小罗的脚步停不下来。

老杨婆

好多女人嫁给一个男人,就没了自己,只是某某的老婆和谁谁谁的妈,连姓也被冠上了夫家的标签。

老杨婆姓什么叫什么谁都不知道,只知道她男人姓杨,她顺理成章地被称呼为老杨婆。老杨婆五十多岁,在哪家的菜棚打工都能碰见她。岁月积淀下来的经验让她懂得察言观色,她能说会道,在这棚区没有哪个老板不认识她。

但是喜欢老杨婆的人没有几个,她太能说,老板面前一套,和一起的搭档又是另一套,时间久了任谁也会讨厌她。但是这种讨厌不是明面上的,老杨婆毕竟五十多岁了,这么大年纪不在家待着,应该总有不得已的苦衷。大家都默契地给了她一个宽容的环境,只是老杨婆自己不知道。

有一天,包装完辣椒,剩下的残次品老板让打工的女人带走。老杨婆抢先麻利地给自己刨了一大堆,快速地装进编织袋背起来就走。一起干活的一个女人用厌恶的口气数落开了老杨婆:"这个老不死的,男人是校长,一个月五六千块钱工资,两个儿子一个在广州,一个在上海,都是高薪,她不在家好好待着,天天像只绿头苍蝇一样跑出来挣一个小时六块的工钱,你说她是不是有毛病?"

我们都被老杨婆这样深厚的背景吓了一跳,再看见她匆匆忙忙的脚步时,心里也有了和那女人一样的厌恶。

老 金

　　老金是唱着《遇上你是我的缘》走来的,那时我正坐在大棚顶上补塑料,老金几步就跨越台阶上了大棚,自来熟地和我聊天。

　　老金认识一个人很容易,谁想认识老金也很容易。她喜欢唱歌,有一副好嗓子;她喜欢跳舞,有一副协调性很好的身段。老金具备一个艺术人才该有的条件,可老金偏偏生在乡村。

　　乡村的天地很宽广,宽广到可以包容一切尘埃;但乡村的土地又很狭窄,窄到容不下老金的歌声。穿着大红裤子的老金走过的地方,身后总是一片窃窃私语,男女看向老金的目光,有鄙夷,有不屑,更有渴望。

　　这些和老金是没关系的,老金依旧在田间地头欢歌笑语,在打工的女人中肆意地开玩笑。有一天,因为别人的几句闲话,老金被自家男人提着棒子追着打,她跑得飞快,男人追了几条巷道都没追上,便拄着棒子声嘶力竭地喊:"我要不离了你我就不是男人。"老金不跑了,转身彪悍地回敬他:"离?你想得美,老娘大好的青春用来给你生娃过日子了,现在老了你要离婚,做梦去。"男人气得抡起棒子扔向老金,老金跳着躲开转身又跑了。

　　这样的战争在老金家是习以为常的,两个人像武林高手一样互不相让,甚至菜刀剪子都会派上用场。但每一次,老金都会轻松化解,日子就这样打打闹闹许多年了仍然继续着。

　　老金一直说再苦再难都要坚强,我有我俩娃呢,老娘这辈子就这样了,说啥都不能让我娃和我一样!这样的老金,似乎是没有烦恼的。

那天干活时老金继续在唱歌,棚里就我们两个人。唱着唱着老金开始流泪,继而放声大哭。我茫然地看着老金,不知所措!哭完后的老金有些咬牙切齿地说了一句:今年我家的玉米歉收,昨天才卖了一千五百块,他一晚上就输掉了一千元,我儿子还等着要生活费呢。此时的老金,柔弱得像霜打过的小草。

红脸老婆

红脸老婆是个称呼,既不是人名也不是绰号。这个五十多岁的老婆子的脸比一般人的红很多,而且又固执地不肯说自己姓什么。可干活时总要有个称呼吧,于是她的红脸成了标志,诞生出了红脸老婆这样一个称谓。

红脸老婆在棚区是很出名的,谁家有干不过去的活都打电话找她叫人。她总能喊来这样那样的小媳妇或者老娘们。红脸老婆很气派,走在路上总是气昂昂的。接到找人干活的老板的电话,总是气定神闲地边走边说,最后不忘加一句:叫一个人一块钱啊,我回家要挨个打电话的。

干完活要回家时,红脸老婆也是很神气的,一个电话,她家老汉就会骑着摩托车来接她。她还是那样气昂昂地跨上摩托车,呼啸而去。

红脸老婆儿女都已成家,她常年在棚区打工,听说也没少挣钱。那次听她说,她老汉儿子都不让她干活,可她想趁能动弹,先干着吧,娃们都有自己的日子,她自己得把自己养活了。去年大儿子盖房,她给他帮了一万元;今年二儿子买车,她也帮了一万元,都是她这几年攒下来的。

她老汉又来接她,边走边说,儿媳妇已经做好饭了,等着你回家去吃。

江湖在每个人的心里

三虎蹲在树荫下,一只手拿着手机,一只手托着下巴,双眼含笑,神情愉悦。他的手机微信里,一群女人的聊天语音一句高过一句,像一个嘈杂的自由市场。

玩笑、怒骂,甚至暧昧、煽情的话语层出不穷,三虎听到惹他发笑的话语就忍不住嘴角上扬。他的左边是一堆粗砂石,对面是一堆细沙子。搅拌机像个蛮不讲理的莽汉横在路上,里面放着搅好的沙灰。水泥离搅拌机有一截路,三虎会拿钢筋钩子钩在水泥袋子的边缘,扯起一袋就走。水泥袋子不情愿地被拖着,洒下一道道水泥印子,把路面糊成了水泥的。

高宝腆着自己的肚子,背着手不紧不慢地从院子里走出来,冲着三虎一挥手,来一车车灰。三虎从手机的遥远世界里回过神来，不满地瞪了高宝一眼。高宝看到三虎开始拉灰，重新背着手进了院子。

这是一家私人的院落，要盖八间房子，主人家提供建材，轻工承包出去。高宝的邻居小金是个小包工头，他承接了这个小工程，高宝和三虎是小工，一个开搅拌机，一个在里面伺候瓦工。

和他们一起干小工的还有马志和两个女人，除过开搅拌机的三虎，他们四个人供着四个瓦工，又是抱砖，又是供沙灰。八间房子，九个人开始修建。

一堵墙的两边站着两个瓦工，靠着一根线一层一层增加墙的高度。一根线决定着一个墙面的工整，一根线更测试着瓦工的水平。所以我们这里把瓦工一直叫"提线子的"。音乐家可以把各种乐器弹奏成一曲动人的曲子，而"提线子的"瓦工只能用手里的瓦刀把砖敲出叮叮当当的声音。墙的拐角为了套上茬口，每一层都要把砖剁成三七分开的半截。"七分头"上墙，"三分头"舍弃。所以瓦工又被喊成了"剁砖的"。

有福姓马，三十出头，精明干练，他的搭档是马师，一个瘦弱且稍微谢顶的中年人。马师是尊称，意思是瓦匠师傅，冠上姓。但大部分时间没人喊他"马师"，而是叫他"汗爷"。马师辈分比较高，三虎得叫他一声爷，马师一干活，头上好像有一眼"渗渗泉"，脸上擦不完的汗，所以大家戏称他是三虎的"汗爷"，喊得久了，都叫马师"汗爷"。

马志是伺候有福的小工，一边干活一边不停捣鼓手机，有福看着忙乱的马志，偷笑，一副过来人的样子，笑着说，现在的人啊，离开手机就活不了了。马志抬头说，得了吧，你也不是省油的灯。有福挤了挤眼睛咧嘴一笑，继续忙自己的事情。

两个女人配合着朝脚手架上放砖，只有把脚手架堆满，她们才能松口气，但在"剁砖的"瓦匠叮叮当当地敲打中，她们一直没真正松口气。高宝"刺溜刺溜"一直在供沙灰，搭满几个沙灰斗子，他就双手抱着铁锹把支着下巴看着。有福回头说，高宝，沙灰太硬了，加点水重新和一下。

高宝抬头不屑地看着有福，说，就你事情多，人"汗爷"都不言喘。就这样的沙灰，你看能用吗？嫌不好自己下来和。有福气得翻着白眼说，我下来和灰，老板雇你来是谝闲传的啊！

高宝一看有福话不对，转身提水去了。有福和另外几个人骂，你别看这个高宝，人不咋样，干活偷奸耍滑，可一张嘴和谁都能抬杠。马师一笑，说，他现在可好多了，你们不知道，早几年在杨老板的工地上，高宝整得几个瓦工跳脚。让把灰和一下，人家一铁掀石子就和进去了，这下好，砖敲不到一个水平线上，你就慢慢挑石子去吧。干不出来活，老板骂的，人高宝和没这回事一样，背着手还有闲转的时间。

高宝提水回来了，听见马师说他过去的"辉煌"，忍不住还是得意了一下，心想，想欺负他，没门。

休息的间隙，马志的手机不停在响，有福看着马志，笑着说，以前吧，我一直给人跑货车，只要停车，就不停地和人聊天。可现在，我看见别人这样捣鼓手机，从心里觉得累，可能是年龄的缘故。

有福深深地吸了一口咽，继续说，过去年轻，不懂事，现在想想，咱媳妇自从跟了咱，没过上一天好日子，咱得好好待人家。我现在就想好好挣钱，让媳妇、娃过得好一点，至于网络、聊天，已经不想玩了。

两个女人躲得远远的，男人们的话题不适合她们参与，"汗爷"低声问有福：金花的男人回来了没有？有福撇嘴：那家伙现在在外面领着两个女人，回来干吗？要不你看这个女人一天到晚四处找着打工，家里有两个孩子呢。"汗爷"点点头：也是啊，一个女人，真不容易。

老板小金插话了，金花倒是把自己保养得不错，脸白白嫩嫩。有福说，这女人可舍得给自己花钱了，一套护肤品四五百元。小金说，这就对了，把自己保养好再嫁也能嫁个好的。有福说，干脆你收编了算了，她一个女人家，真心不容易。小金大笑，说，赶紧算了，一个我都养活不起，还再收编一个。"汗爷"感叹：就说啊，咱一个老婆都养不起，金花的男人居然外面养着两个，也是有本事的人。有福大笑：人家是靠那两个女人养着，你以为他养两个女人，你也不看看他那个德性。大家又是一阵大笑。

虽然离得远，但玩笑还是被金花听到了，这几年，她已经习惯了这样那样的闲话。她和那个男人，爱过，吵过，打过，闹过，最终不再回来。可孩子是她的，不管他在外面有几个女人，她的家不能散，她不能让自己的儿子无家可归。所以，再苦再累，她都守着两个孩子，只要听见哪里有活干她就奔向哪里。日子不也照样过了。

金花突然和一起的女人说，咱们这些女人活得连牛羊都不如，牛羊还能安逸地在家被人伺候着吃草，我们就像停不下来的机器，一直奔波。女人为什么要嫁人，要生孩子？如果不是世俗的闲话，我们完全可以一个人生活得很好，干吗要嫁个男人？她的搭档长长地叹口气，两个人一起看着天上的云彩发呆。

高宝也时不时拿出手机看看。马志说，你网友找你呢啊？高宝得意地笑，扬了扬手里的手机：你以为就你们会上网？我也会，这个月光电话费七十多。马志大笑：哎哟，厉害了啊，我看看你微信名叫什么？"我爱花，花爱我。"几个人同时笑得不行了，说，这个高宝真有意思，一个四十岁的老男人了，还挺有追求，他爱花、花爱他的，浪漫得不行。

马志说不愧是媳妇在外面当领班的人，真舍得打电话，我们一个月才三十块钱话费，你花七十块，是不是净在网上拈花惹草了？再说你媳妇一个月三千块钱呢，你还干活干吗？高宝说，钱哪有多余的。马志说，你媳妇都当领班了，给我媳妇找个活干呗？

高宝底气十足地说，只要你媳妇想去，我立马给你联系。

"汗爷"一边敲砖一边问有福，高宝媳妇真是领班啊？有福说，听说是，反正那女人出去都三年了，当领班也不是没可能。什么活都怕长期干。"汗爷"点头说，也是，只是没看出来啊，高宝的媳妇还挺有本事。有福说，人不可貌相。

男主人来了，后面跟着女主人。男主人高大魁梧，女主人瘦弱纤细。两个人围着砌的墙看了一圈，男人没看出什么毛病，女人则不同，各种询问。小金陪着做解答，女人有疑问的地方，小金耐心解释着。

季节已经秋天，院子四周的杨树叶子开始枯黄起来，主人家原来有一园子果树，可要盖房子，大部分果树被砍倒了，散乱地堆放在各处，只留下几棵枣树，枣树太大，底下的被人摘完，树顶够不着的还很多，摘不上，打不着。树下散落着被风刮下来的枣子，好的已经被人拣拾，剩下的被踩得不像样子。

高宝趁供好灰的间隙，拾了几根短木棒，奋力朝着枣树顶端扔去，枣树的树叶还很浓密，木棒扔上去划出一个好看的弧度又被反弹了回来，顺带落下几颗枣子。高宝用这个方法，不一会儿把两个衣服兜都装满了。

高宝嘴里一边吃一边走向两个女人，把自己兜里的枣子大把掏给金花，又象征性地给那个女人两把。有福冲着马志眨眼睛，马志刚把眼睛从手机上挪开，一脸茫然地盯着有福，不知道这人突然给他挤眉弄眼地干吗。有福一看马志的呆样，忍不住又撇嘴：这都什么人吗！

小金和那个女人站那儿说了快一个小时的话了，有福一边敲砖一边和"汗爷"说，五十一的老婆肯定又找不到五十一了，这不又来和小金说。五十一是小金的朋友，常年在外面包活。

早些年人给孩子取名字时，会用爷爷或者父亲的年龄给孩子取名。于是就有太多人叫：三十、四十、五十、六十、七十、八十；或者这些数字中间的数字，五三、六三、七三；还有什么六十五、五十一……总之太多孩子的名字都是数字。

小金赔笑听着五十一老婆对五十一的控诉，不时回头看看墙上他的瓦刀。不忙时，小金也会帮着砌墙。这女人和他说了快一个小时还没有要停下来的意思，听得他心里像长了草一样，心说遇见你这样的，别说五十一，给任何一个男人都在家待不住。

女人的控诉反反复复，她打电话五十一不接，已经一个月没回来了，这么大个家扔给她一个人，又是种地又是喂牛又是管娃，她容易吗？可就她这样，五十一还天天嫌弃她这也不好那也不好……

女人总算走了，小金长出了一口气，拿起瓦刀准备干活。有福笑着问，又给你说心里话呢？小金大笑，说这个女人，也就五十一能忍她，要给我的脾气，早不和她过了；你说说，人五十一缺她喂牛还是缺她种地，人哪一年不挣个二三十万元，就让她在家带孩子。是她自己找不自在，非闹腾着要种地，要喂牛。五十一就给买了一头牛，那你好好喂着不就完了，喂上牛之后又说把她累死了，五十一什么都不管。你让人家咋管，人家出去请人吃顿饭就是半头牛钱。再说了，给她把肉买回来放冰箱，放臭了都舍不得吃，化妆品买来嫌贵不肯用，领出去旅游嫌花钱，带朋友回来她不招呼。你们说说，五十一那么大气、好面子的人，愣是被这个女人倒了门风。如果这个女人还有什么优点的话，那就是爱钱，五十一在外面那么挣钱了，她还跑去挣一个小时六块钱。所以啊，我是替五十一痛苦啊！

大家被小金夸张的语气惹得一起大笑，对于这两口子之间的事情，闲话从来就没停止过。女人一旦成了怨妇，拉住一棵蒿草都能诉苦，更别说那些等着听家长里短的妇人们。可听完大家一致觉得，这个女人不可思议，典型的自讨苦吃型。再久，妇人们看见这个女人都会敬而远之。而小金，成了她新的倾诉者。

日子一天天过去，树叶一直在落，枣子每天都在减少，最初的一堆石头、砖头、沙子、水泥、钢筋，组合成了几间房子。男主人每天都来看他房子的进度，女主人总是这样那样的疑问，小金赔笑解释着。

开始粉刷了，要减小工，小金毫不犹豫地把两个女人打发了。有福说，金花挺遗憾的，不能再挣钱了。其实两个女人干活踏实，一天还比男人少二十块钱。可小金也无奈，马志和小金是亲戚，高宝和小金是邻居。他明知道高宝干活不行，但就是不能打发。挣钱只是一时，可邻居要做一辈子。

墙面不停地被洒水，水管压力很大，墙吸收不及顺着墙流向地上。地上一片水洼，更增添房子里的阴冷，长久蹲着，弯着腰，让几个瓦工都有点驼背和罗圈腿。

今天的活是粉刷墙面，把沙灰抹墙上，再处理成垂直光滑的水平面，典型的技术活。有福拿起"汗爷"的铁抹子试了一下，马上惊呼，你拿着这种工具都敢来混小金的钱，你看看这都成什么样子了？有福手里的铁抹子是薄钢板做的，轻薄结实。可几年时间过去，"汗爷"把铁抹子用得和纸一样薄，比新的整个小了一大圈，木手柄被右手大拇指和食指勒出了一个合适的内凹的弧度，一握铁抹子，两个手指就会自觉陷进凹进去的位置。

"汗爷"一笑，说，嫌弃啊，这抹子我用了五年了，还不是照样挣钱。有福一边啧啧啧地吧唧嘴，一边感叹：也就是小金好说话，你去别人工地上，拿这么个抹子，看人家不把你踢出去。

"汗爷"还没说话，高宝插话了：你看你讨厌不，人家拿什么和你有关系吗？幸亏你不是老板，你要是老板，就和周扒皮一个样。

有福一下子不高兴了，放下铁抹子冲着高宝就是一顿骂，哪儿都有你，你不说话没人把你当哑巴！我和"汗爷"说话有你什么事？太把自己当回事了！高宝也不乐意了，我就看不惯你怎么了？以为自己聪明，别人都是傻子啊？

有福不依了，指着高宝的鼻子质问，来，你今天把话说清楚，你看不惯我要干吗？

眼看两个人火药味越来越浓，"汗爷"开始劝架，你们两个真是，一句玩笑话而已，至于吹胡子瞪眼吗？有福你也是，和高宝计较什么呢，让别人知道还说你欺负他呢，赶紧干活。

马志也过来推着有福开始干活，高宝悻悻地出去喊三虎拉灰。有福还气不过，骂骂咧咧和"汗爷"说，你别看这个家伙人不怎么样，可肚子里一肚子坏水。"汗爷"一笑说，就那么个人，你和他争吵，别人会说你不懂事，算了吧。

有福还在生气，高宝已经没事了，他背着手，腆着肚子慢慢走向三虎要灰，这是他最喜欢做的一件事情。

树荫下，三虎还是在听手机里女人们的聊天。外面的世界既遥远又真实存在，每个人的心中，应该都有一个江湖。

（原载于《回族文学》2018年第3期）

两段闲话

天太冷了,炉子里的火不足以让三十几平方米的瓦房温暖起来。我蜷缩在被子里不愿意动,火炕勉强能暖热身子,露在外面的脸却传递着寒冷。

大门咣当一响,我竖起耳朵仔细听着,看谁会进来。门帘一掀,门吱呀一声被打开,探进来一张冻得通红的脸。"他阿姨,你在啊?"

我从炕上翻身起来,起身迎客:"阿嫂来了啊,快上炕来暖着。"

"不上来了他阿姨,我就和你坐坐,你暖着,我不冷。"

这样招呼了好几次,她都不肯上来。我只好不再勉强。这是丈夫家门里的嫂子,今年快六十岁了。我极少出去和女人们扯闲,她来,肯定有事。

我看着面前这个女人,手拢在棉衣袖子里,头上裹着一条已经不白了的头巾,使劲吸一下鼻子,再抹一把眼泪,目光闪烁不定,神情凄苦。

话是从哪句开始说的呢?这样的述说是没头没尾的,我心不在焉。

"她阿姨,你说我这日子咋过?我儿断了我的水和电已经一个多月了,我来和你要桶水。他断我的水和电,他咋不想想他是咋长大的。我一把屎一把尿拉扯大的儿子,现在和仇人一样。他停我的水和电,你不知道,刚这一个月,他圈里的羊就死了七八只。等他知道羊就死了,连刀子都跟不上。你说说,他哪一只羊拉出去卖了不够我用的那点水电费?你也知道,那个老不死的一点儿都指望不上,他除了坐在炕上抽烟还是抽烟,把屋里熏得臭的。家里里里外外都要我去忙。昨天吧,我去拉了一车子葡萄枝子,十几里路啊!我一个人拉回来的,也没人帮我一把。拉回来我就开始劈,劈到最后几根了,我喊老不死的说你帮我把这几根劈一下。人家下炕来了,我还高兴,以为人家要帮我劈柴呢,结果到我跟前一把提住我的领子就捏,要不是大孙子赶进来拉开,就把我差点捏死。你看你看,到现在脖子上的印还在。"

我故作惊讶,连连叹息着,劝她忍着吧,多少年都过来了。年轻时就没享上男人的福,现在老了,还指望啥。怪只怪自己命苦。其实说这些话的时候我是言不由衷的。

我想起另一个女人,前两天也是和她一样坐在我家炕沿上,哭着说的另一番话，我忍不住陪她落泪，心情久久不能平复。

"你们这么冷的天还去干活啊？唉，你看看我，这两年都没出去了。娃走了，他大不让我干活去，说娃都没了，还给谁苦光阴？他大不知道换衣服，一直穿得破破烂烂，我一说让他把新衣服换上，别人笑话呢，就和我吵架，说他穿那干啥。娃走了，真真是把人的心拔了。你不知道，我家的娃和别人家的娃不一样，人家的娃都知道给自己花钱，我家的娃就知道挣钱。刚挣钱把房子盖起来，我们准备给娃说媳妇时娃没了。我看见那房，看见娃干过的活，我的心就难怅得不行。我昨天天亮时梦见我的娃么，说妈你咋还睡着呢，咱家的牛把牛娃下下了，你快去看。我一下子惊醒了，连帽子都没顾上戴就去牛圈看，牛真个在下牛娃。我就趴在牛栏上光是个哭，我的娃走了心还在我上扯着呢。"

我抹着眼泪扯了纸递给她，说："你要自己劝自己呢，你们天天这样折磨自己娃也不好受。"

阿嫂的控诉还在继续，但控诉的对象已经不是不孝的儿子和没用的老汉了。

"我吃了个低保都有人不服气，说我是国家养活的人。你不服气要干吗？你去和当官的说把我的低保取掉。我以前还当那是个好人呢，去他们家提水，和他说困难，结果人家咋说？说我儿断我的电是报应，我当初动不动就断大儿媳妇的电，差点把媳妇子折磨死。她阿姨，你说，这些事轮得上他揭短吗？还说我的户口和我儿在一起，我的地在这里，大儿不会养活我的，这不是笑话吗？我的儿是我抓养大的，凭什么不孝顺我？还说我年轻时和男人打架动不动拿刀片子去宰我婆婆，辱骂婆婆，没给我婆婆端过一碗饭——用得着他说我呢？！

"人都说我有钱呢，有什么钱？就是娃的几个人命价钱，那钱我能花吗？那是我娃拿命换来的。可门上这些人不这样想，今天这个说我是地主，明天那个说我是有钱人，我再有钱，能换回我那么大的娃吗？更可气的是他的一个姑舅，三番五次来借这笔钱，说他可以拿去给我们放高利贷。这样的话他也说得出来？那是我娃的命钱，我穷急了吗我去挣那不义之财？

"唉，她阿姨，我兄弟要给儿子娶媳妇了，就算我给不出礼，但是亲戚来总要招待的，没有二三百元出不来。老汉那个样子，天天说他是军管所的人，他要开会，他要听从命令行事。在家什么都不干，就知道坐在炕上说这些云里雾里的话。有时候一个人傻笑，半夜三更都在说，一问，说是他念文件呢，吓得我半夜睡不着。我老了，挣不动钱了，可净是花钱的地方。你说说，这些钱在哪里？

"门上这些人是非得不行，什么话都能说出来，人一没儿子就没势力了。去年冬天我病了一场，去医院看了回病，你猜这些人咋说？说我去医院做手术去了，接通输卵管准备再生一个。我都四十多了，我还生孩子干吗？就算我要生，我一不是大姑娘，二不是寡妇，与你们有什么关系？还有一些人一直问我，我大女儿嫁过去两年了怎么没孩子？人家婆家不管，不着急，你们跟前撵后地打听要干吗？这些事情都是你们该操心的吗？你说说这些人管得宽不？

"我儿昨天问我呢，说扶贫的钱打到卡上没有。我说没有，人家不信，三两回地让大孙子来追问。最后没办法我把卡给他让他查去，一看没有才拉倒。老汉要钱买烟抽呢，我不给，就和我打架。和你说她阿姨，我没客气，让我把脸抓了几道血槽，要不是大孙子进来拦住，看我怎么收拾他个老不死的。他那个人要再给我说我吃了低保，国家养活，我就抱他的腿扯他呢，反正我老了我怕什么？就他说的这些话我还没告诉我儿呢，我要告诉我儿，看我儿不和他闹事才怪！

"今年娶媳妇嫁女儿的人太多了，天天都有人请。唉，我心乏得不行。给别家不随礼不行，随礼吧，我娃没了，我又不过事了。所以都减半了，别人一百我五十，别人二百我一百。不随难堪的，再咋我们是一户人，门开着就要和人打交道的。唉，打搅你这么久，我回呢，下午了，要忙了。

"她阿姨，我回呢，你给我打水吧。家里的碗都没洗，我就生气得很，你说我那个老不死的，我要是不要这两桶水，他吃什么？我儿托人给我说，让我吃他的水呢，我就不吃，人活一口气呢。"

送她出去，天空一片阴暗，起风了，飘飘洒洒开始落雪，天更冷了……

守候希望

我和法麦走在路上,冬天的阳光懒洋洋地把我们的影子拉长,影子随着我们的走动不停地摇摆。上午十点,我们俩还没有找到活干。棚区大得一眼看不到边,四百多个棚像优越的地主,居高临下地看着我和法麦,却没有一个愿意收留我们干活的。

天气真冷,我和法麦缩着脖子,路上新铺的石子时不时被我们踢得滚到一边,发出不情愿的声响。法麦裹着两层方围巾,一块绿色,一块粉色,两块围巾叠在一起把法麦的头和耳朵裹了起来。颧骨和脸蛋没在包裹的范围内,被冷风吹得通红,和秋天熟透的苹果一样。法麦身上套着自己男人的灰色棉衣,两只手缩在宽大的袖筒里,边走边用袖子揩着无法抑制的清鼻涕,或者停下用手使劲捏掉鼻涕甩在路上,把手在布鞋的后跟上抹干净再筒起来继续走。

我比法麦好很多，棉帽子、长围巾，裹得只露出两只眼睛，身上套着一件到我脚腕的长军大衣。军大衣是当兵的外甥送的，保暖性能很好。

又到了一个小房子跟前，远远看着屋檐下伸出的烟筒冒着的青烟，就让人觉得温暖和充满希望。法麦开始欢快起来，招呼我快点走，我被军大衣的厚重拖累得有点迟钝，也被几个小时的行走打击得没有一点信心。

我远远站着，看着法麦小心翼翼地敲门。突然想起村里来的乞丐，就是用这样一种小心翼翼的神情出现在每户人家的院子里的。但我和法麦不是，我们是想用自己的力气挣钱。

两间小房子是依靠着大棚的后背建起来的，委屈地挤在两个大棚的中间，没有一点儿宽敞的余地。门窗都很小，法麦敲着门，慢声慢气地问，有人吗？我远远听见一个男人大声问，怎么了？法麦用最谦恭的语气说，你们需要人干活吗？男人没有出来，隔门甩了两个字：不要。

法麦又一次捏着清鼻涕甩了出去，用手掌揩了一下鼻子两侧，把手筒进袖口，有点儿尴尬地看着我，我冲她笑了笑，招呼她继续走。

早晨六点我就去了法麦家，她在炉火前忙活着一家人的早饭，米饭已经蒸好，洋芋丁丁正在锅里跳跃着，发出欢快的声响。法麦翻搅着洋芋丁丁，颧骨在灯下闪着光，越发的红了。男人、孩子已经被她喊起来，围坐在炕桌周围，就等着饭菜上桌。

我没想明白法麦为什么要炒洋芋丁丁，炒个洋芋溜菜、洋芋片片都好啊，偏偏是个洋芋丁丁，浇面吃不错，浇米饭怎么吃吗？但我知道，除了洋芋，法麦也没有什么能炒的。我被招呼着坐在了炕头，法麦麻利地把洋芋丁丁倒进一个小盆，放了一把勺子端上了桌。

法麦的儿子看着眼前的饭菜，嘟着嘴说，天天都是洋芋菜，天天都是洋芋菜，就没别的吗？我想吃炒鸡蛋。男人舀起一勺洋芋丁丁盖到米饭上，哄着说，先吃吧，你妈妈今天给我们挣钱去呢，挣上了就给你买鸡蛋吃。法麦儿子的眼里满是希望地问，妈妈能挣到钱吗？法麦说，你赶紧吃饭，一定能挣到钱。

刚搬迁到这里，什么都缺。土地要平整，一家人要吃，娃要上学。土地上产生不了价值的时候，打工就成了过日子的指望。

男人出去找了两次活都没有干成，一次说活太重，一次说工钱太低，然后再也不出去找活。日子在缺油少盐中一天天过去，法麦看着天天闲在家里的男人，突然不知道过日子的指望在哪里。

村子东边有一大片闲置的土地，被开发出来修建了四百多个温棚，引进甘肃的菜农种植。一夜之间，这些外地人成了我们口中的"老板"。温棚里的活不需要太大的体力。一直都是男人养家糊口，现在这些温棚给了女人可以挣钱的机会。一时间，一大群女人涌向这个地方，但温棚地处三个村子中间，人去得多了，找活又成了一件困难的事情。

法麦吃完饭，三两下收拾了桌子洗了碗筷，裹起围巾，套上男人的旧棉衣，和我出门。冬天的黎明，清冷清冷的，村里的公鸡唱着歌醒来，也招呼着还在睡觉的人们。去温棚就要穿过村子，路上已经三三两两地走着其他找活的女人。村子很大，我们之间相互都不认识。

去温棚的路都是新铺的石子路，又没有拿压路机压平，走在上面，硌得脚疼。出了村子，罗山方向开始泛白，人也渐渐清晰起来。法麦穿着一双布鞋，鞋底子很薄，这双鞋让她在路上走得歪歪扭扭，法麦舍不得给自己买一双冬天的棉鞋。

今天是我和法麦第一次出来找活，我很忐忑。法麦说，别怕，在家闲着也是闲着，找不上活大不了再回去，咱俩挣一块是一块，你看娃可怜，想吃个五毛钱的方便面都没钱买。我说找不上活丢人的，人家还以为咱俩干活不行没人要。法麦说，他们还管得宽得很。

我们在温棚的夹缝中寻找着小房子，小房子里住着决定我们去留的老板。我佩服法麦的勇敢，一直是她冲在前面一次又一次地敲门，问要不要干活的人。有性格好的老板会迎出来解释一下，也有如同之前的那个老板一样，隔门甩出来"不要"两个字的。

除了最边上的一排温棚，法麦几乎挨家挨户地问了，没有要用人的。我越来越沮丧，都这会儿了，谁还要人干吗？路上横着一根拉电剩下的电杆，我不想走了，招呼法麦停下，两个人一起坐在电杆上歇会儿。

我用手捶着膝盖，法麦筒着手端坐着，脸上是一种不悲不喜的淡然。我拿出馒头和开水，招呼法麦吃一口，法麦推辞了，拿出自己的吃了起来。法麦一只手把馒头拢在手里一点一点咬着吃，另一只手在底下接着，生怕把馒头渣掉在地上。她一口一口慢慢咀嚼，仿佛吃的不是一个干硬的馒头，而是从来没吃过的山珍海味，直到把手里最后一粒馒头渣喂进嘴里，才满足地喝了一口水。

抹了一把嘴，法麦说，你说这世界上的人，富的富死了，穷的穷死了，我们这些人的指望是个啥？我咧嘴笑笑，不知道怎么回应法麦的话。她抱着自己的干粮袋子，也陷入了沉默。

新建的棚区，到处都是建筑之后留下的坑坑洼洼，棚上的棚膜和草帘子新得耀眼。法麦看着剩下的为数不多的几个棚，招呼我继续去找活。我起身跟着她，可能两个人都指望着最后的指望。

两个人重新走在石子路上，脚下的石子又被踢得乱窜。中午的天气开始暖了起来，我看见前面的棚跟前蹲着几个人在晒太阳，法麦看见有人，紧走了几步。

两个男人和两个女人一边说话一边看着我和法麦，法麦一如既往地谦恭，问，需要雇人干活吗？其中那个大个子男人说，没看我们都闲得晒太阳呢，哪有活干。法麦说，哦，那明天雇人吗，明天我们可以早点来。大个子男人说，明天的事情谁知道。

法麦还想说什么，我拉了她一把，说走吧。转身走了几步，身后有人喊我们，回头一看，是那个小个子男人，一脸白净，不像个农民的样子。他招呼我们俩说，我们有一个棚里的薄膜还有几行没有捂上，你们俩愿意干不，就是这会儿棚里特别热。

法麦几乎没有考虑就说愿意，我也使劲儿点头。转了一早晨，我们不能就这么回去。小个子男人起身去屋子里拿来一卷薄膜，一把铁锹。他问我们俩会干不，法麦说，会呢，会呢，前两天给那边的棚里干过。

我再一次佩服法麦的这种勇敢，同时也担心，万一不会干，给人家干砸了还能拿到钱吗？法麦看了我一眼，给我使眼色让我接过小个子男人手里的东西，然后跟着小个子男人去棚里。

大棚靠路的一侧开了个能容纳一个人进出的正方形小口子，外面和挂门帘一样缝了两层折起来的棚膜，拽得平平整整的，用砖压着，要进棚就得先拿掉砖，再掀开棚膜进去。小个子男人先进去，然后招呼我们快点进，不然棚里温度跑了。

一进棚，扑面而来的是一股热浪，好像馒头熟了掀开锅盖时蒸汽打在脸上，瞬间让人窒息的感觉。很快，鼻腔里已经充斥着这种热浪，潮湿、沉闷。眼前是一垄一垄打起来的规则的畦子，棚后面留着五十公分的通道，通向棚的另一头。

小个子男人招呼我们，把棉衣脱了挂起来吧，这会儿太热了，不知道你们受得了不？法麦说，没事，没事，你忙你的去，我们一阵阵就给你干了。小个子男人说，你们看，一个棚六十个板（畦子），铺一个板三毛钱，我们这个棚铺完十八块钱。

法麦说，行呢老板，啥有啥价钱，您说了算，一看您就是个好人，肯定不会亏待我们。小个子男人说，都这么个价钱，放心干吧。你们铺棚膜时把两头一压，板两边稍微一压就好，我给你们示范一下。

小个子男人捞起薄膜，放在棚后面的通道上，一只手拿着铁锹，一只手拽开薄膜，扯起来就走，薄膜卷被拽得滚动起来，但因为板比道道高出许多，所以它只能在通道里滚动。拽够一个板的长度，小个子男人半蹲着把拽在手里的薄膜铺开，拿铁锹压好土，再折回来，把另一头也铲土压好，将薄膜卷和薄膜用铁锹断开，放在第二个板头上，然后从板中间一面压一锹土，一个板的薄膜就算覆盖好了。

我和法麦一看，这么简单，一下子放心了。小个子男人又强调了，要铺平整，土少压点都行，我和法麦使劲儿点头。

一会儿工夫，法麦的脸上全是汗，而我脱得只剩下贴身的线衣线裤。我让法麦把毛衣脱了，法麦不肯，说万一那个老板进来，岂不是很尴尬。我说这么热，不脱怎么干活，法麦坚持着，我也不再勉强。

法麦说，这棚里的活也没什么干头，就是热，比起黑眼湾，不知道轻松多少倍。

黑眼湾，一个遥远而又很近的地方。黑眼湾人的根在崖背山脚下，命在崖背山的梯田里。梯田把崖背山分割成了一层一层，像旋转楼梯直达山顶。我们为了活命，不停地跋涉在这些楼梯上，上上下下，一年又一年。

法麦是不属于黑眼湾的，她所处的村庄在公路旁边，每天在家门口就可以看见各种各样的车去向远方。法麦的村子里，日子过得好的人都住上了砖瓦房。但法麦家没有砖瓦房，人多地少，能吃饱肚子就不错了。法麦当时最大的愿望就是拥有很多土地。

谈婚论嫁时，媒人领她进山相亲，她一眼就看上了黑眼湾的梯田。她觉得，庄户人家，土地就是命，有这么多的土地，生命得多蓬勃。

法麦听不进去村里小姐妹的劝解。以往看着来去的车，心里都会憧憬，有没有一辆是拉自己的，可自从看过崖背山的梯田，法麦的心就飞进了黑眼湾。

黑眼湾多了一个新媳妇，崖背山上又添了一双新脚印。属于法麦的土地在崖背山的最高处，法麦在每一个春天跟着一对老黄牛在犁沟里撒下大豆、洋芋，仿佛把对生活的期望也撒进土地，等着它们开花结果。等待的过程中，两个孩子呱呱落地。

法麦时常站在崖背山山顶，看着脚下的小村庄，希望有一天，她也能在黑眼湾住上砖瓦房。虽然这个希望有点遥远，但她相信，自己这样勤快的女人，一定能过上好日子。

崖背山很高，法麦的大豆长在最高处。法麦和男人说，你出去挣钱，我干家里的活。

秋天是个美好的季节，所有的努力开始获得收获。法麦把大豆割了，一捆一捆背回来，三亩大豆，法麦背了很久。法麦甩着连莢挨个敲打，连莢落地，打得大豆四溅，生活的希望也在敲打中落地。挖好的洋芋堆成了堆放在地里，她一条扁担两个筐，一头挑着女儿，一头挑着洋芋，儿子跟在脚边，一趟又一趟。

所有庄稼都收回来了，男人也没回来。法麦心里喜滋滋的，看来这次男人是在外面安心挣钱了。家里吃的已经不成问题，要能攒点钱多好，那样日子就有指望了。

男人回来了，是被人送回来的，没有带回来钱，却带来一条打着石膏的腿。司机肇事逃逸，男人挣的钱还不够交医疗费。村里来了收洋芋收大豆的，法麦卖了洋芋，卖了大豆，凑钱给医院，男人的腿保住了，只是三两年暂时不能干活。

家里的农活只有法麦一个人干。干活的空隙，法麦看着崖背山的梯田，第一次觉得，这日子原来没啥指望。自己这么勤快的人，在黑眼湾这个地方，顶多只能吃饱肚子，挣钱是件没指望的事情。

这一年，大家都在喊搬迁，法麦第一次听说红寺堡这个地名。喊了许久，大家组团实地考察了一番。在回来的人的叙述中，红寺堡是个一望无际的平原，水浇地，地里玉米长得和电壶胆一样胖，家家住着砖瓦房。法麦和男人商量，我们搬迁吧，男人犹豫着。后来最终同意了。

牛卖了，家里的洋芋卖了，在红寺堡盖砖瓦房的钱还是不够。法麦去和娘家人借，去贷款。男人揣着钱去红寺堡盖房子了，法麦背着小的，领着大的，在河滩上挖蒲公英。小的睡着了，就解下来放河滩上，让大的看着。一斤蒲公英五毛钱，法麦一天可以挖个十几二十斤。男人盖房回来，法麦没花家里一分钱不说，还攒了一百多。只是两个孩子，晒得脑门都黑亮了起来。

离开黑眼湾的那天，法麦哭了。黑眼湾辜负了她的期望，但她还是舍不得崖背山上的土地。在黑眼湾，这么多土地只能吃饱肚子，去一个陌生的地方，只有六七亩地，真能过好吗？法麦不知道。一切都要从头开始。

活没什么干的，铺过三个板的棚膜，我们俨然已经是熟练工。可那种热是足以让人窒息的，一低头，似乎面对着炉火，一抬头，又好像在蒸笼里。法麦脸上的汗在下巴上汇合，一滴一滴地打在薄膜上。为了不让汗迷住眼睛，我用袖子不停揩着额头。

两个小时像几年那样漫长，我和法麦数次都想跳到外面去，可这是我们在这个地方第一次挣钱，我们在心里对比着在黑眼湾的生活，一次次鼓励自己坚持下去。当我和法麦抱着干粮袋子钻出大棚的时候，阳光正暖，皮肤经历了极热和极寒之后瞬间紧绷。重新呼吸着外面清冷的空气，我有点恍惚，一层棚膜，两个世界。

我看着干粮袋子，法麦去找小个子男人来验收我们干的活。我靠在大棚的边墙上，后背一片冰冷。

小个子男人和法麦一前一后来了，我听法麦打听明天还有活没，小个子男人说不一定，明天才能决定干什么。

小个子男人低头进了棚里，不一会儿就出来了，细致地压好棚口，起身掏了十八块钱递给法麦，说活干得不错。我和法麦松了一口气，终于挣到钱了。

小个子男人问我们，你们愿意拉帘子不？我们现在缺拉帘子的人。一个棚一个月三百块钱，也就早晨半个小时，下午半个小时时间，一般是一个人拉两个棚。

我看向法麦，这个事情可不敢随便撒谎说会，那朝棚上一站就一目了然。好在法麦也明白这个谎不能撒，老老实实说想拉，但是不会拉。小个子男人说，没事的，你们可以学，现在棚里没种辣椒，迟拉起来一会儿没事。一个星期后，保证你们都学会了。

我和法麦相互看了一眼，两个棚，一个月可以挣六百块钱，这六百块钱足够两个月的生活费。小个子男人继续说，你们拉完帘子要是不想回去，还可以继续打零工，从拉起帘子到放帘子的时间，如果你们干活，再给十五块钱。

这下我和法麦不犹豫了，一天要是能挣三十五，家里该有的就都有了。想到这儿,我和法麦两眼放光,说,拉呢,什么时候开始拉?小个子男人说,今天下午就可以放帘子。这会儿才两点,三点半就可以放,你们先等等吧。

冬天的中午,静寂而空旷,我和法麦找了一个没背上棚去的草帘子,坐着晒太阳。草帘子是用当年的稻草制成的,干燥、白净,散发着阵阵稻草的清香,坐在上面很舒服。法麦掏出馒头,招呼过我,吃了起来。我看着一片蔚蓝的天空,突然觉得,这样的天空过于严肃和呆板,让人无法亲近。此刻的我和法麦好像麻雀,正努力飞向天边。

法麦是没有我这么多的思绪的,她一口一口细致地咀嚼着她的馒头,和我憧憬着一天挣三十五块钱的美好。

嗨，挣钱走

一

云彩给月亮戴上了一顶时尚的大帽子，只露出半张羞涩的脸，周围缠绕着丝丝缕缕的云，把月亮装扮成了一个神秘的贵妇，抓挠着世人不安分的心。

黎明将至，路灯在村庄里指引着方向。等了半个小时，车没有来的意思，女人们有点后悔，早知道就不四点起床等车了，早知道再睡一会儿，早知道就不用这么着急，早知道就再拿个西瓜……但是哪有那么多的"早知道"。

十字路口，路灯下，一群女人打着呵欠，谈论着和赚钱有关的事情，羡慕着常年在家待着的女人，向往着远方未知的世界，期盼着今天的天气不要太热。

十几个人，身边除了锄头、铁锹，还有镰刀，再就是编织袋里装着的西瓜，一摞饼子，一大瓶水，一小瓶水。昨天缺的东西，今天挨个儿都带齐了。听说地方很远，听说草快和人一样高，听说活很难干。但有一点是充满诱惑的，那就是一天一百块钱的工钱。干活是十个小时，路上两个多小时，中午休息一个半小时，一共十四个小时。

挣钱去，在路上。

二

公交车昏暗的车厢里，所有的座位都是满的，还有一个座上挤着两个人的，农具在脚下堆成堆。大家扒着车门一看就心凉了，一个多小时呢，铁定要站着去了。

一上车，脚臭、汗味，以及没有开窗通风捂出来的味道混杂在一起扑面而来。我跨过成堆的铁锹、镢头在靠后的过道中间找了个站的地方。座位上的人大部分在酣睡，并没有因为停车、上人受影响。

最后一个人挤上来，车子开始启动。司机也是女人。路是新修的，女司机把车开得和火车一样平稳，我抓着吊环，既没觉得颠簸，也没因为加速减速前俯后仰。看惯了男人开着公交车横冲直撞，大家对这个开公交车的女人表达了赞叹。

我打量着车里的这些女人，表情是一样的，满脸写着疲惫和苍老。我凭着自己老实巴交的脸，迅速博得旁边座位上一个女人的同情，她朝座位里挪了一下，示意我坐，我微笑着说谢谢，摇头拒绝。我不想挤别人，还是站着比较自在。女人冲我笑着，她在表达对我生分的理解。

我和她攀谈起来。红寺堡很大，她在另外一个乡，三点半已经在车上了。我比她幸运，三点半还在和周公约会。我们的谈话令后座上一个正在睡觉的女孩皱起了眉头，我吐了一下舌头，不再说话。

女人悄悄和我说，这过道里宽展呢，要不你把鞋脱了坐在地上。我还是笑着摇头，坐在一群不认识的女人的脚下，我觉得我受不了。她说的鞋脱了坐地上，是让我把鞋脱了垫着坐。

路似乎没有尽头，车单调无聊地跑着，路边是陌生的景，一遍遍地被车甩远。远处的小山看着尴尬，说是丘陵有点庞大，说是山吧又不巍峨，还光秃秃的，啥也没有。女人数次和我小声说，鞋脱了坐在地上吧，我都笑着摇头。她是善意的，我是固执的。

中途把车上的几个人倒到另一个拉人干活的车上，车里的空间开始宽敞起来。女人又一次示意我：去，现在坐到铁锨把上去。我还没挪过去，铁锨把上已经有了两个女人的屁股了。女人有点儿恨铁不成钢地白了我一眼，指着剩余的一点儿空间又让我坐，我看着这个善良的女人，觉得再不坐下去，她会一路替我操心。

我坐的位置是铁锨头，不过是反着放的。一低头，看见女人们脚上清一色的布鞋，有的新，有的旧，但都是一个地方出产的，二十块钱一双。这几年，女人们都从做鞋这项工作中解放出来了，再也不做鞋了。想当年，我也在这项工作中艰苦跋涉过，手指被针磨出了很多茧子。想当年，我也是有针线的人。

坐得久了，感觉腿压麻了，伸手去揉，却摸到了腿边的西瓜。不觉忐忑了起来,我一直以为腿边也是铁锨头,敢情半天腿底下压着人家的西瓜,不知道西瓜好着没?赶紧朝起拽了拽。再看座位上的女人,依旧熟睡,悄悄朝人家脚边揉了揉,但没办法心安理得。

车还是在走,我在公交车的过道里,透过站立的腿的缝隙,看见太阳从罗山升起来,光芒万丈……

睡醒的大地一片生机蓬勃,路途似乎还很遥远。

三

女人们像羊一样散落在枸杞地里,有拿锄头的,有拿铁锨的——无论使用哪种工具,目的都是一样的,那就是把眼前比枸杞树还高的草砍掉。

秋天的几场雨让水蓬蒿迅速膨胀,在枸杞树的空隙里尽情地舒展筋骨。一眼望去,像排列好的绿皮火车行走在各自的轨道上,互不干扰。

锄头铁锨碰撞在土地里,土地里石子和土掺杂,耳朵里听到的,是锄头砍在石子上发出的声响——低沉,细碎,反反复复。天气很热,石子把锄头、铁锨的锋芒逐步消减,平整的刃口变成了锯齿的形状。

平时最能说的女人也陷入了沉默,漫山遍野只剩下铁锨锄头和石子厮磨的单调声响。地里的石子让女人们有种有力气没地方使的无奈——不使劲,草砍不下来;一使劲,碰在石子上,火星四溅。各人的力气不同,进度也逐渐拉开,一眼望去,干活的女人像股市的K线图一样参差不齐。

一阵细碎的歌谣飘了起来，又落在这片土地的边边角角，打破了这种沉闷。循着声音望去，唱歌的是一个老婆子，她挥舞着锄头的同时，断断续续哼唱着。在记得歌词的地方就唱出来，不记得歌词时就哼着调子，气力跟不上声音，却不显得突兀。

她唱会儿，停下抹一把头上的汗，又接着唱。跟她一起的胖一点的搭档笑骂：老不死的，你这是死灰里面冒烟呢，就剩一口水了，你给我扯着嗓子号，号干了我不给你水喝。女人不唱了，回头说，照你这么说，馒头还在我包里呢，我也不给你吃，饿不死你。

两个人的笑骂迅速扩散，旁边一个小媳妇说，阿姨，我给你放个音乐，你给我们跳一段吧。老婆子豪爽地一挥手：放，好像谁不会一样。

在秋天午后的山梁上，一个有点瘦弱的、五十多岁的老婆子，裹着围巾，舞着锄头，伴着一首流行的音乐开始起舞。所谓起舞，不过是胡乱扭着身子转圈，动作夸张。音乐结束的时候，锄头利落地砍向一棵草，音乐停，草歪向一边，身首分离，一切刚刚好。老婆子拄着锄头，像个得胜的将军，问旁边那个小媳妇，咋样？真以为我不敢跳啊。

小媳妇诧异地看着老婆子，几十个女人也诧异地看着老婆子。老婆子咧嘴一笑：干活，干活，小心下巴掉地上。

四

老板说，有人干包工吗？一米两毛八。没有人回应，心里没底的事情，谁都不愿意出头，更别说和钱有关的事情。万一包赔了呢，既出力，又挣不到钱，还会被一群人笑话。

在地里督促女人们干活的老板希望把自己解放了。干包工的好处就是早晨一登记，下午一验收，合格的工钱一给走人，不合格的再让返工干去。既不用一天到晚跟着，也不用用尽心思又是说好话，又是施加压力地让人干活。干包工的人也自由，力气多了多干点，力气少了少干点，没力气了躺着去，想吃就吃，想喝就喝，没人说，没人管，活干到哪儿就到哪儿，人都是自由的。

老板在几十个女人中巡回问了好几遍，还是没有人回应。老板看着和羊群一样参差不齐的女人，抹了一把头上的汗，忍不住拿掉头上的帽子使劲扇着。

想了一会儿，他去做走在最前面的两个女人的工作。他承诺，让这两个女人先干着，到下午如果干得多，就按包工开；如果干不够一百块，还是按一百开。两个女人不说话，迟疑着用眼神交流了一会儿，谨慎地问，说话算数不？老板说，我这么大的干活面积，还能哄你吗？两个女人说行。

两个女人成了头羊，只一会儿，就把一大群女人甩出几十米，再一抬头，只能看见头巾的颜色在远处晃动。

她们俩还不是要二。

女人能有什么长力，你们看着，一会儿绝对趴那儿起不来。

就是，你们看着，今天挣个高工资，明天就和死狗一个德性。

她们要干干去，我们就这本事，只要一天能把这一百块钱混到手，就知足。可不敢那么二，毕竟是女人，能有多少力气啊！

钱把人害了，谁都想多挣几个……

现在这么拼命，等老了就知道了，下过大苦的女人就像糠了的萝卜，中看不中用……

两个女人远去的背影招致了自己同伴的各种经验之谈，这些经验追着两个女人的背影，消失在枸杞树的枝枝丫丫，消失在成堆的荒草里，消失在脚下的土地里。于是，一群女人在干活的同时严密监视着两个女人的进度，预测着明天甚至几十年以后的事情。

拉开的距离太远，两个女人听不到身后的议论，或者听到了，也不会当回事。自己的日子自己过，能多挣钱，谁都会拼命。

一群女人等着验证对两个女人的预测，但结果是，两个女人四点钟就歇在了公交车上，干了比其他女人多出一半的活，挣了一百七。

第二天，所有人开始干包工，昨天那两个女人淹没在你追我赶的人群中，没有人再有闲时间说话，也没有人再预测明天和未来会怎么样。

五

还有不到二十米，女人的眼睛早已奔着终点而去。脚底下的土地比冬天的热炕还烫，鞋底子吸收着这些热量，从脚底爬进喉咙，蔓延到嘴皮上。

最后一口水早在地中间就喝完了，她开始后悔早晨没有带水，后悔中午只买了一瓶矿泉水。一块钱一瓶，一块钱铲草要铲四米才可以，地里的草比人还高，草根比手指头还粗。她五十多了，挣这一块钱不容易，但她还得来。

实在是渴得不行了，她向旁边一起的小媳妇求救，你还有水没让我喝点？小媳妇想也没想反问她，水是还有一口，但是你喝了我怎么办？女人的期盼如同砍断草根的草，在太阳下瞬间蔫了下去，她开始无比想念她家的茶壶，只要想喝，茶壶里总有晾好的开水。

在这里，水是没指望的。这里是个枸杞基地，依一座丘陵呈南北走向无限延伸，据说有近两万亩。丘陵上长了一点浅薄的植被，像秃子头上的癞痢星星点点。周围没有农田，没有村庄，没有绿化带。这一大片无边无际的枸杞树的存在，就好像一个丑汉子突然娶了一个俊媳妇。

陆续有人铲完出去坐在路边休息，喝水，吃馒头。女人再一次抬头看着不远处的终点，她觉得，那现在是自己和家里的水的距离。

女人舔了一下干裂的嘴唇，觉得嘴里连唾沫都没了。她叹口气，双手抱着锄把支着下巴，再也不想动了。

远处的山横在天地间，山底下是一片平原，房子分散在大片葱茏的绿色中，一派安详富庶的景象。她听见一个女人说，一看那些房子，就知道人家这片土地上的人过得好。另一个女人说，你这啥时候学会看风水了？一阵大笑淹没了剩下的话语，女人突然想，不知道山那边是什么？

她无法想象山那边是什么，在老家时，山那边还是山。有人喊，你有空瓶子吗？她回过神，说有呢。一个年轻的小媳妇端着一大瓶水向她走来。

小媳妇包着头巾，戴着口罩，只露出一双含笑的眼睛。一瓶水下肚，她的世界瞬间清凉了下来。一抬头，小媳妇已经走了。再找时，眼前已经是一群裹着头巾戴着口罩的女人。

六

傍晚时分，女人们像不肯归巢的麻雀，把老板围在中间。七十多个人，近万块的工钱，没有现金。一部分人不接受微信转账，总觉得没有现金拿手里安稳。还有一部分人，自己拿脚丈量的米数和仪器测出来的数字不符，要求重新拉，反反复复算。老板解释了一遍又一遍，说得嗓子冒烟，仍然没办法让这些人信服。

想起父亲曾经讲的一个笑话：早些年老家人有去陕西赶麦场的习惯。其中一个老头领一群小伙去，老头从来不割麦子，上地就找个阴凉躺着，对年轻人说，你们割，我的在地里放着呢。一到下午算账的时候，老头就开始用步子丈量亩数，反反复复算账，算到最后，总会从老板说的数字上多出二亩地。分钱时，这二亩地的钱就归老头，年轻人都嘀咕，这老头的钱果然是在地里放着。

算账从五点进行到七点半仍然没有结束，大家的忍耐都到了极限。时间在一点点过去，转眼天快黑了，云像赶集一样在头顶这片天空会合，又像这群算账的女人一样聚了散、散了聚。眼看着一场雨就要落下，账仍然是一塌糊涂。

落雨时分，车子终于启动，车上的一部分女人仍然在喋喋不休地算账，一部分女人则抱怨这么晚了还回不去。这些抱怨让公交车司机的情绪也坏了，车子开始狂奔起来。

山路颠簸，司机带着情绪开车，过坑都忘了减速。后座的老汉一下子从座位上颠出来，一脚踩在另一个女人的脚上，幸亏一把抓住了吊环，不然肯定摔在过道里。两个人同时失声喊，能不能慢点？突然的插曲让车厢里瞬间安静了下来。大家回头看着老汉没什么大碍，又重新坐回座位，新一轮的话题开始，车厢里又热闹起来。

在路上，远处的闪电如同烟花，把天和地连成一体。家还在很远的地方，来往的货车让公交车不能全速前进，雨透过车窗把微弱的灯光撕扯成网状。车窗外的黑暗让我们不知道到了哪里，凭时间判断，我们才走了一半路程。

昏昏欲睡中，电话来来去去地拨打、接听。家，在远处等我们。

（原载于《回族文学》2017年第6期）

五嫂子和她的孩子们

五嫂子回家一开大门，小羊羔就黏上她的裤腿，使劲儿蹭着。五嫂子的头巾松松垮垮地搭在头上，口罩挂在一边耳朵上甩来甩去，蓝色的布鞋上蒙着厚厚一层土，汗渍匀称地画了一片有边边角角的图案，在衬衣后背上盛开成一朵灰色的向日葵。五嫂子看见小羊羔，弯腰摩挲小羊羔的头，小羊羔皮毛的柔软让五嫂子的手感受着舒适，手给小羊羔头顶撑起一片天。小羊羔闭着眼睛享受着这种宠溺，满足感从眼角溢出。

小狗黑白伸长脖子歪着脑袋张望着五嫂子和小羊羔，链子被它扯得紧紧的，黑白试了好几次，都没有挣开，只好委屈地趴下，用两只前爪托着脑袋，满眼的幽怨。

五嫂子对小羊羔说，小咩，你肚子饿了吧？我不在家，你淘气了没有？我可怜的小咩，连口奶都吃不上；你妈也是，把你生下就不管了；你幸亏有我呢，不然看你咋办？小羊羔一边蹭着，一边使劲甩着尾巴，回应着五嫂子的自言自语。

今年的很多时候，五嫂子出来进去都是一个人，如果你听见五嫂子的院子里有人说话，那一定是五嫂子和小羊羔在说。

五嫂子的后院是热闹的，有牛圈、有羊圈、有鸡舍、有狗窝。五嫂子一进后院，后院像油锅里滴进去一滴水，噼里啪啦开始炸响：牛含蓄地低哼着，羊争先恐后各不相让，鹅绅士般有节奏地鸣奏，鸡乱成一团相互攻击。一切争吵，只为争得五嫂子最先光顾自己圈舍的权利。

五嫂子最宠的还是小羊羔。她给小羊羔灌了一壶纯牛奶，小羊羔欢快地噙着奶嘴再也不放，一口气吃得底朝天还舍不得松开。五嫂子怜惜地看着舔着嘴边残留奶汁的小羊羔，狠狠心又拿了一包灌进奶壶。看着有奶便是娘的小羊羔，五嫂子叹口气：一箱纯牛奶二十几元，三天就一箱子。小咩，你这样贪吃，我怎么养活你吗？你快长，什么时候能吃草就好了。小羊羔使劲嘬着奶嘴，不知道听进去五嫂子的话没。

给牛羊添了草，给鸡和鹅添了食，后院的这些嘴被堵了起来，暂时恢复了平静，小羊羔也慵懒地窝在墙角闭着眼睛晒太阳。

干了一早晨活，五嫂子也饿了，洗了一把手脸，开始做饭。五嫂子一个人，实在不想做饭，可最近天天吃方便面，她也吃够了。

五嫂子好几天没睡好觉，那头母牛快生产了，她夜里时不时要起来去牛圈观察着。乡村的夜除了天上的星星就剩下一直刮着的风，呜呜咽咽，树叶也跟着壮声势，整个夜晚都是不安分的。

这样的夜晚，五嫂子不情愿起来一个人跑出去。可这头牛是第一次生产，五嫂子时常想着，人和动物的生产一个道理，都得有人照应着才好。

五嫂子一开灯，鹅开始叫唤，打破了夜晚的沉寂，五嫂子就觉得没那么害怕。牛圈门口，小狗黑白也醒了，滴溜溜地跑到脚底下给她做伴，五嫂子打着电灯照向牛圈，牛闭着眼睛一脸安详。五嫂子返回屋里。她睡了，鹅安静了下来，小狗黑白也重新回到狗窝。

开始锄玉米了，五嫂子和两个搭档一起合作着，锄完这家的，再锄那家的。家里的男人都打工去了，剩下女人在家，一边种地，一边喂牛羊。合作的两个女人都很勤快，五嫂子喜欢和她们一起干活。

锄地休息的空隙，五嫂子念叨着今天周六，要给二儿子打个电话，儿子马上高考了，不知道最近状态咋样。电话接通，儿子说这次模拟考全班第二，让她放心。五嫂子又是各种安顿，吃好，学累了出去玩会儿再学，不要压力太大……

一起的两个搭档笑她，你再别唠叨了，人家知道该怎么学习。说起儿子，五嫂子黑瘦的脸上止不住笑意，大儿子从小懂事、好学，在学习上她从来没操心过，去年大儿子以高出一本线九十多分的优异成绩考上了大学。五嫂子心里是骄傲的，想想自己，大字不识一个，从来也没帮上娃什么，还时不时地扯上娃帮家里干活，可娃在学习上一直都是名列前茅。娃是在银川上的高中，去年高考，她也没管过，哪像人家的父母，租的宾馆，跑到银川去住下陪考。娃也不让她去，说没事，让她好好照顾家里的牛羊。

今年二儿子也高考，比起去年大儿子高考，五嫂子突然有了压力。二儿子中考考的学校就不如大儿子，平时也没有大儿子用功刻苦，万一考不上咋办？但这些话她只能压在心里，不能和二儿子念叨，娃现在负担重，不能影响娃。

几个人正说着话，大儿子打电话来了。问她在干吗，吃饭了吗，家里的牛羊鸡狗鹅都好不；让她少干点活，不要那么累，有什么重活先放着，他马上放假了，他回来了干。

这些询问细碎的话从电话里飘出来，仿佛大儿子就站在身边，让五嫂子觉得心里踏实。大儿子老实厚道，肯吃苦，也能吃亏。一次和二儿子一起去割草，回来时说好大儿子拉车，二儿子推车。可拉到一半，大儿子回头一看，二儿子根本没推车，而是坐着车，和草一起让大儿子拉着。就这样，大儿子也没生气，继续把草和弟弟一起拉回来了。

平时只要大儿子在家，五嫂子就不用喂牛，不用铲牛粪，等她知道，大儿子都已经干完了。每次大儿子走学校之前，总会给她劈很多木柴。

想起以前大儿子小的时候，五嫂子不会劈柴，男人又不在，没有木柴就吃不了饭，五嫂子就自己学着劈柴。大儿子站在跟前看着，五嫂子也没想着让娃走开，抡起的斧头角还没劈到柴上就把大儿子的额头划出一个口子。娃满脸的血，哇哇大哭。五嫂子吓坏了，斧头一扔，娘俩哭成一团。

后来每次看着大儿子额头上的疤痕，五嫂子就自责，幸亏是斧头扬上去划了一下，要是劈下来的劲，后果真的不敢想。时间过得真快，转眼间，儿子已经可以给她劈柴做饭了。

锄了一会儿地，电话又响了，这次是男人打来的。询问五嫂子，母牛快生了没，地锄得咋样了，家里一切都好着没，外面读书的两个儿子打电话了没有，小儿子今天在家不，给小儿子吃好一点……这些话每天都在重复地问，重复地说，重复地回答。在男人眼里，五嫂子离开他就啥也不会，所以他每天都在重复地安顿，重复地说，唯恐五嫂子一个人过不好。

在五嫂子不耐烦的反驳中，男人大笑着挂了电话。五嫂子和两个搭档说，这个"老土匪"一天到晚就知道唠叨，好像我什么都不知道一样，真是的。两个搭档觉得，这是五嫂子对他男人的夸奖。三个人开了一通玩笑，干活轻快了起来。

小儿子在镇上读中学，一周回来一次。他一回来，五嫂子的饭桌就开始丰盛起来。从前日子过得忙乱，顾不上管孩子，小儿子四岁时不小心把土霉素当糖吃了，幸亏发现得早，送到医院洗胃抢救了过来。可自那以后，小儿子就瘦得和竹竿一样，吃什么都不胖。所以男人每次打电话，都是安顿五嫂子，娃在家时给吃好点，想吃什么就给娃做什么。

五嫂子每次做饭，都要征询小儿子的意见，变着花样给做着吃，每次做饭还要多做一点。小狗黑白尽职尽责看家护院，给五嫂子壮胆，所以不能让它饿着。

一顿饭做好，她和小儿子吃完，喂了黑白。剩下的面汤又灌进奶壶，小羊羔在厨房门口候着，它大了，单纯吃牛奶让五嫂子觉得压力大，就每天再给它灌点面汤。这小东西越来越黏五嫂子，也在相应的时间里等着来吃。小儿子说了好几回，让把小羊羔卖掉，五嫂子就是舍不得。

母牛的孕期已经超过了九个月，仍然没有要生产的意思。牛和人的孕期是一样的，老话常说"九个月零十天，不是今天就明天"。越临近这个日子，五嫂子越不敢马虎大意。

今年年景不好，小牛的成活率不是太高，一个邻居家生产的小牛刚三天就死了，也不知道什么原因。又买了一头小奶牛崽，费了好大周折，才让小奶牛崽吃上母牛的奶。另一个邻居家也是，小牛刚生下不久就夭折了，也想着买一头小奶牛崽让母牛奶着，可买来没几天，小奶牛崽也夭折了。前两天路边又扔着一头小牛的尸体，一看就是生下不久就死了的。一头牛是一家人的半个家产，稍一疏忽，一年的辛苦喂养就白瞎了。

高考结束，二儿子回来了。问及考得如何，二儿子说，可不可以换个话题。五嫂子更忐忑了，想着儿子可能没考好才不愿意说。牛迟迟没有要生产的意思，和二儿子的高考成绩一样，陷入一种焦虑的等待。五嫂子每天忙忙碌碌，心却不知道飘在哪里。

男人休假，大包小包拎着东西回来了，他着急即将生产的牛，也着急二儿子的高考成绩。虽然电话里每天都在询问五嫂子家里最新的动态，但仍然没有自己在家里看着踏实。

男人一回来，五嫂子再也不盯着牛看了，所有能想到的事情男人都会去做。每次只要男人在家，五嫂子就可以睡得安稳。

有男人和孩子的家里，处处洋溢着家的温馨。五嫂子喜欢一家人说说笑笑在一起，喜欢围着男人、孩子，看他们吃喝，可男人每次只能在家待两三天。

根据以往养牛的经验，男人说，母牛生产的日子也就在这一两天。五嫂子百分百相信男人说的话,所以特别盼望男人在家的时候牛能平安生产。

男人在家的第二天早晨,牛不吃草了,弓着腰在牛槽前来回走动。男人喂牛时一看牛的情况,解开了牛的缰绳,让牛在牛圈里自由地活动。进屋悄悄对睡着的五嫂子说,牛要生了。五嫂子一骨碌爬起来,着急地问,咋样了?男人说,你先睡着,才开始,生还在两个小时以后。

五嫂子怎么能睡得住,这牛是头胎,以前的牛都是自然配种,等人知道,牛已经生产完了,圈里多了一个小牛犊。现在都是人工配种,人不接生,牛没办法靠自己的力量生下来。不过看着男人进出忙碌的身影,她又觉得没那么慌乱。

中午时分,母牛完成了生产,一切都好。五嫂子帮着男人打扫干净牛圈,给刚出生的小牛身底下铺上干草,两个人并肩看着母牛不停地舔着小牛,小牛一脸享受地闭着眼睛,阳光照在牛身上,一片金黄。

男人要走了,每次回来,他都一刻不闲地帮女人把家里需要他干的活干完才走。五嫂子知道,男人心疼她,她也心疼男人,只是不知道什么时候男人才能不用一直出去打工,他太累了。

送走了男人,五嫂子又去牛圈看牛,小牛摇摇晃晃地能站起来了,正在母牛跟前摸索着找奶吃。看着小牛一次次地和母牛的乳头错过,笨笨的样子,五嫂子有点着急。不过这小东西最终还是自己吃上了奶。五嫂子笑了,对身边跟着的小羊羔说,你看你看,它吃上奶了。此时的五嫂子,眼里满是柔情,好像吃奶的小牛也是自己的孩子一样。

下午，五嫂子又去看牛，一进牛圈被吓一跳，母牛的头上到处糊着血，再看小牛犊，脐带处不停地滴血。五嫂子急了，一边喊二儿子，一边翻进牛圈去看小牛犊到底怎么了，一看才知道，小牛犊的脐带被母牛齐根扯断导致不停出血。

五嫂子让二儿子看着小牛犊，自己跑出去喊邻居家的男人，大家来一看，商量着用云南白药贴在脐带上，又用布条进行了简易的包扎，血止住了，大家都散了。小牛犊有点儿虚弱地歪着脑袋不愿意起来，五嫂子充满了自责，自己应该守着看着的，一点儿疏忽就成了这个样子，万一小牛有个三长两短，她可怎么办？

整个下午，五嫂子守在牛圈看着小牛犊，直到傍晚时分，小牛自己站起来又吃了一次奶，五嫂子才松了一口气。男人到了工厂，打电话问牛犊怎么样，吃上奶了没有。五嫂子忍着想哭的感觉说好着呢，男人又是各种安顿，五嫂子第一次觉得，这些安顿是这样贴心。

没几天，小牛开始在圈里撒欢，五嫂子多日皱着的眉头舒展开了。这一夜，二儿子大半夜没睡，等着高考成绩出来。五嫂子不放心起来看，二儿子把头从被窝探出来和她说，妈，我考了五百三十多。五嫂子急忙问，考上了没？二儿子说，考上了。

听到这句肯定的回答，五嫂子心里的一块石头落地了。

（原载于《黄河文学》2017年第12期）

少年阿贵

我到的时候看到了田埂上的胶皮手套，手套橘红色的外表在杂草丛中醒目、鲜艳。戴久了的手套，胶皮渐渐硬化，此刻像一双大号的手叠加在一起放着，又像双手伸出，在祈求着什么。

手套在，人呢？我在眼睛能搜索到的范围内寻找着，除了树苗地，除了草，我看不到阿贵。我猜想他去上厕所了，等了很久，手套仍然孤单地躺在田埂上没人来认领。

手机响了，我很犹豫要不要接，我怕前脚接完电话，后脚阿贵回来。四十五秒的手机铃声一阵急过一阵，最终在没有回应中止住了催促。我坐在手套旁边，心里想，再等五分钟，如果还是没有人回来，我就打电话。

阿贵跟着我们在同一片树苗地里干活。我们负责剪树，阿贵是老板雇来割田埂上的草的。老板是个细致人，想着夏天把田埂上的草割掉，就不容易在秋天结草籽，明年地里和田埂上的草就会少点。

阿贵是个半大小子，十四五岁，瘦得像直直长起来的白杨树苗。老板本来不要阿贵干活，又瘦又小，能干个啥？我们一起说情，说了一背篼两笼子好话，老板心一软，问阿贵会割草不。阿贵的小细脖子撑着脑袋像鸡啄米一样点着，说家里喂着羊，草一直是他割的。老板手一挥：行呢。去，回家拿个镰刀，割田埂上的草去，一天七十，草割到下午有能喂羊的你拉走。

我们叮嘱阿贵，机会难得，你可要给人家好好干，别给我们丢脸。阿贵使劲点头。第一天，老板下午来给我们发工钱时笑着夸阿贵：那个小孩不错，干活好呢，这三百亩地田埂上的草都让他割去，一天七十，割完为止。我们都松了一口气，阿贵也能挣钱了。

连续两天，老板都是满意的。第三天老板要回家了，把地里的活计交代了，然后指着我说，你给我把每天的人数和名字记下来，工钱我来了给你们。噢，对了，还有你们一起的那个小孩，让继续割草去，我先给他二百块钱，剩下的他割完了我回来给他算工钱。

三百亩地的田埂，没个一周怕割不完，而且活又不重。我们有点羡慕阿贵，最近每天都有活干，干完了要挣几百块呢。

我们给老板干了半夏天活了。这片占地三百亩的苗木基地来来去去很多打工的男人女人，老板似乎有和孙悟空一样的火眼金睛。第一次来干活的人，谁干活老实，谁偷奸耍滑，老板一目了然，老实的自然留下，耍滑的再也不要。他对人的甄别准确到让我们都很惊讶。他话很少，不会一天到晚跟着催促，也不一天到晚跟着干活的人。他是他的苗木基地里的王，三百亩土地里，哪个田埂上长着什么草，哪个地里有一堆石头，哪里的树比其他地方长得弱他都知道。

第一天，他可能会一下子雇几十个人干急需要干的活，然后第二天迅速减下去，留三五个人善后。断断续续干个几天，没什么活的时候地里留两个人，修修枝子，拔一下稀疏的草。我总是被留下的两个人中的一个，我会写字，会在老板不在的日子里把账记得一清二楚，会严格遵守老板的每项工作安排，会每天把活干到老板预期的地段。

今天也是这样子，老板不在。不在也不是什么好事，我们丝毫不敢懈怠，甚至比老板在时还要兢兢业业。老板是不在，可老板有电话啊，每天三五个，早晨干到哪了？下午干到哪了？我们像老板棋盘上的棋子，每走一步，走到哪儿都在他的掌控之中。

这会儿早晨十点钟，不前不后的一个时间段，老板突然给我打电话，你别干活了，你去看看那个小孩这两天割草割到哪了，看了你给我打个电话。我扔下手里的活计去找阿贵，这两天我们没一起走，我还真不知道阿贵割草的进度。我突然有点疑心，阿贵有没有在割草？

阿贵干吗去了？我坐在田埂上思量着，电话肯定要打的，打通了怎么说呢？

阿贵是跟着爷爷奶奶长大的孩子，阿贵没见过自己的父亲。阿贵出生几个月时，父母因为琐事吵架。这是多么平常的一件事情，两口子过一辈子，哪有不吵架的，可阿贵家的这一架吵得阿贵没有了父亲。所有人都在猜测，阿贵的父亲在这平常的一架之后为什么要离家出走，杳无音信。

没有人知道到底为什么，事情的经过随着一名当事人的出走变成了谜，只剩下阿贵母亲一个人的叙述。她也没想明白，就是个吵架，即使过不下去了，离婚就是，干吗要一走了之。阿贵的母亲抱着年幼的阿贵苦等着丈夫的归来和解释，但这个人就像烟囱里飘出去的一缕青烟，消失在广袤的人间大地，再也没有回来。

在乡村，孤儿寡母的生活很艰难。阿贵的爷爷四处打听儿子的下落，不时有消息传来，今天有人说在内蒙古的矿上见过，明天有人说在新疆见过。几年间，各种消息传来，就是不见阿贵的父亲回来。没有人可以确定他在哪里，唯一可以确定的就是，这个人还活着。

阿贵五岁时的某一天，被母亲强行塞给奶奶。从那以后，阿贵就再也没见过母亲。开始，阿贵每天哭得声嘶力竭，哭累了睡，睡醒了继续哭。气得他奶奶狠狠地拿鞋底子扇阿贵的屁股，边扇边骂："你就是个催命的鬼，催走了你大，催走了你妈，现在天天这样哭，是不是又催谁走呢？"

时间和鞋底子都是好东西，阿贵的眼泪活生生地被这两样东西带走了。奶奶前面走，阿贵小跑着撵在后面，摔一跤，奶奶不回头，阿贵爬起来继续撵。

奶奶不再拿鞋底子扇阿贵了。阿贵有一次问爷爷："我妈呢？"爷爷摸摸阿贵的头说："我娃没妈。你看，爷爷就没妈，咱俩一样。"阿贵想了想，觉得爷爷说得对。从那，阿贵不再撵奶奶，跟着爷爷到处跑。

别人家的孩子都上学去了，阿贵得帮着爷爷割草，帮着奶奶喂羊。阿贵越长越瘦，越来越不喜欢说话。

阿贵能跟着我们出去挣钱了，阿贵的父亲仍然没有回来。阿贵爷爷的腰一年比一年弯，奶奶已经打不动阿贵。有一天，她给阿贵洗衣服时，从阿贵兜里掏出了半包烟，奶奶一下子火了，这个娃居然不学好。奶奶拿着烟去和爷爷说，爷爷说："娃大了，管不住了，再别说了。"奶奶气得几天不搭理阿贵和爷爷。阿贵也不言语，每天跟着我们早出晚归。

可是现在阿贵去哪儿了？我坐在田埂上等着阿贵。看看时间，又过去了十分钟。电话又一次响了，我不得不接电话。老板问，那个孩子割草着没？我说不在，可能上厕所去了吧，我上来没看见。

我不想阿贵失去这个挣钱的机会，可我也做不到拿谎言蒙混过关。老板心如明镜，一起的搭档目光如炬，谁的眼里都揉不进沙子。我的心纠结得像拧过的抹布，我说了实话，阿贵就有可能失去挣这几百块钱的机会，而且以后都很难在这里继续干活。此刻我心里开始抱怨阿贵，不好好干活，跑哪里去了。

老板说，你干活去吧，我给阿贵打电话。我起身离开田埂，顺着水渠朝下走时，惊扰了一只觅食的喜鹊，它扭身飞上白杨树枝头，叽叽喳喳地破口大骂。树林深处，一只大流浪狗领着一群小狗，撕扯着一只死羊。看见我经过，大狗冷冷地看着我，我的后背顿时发麻，加紧脚步离开。

我下去，一起的搭档问我，看的结果咋样？我苦笑，说阿贵不在。搭档和我说，这娃最近都不好好干活，听说动不动和几个小混混就走了，他爷也没办法。我突然陷入焦虑，阿贵咋办？

第二天、第三天我们都没有看到阿贵，我不知道老板给阿贵打电话咋说了。第四天，阿贵来了，嘴里叼着烟，从眼睛里看不出来他心里想的什么。他蹲在田埂上，看着我们干活。我问阿贵这几天在干吗。他说闲着，随即是一阵沉默。吐出来的烟圈打着旋儿在阿贵眼前晃悠两圈消失无踪。蹲着的阿贵，如同一只掉了毛的公鸡。

阿贵待了一会儿，和我们说，姨姨，我这两天找我妈去了，我妈做的饭真好吃。我妈又生了两个孩子，他们一家过得真好。我住了两天，我妈的男人脸冷的，我赶紧回来了。姨姨，你说我爸为什么不回来？去年还有人说在青海看见他了。我爷爷一天天老了，我咋办呢姨姨？

我突然想到，阿贵那天肯定是拿着二百块钱找自己的妈去了。我说，阿贵，再等等吧，说不定你爸哪天想明白就回来了。

他不回来算了，这么多年我也没见过他，我就当他死了。阿贵吐着烟说得很平静。一阵风刮过田埂，带起一阵土尘和枯枝败叶，阿贵把头用衣襟遮住，任土尘扫过身子。

再一次听到有关阿贵的消息是他离开了村子。在奶奶的一次唠叨里，阿贵说，不出去混个人样誓不罢休。开始，爷爷还能打通阿贵的电话，再后来，电话也不接了。爷爷说起来就长吁短叹的，他说，他想阿贵。

阿贵走了的某一天，爷爷突然接到一个电话，说是省公安局的，问他是不是阿贵的家属。确认后，公安局通知说，阿贵现在在省看守所，让家属过去一趟。

爷爷捶打着自己的胸哭得稀里哗啦，他好好的阿贵，怎么就进了看守所？阿贵真进了看守所。刚到省城，阿贵人生地不熟，身上又没钱，每天混迹在车站附近。有一天，一个和阿贵年纪相仿的少年找到阿贵，问阿贵想不想发财。阿贵想也没想就跟着少年走了。少年出手阔绰，领着阿贵住进宾馆，吃香的喝辣的，好烟管够。一周之后，少年和阿贵说，钱花完了，我们得赚钱去。

高级会所的门口，停的全是豪车，少年看了几圈，最后指着其中的一辆对阿贵说，砸了玻璃。阿贵没想过砸人家车玻璃是不对的，他只知道，吃人的嘴短，他得对得起少年这几天的花费。

少年从砸开的车玻璃里熟练地取出一个皮包，拉开看了看，厚厚一沓票子。给阿贵一挥手，走了。阿贵以为，这件事情就这样结束了。刚两天，阿贵和少年就被警察堵在宾馆抓了个正着。

阿贵被判刑了，阿贵的爷爷一直念叨，阿贵才十六，怎么就判刑了呢？

经历了你就成长了

　　微信上，投缘的姑娘强力给我推荐一本书。我一看书名，心里觉得抗拒，第一感觉是心灵鸡汤。姑娘说，跟一般的鸡汤有很大的区别，都是一些疗愈故事，很好！又调侃我，如果买不起，她看完借我看看。

　　我大笑，发我新写的文字给她看，她看完惊呼，我们需要靠书本去解决的问题，你居然不用看书就可以解决。其实我想说，姑娘，生活就是一本百科全书，你每一天的生活都在教你怎么解决你遇到的难题，只是我们忽略了生活中的知识，潜意识里觉得只有书本可以解答所有难题。

　　我在二十八岁以前是个极其自卑的人，我不会说话，不会打理生活，不会和人交往。当时我已经是两个孩子的母亲，我每天在柴米油盐酱醋茶的琐碎里怨天尤人，愁眉苦脸。我觉得所有人都不喜欢我，我也不愿意去喜欢我自己。

孩子渐渐大了，生活逼迫着我出去打工，为了揽到活，我必须和人打交道。于是我逼着自己和人说话，没话找话那种，希望被人记住，希望可以多挣点钱。可打工从来都是要有搭档的，我又必须和我的搭档打交道。

就这样一次次逼自己说话，适应人群中的气氛，把自己的自卑藏起来，让自己的语言开始鲜活。

几年过去，我在别人眼里成了巧舌如簧、八面玲珑的人，因为我不会再畏惧和人打交道，我可以和任何人都相处得很好。虽然我还是自卑，但别人已经看不出来。

等我学着写文字时，我开始安静下来，不再刻意说话。我会在人群中看着别人的一举一动，看天空中的云朵或者飞鸟，看远处的山和植物，更会用心感悟别人的心情。

我在这些细节里思考我的人生，拿别人的优点对比自己的缺点，加以克制，再让别人的优点影响我，我去学习。

我的心逐渐开阔，我不再纠结别人喜欢或不喜欢我，我只想做好自己。即使别人不喜欢我，那也是我没有让自己变得更好，我为什么要纠结？世界那么大，我们的心太小，真正喜欢我们的人不多，而你去喜欢太多的人，也喜欢不过来。

姑娘又发来一句：你觉得别人不爱你，是因为你执着于用你自己的方式索取爱！

这句，我喜欢。

蔓　延

七月的几天里,我都和地里的草纠缠不休。灰条、菟丝子、冰草、倒生草、苦苦菜,还有我叫不上名字的各种野草像圈地一样,在各自的领地上茁壮生长,霸道地侵占着我的地。

我看着野草中间生长的一行行黄花菜,有点汗颜,一个农民,把地种成这样,实在是一件让人笑话的事情。可这片地其实之前已经锄过一遍,刚灌溉过一次,草就急不可耐地又密密麻麻地出来了,简直比种的还匀称。

二次水灌溉以前本来想锄一遍的,但当时地太干了,就想着水浇了再锄。这一等,给了草喘息的机会,仅仅半个月,草就和黄花菜"和谐相处"了。

锄头和草接触后,三两下斩不断草根,还被其他草撕扯得挪不开步子，本来三两天就能锄完的地，突然增加了好大的难度。

高老汉站在田边对着我地里的草笑话我：你看你把地种成啥样子了？我说，就是的，这懒一点都不能撒，想着水浇了好锄一点，结果长荒了。

赵老汉过来一看，强力推荐说，去，买点杀草的农药来，一打保证死得光光的；这你要锄到啥时候去，天这么热。

老汉的话让我吃了一惊，心想这老爷子活了八十多岁，种了一辈子庄稼，最忌讳种地的人撒懒，怎么连他老人家也开始推荐地里用农药了。

老爷子接着说，我今年把地锄了两遍都没用，草把我的头都缠了。后来女婿说，打点农药吧，我开始还不相信，结果打了没两天，我来地里一看，狗日的死得光光的。要让我锄，再锄两遍都还是有草。我老了，锄不动了，药一打省事。

我在地里锄了几天草，不停地有人和我说，打药吧，这么热的天，这锄到什么时候去？我的心里也开始动摇了，是不是真买点农药一打，一了百了。我明明知道，地里打农药是不好的，但草真的太疯狂。

我曾经以为，我固执的乡邻是不会接受新型的种植方式的，他们会守着单一的方法打理自己的田地。但今年开始，田间地头扔着越来越多的农药瓶子，我开始替这片土地担忧，当人们越来越依赖简单省事的农业操作时，蔓延的可能不仅仅是野草。

希望长在泥土里

回到村庄的时候,村道上的柳树已经挤出了一点新芽。红寺堡还包裹在一场又一场的春寒中,人们穿棉衣裹头巾是常态,偶尔一个艳阳天,总会有风来搅和。

一场飞行,一转身,马来西亚的吉隆坡已经成了遥远的风景,若不是那片土地上有牵挂的人,我想我会转身遗忘那个地方。

我的村庄在我离开的几天里,一如既往地运转着。又有新房子盖起来了;又有老人过世了;邻居家的那个小男孩似乎长了一些,我想摸摸他的头,他居然羞涩地笑着躲开,看着他小小的背影,我的心里是欢喜的。

回来的第二天,狂风四起,大姐的新房子已经搭了顶子,正在粉刷墙面。我把自己裹得只剩两只眼睛,去给大姐帮忙,我为没有参与这座房子的修建感到内疚,在这个地方一起生活了十几年,姊妹们之间都是你帮我,我帮你过来的,尤其大姐,为我们付出最多。

停电了,沙灰要人和,我和侄子一遍遍地按比例翻搅着水泥、沙子。搅拌机一遍能做的事情,人要重复五遍才可以,而且和出的沙灰质量不如搅拌机的。看着旁边歇着的搅拌机,我和侄子很希望突然来电。

路过的乡邻看见我,都友善地打招呼,有人调侃,你在外面才转好了,你姐盖房子时你躲了,现在赶紧好好干,补偿回来。我笑着点头,手里不停地翻着沙灰。

风时不时地卷着尘土呼啸而过,大姐的邻居在风中挪着玉米秸秆,他的腿早几年在工地上摔过,走路有点跛。身后的牛棚里一溜拴着好几头牛,院子里一只奶羊拖着沉重的乳房转着圈,一根绳子牵扯住了它的活动范围。五只大小不一的小绵羊羔围着奶羊,咩咩叫着。奶羊很烦躁,刚用头赶走一只,另一只又出现在她的乳房跟前。

大姐的邻居被这些小家伙的叫声吵到了,过来拉住奶羊,把奶羊的脖子紧紧抱在怀里让她无法再活动,几只绵羊羔趁机拥向奶羊的乳房,争抢着吮吸起来。不一会儿,奶羊的乳房比之前瘪了一点,羊羔们也不使劲叫了,邻居松开奶羊的脖子,转身去忙自己的事情。得到自由的奶羊一头顶向旁边的一只小羊,把它打得跌倒在地,又不解气地去顶另外一只。最小的一只羊羔没来得及躲闪,被奶羊一头顶出好远,小羊哀叫着半天没站起来。邻居跑跟前抱起来一看,小羊羔的一条前腿骨折了。邻居气得拿了一根树枝甩了奶羊几下，奶羊甩着乳房蹿开。

这些小绵羊羔是邻居从集市上买来的，一些养殖户家里有的羊一肚子生两只三只，母羊奶不过来，就拉到集市上出售，一只二三十元不等。邻居用这只奶羊不停地倒换着奶小绵羊羔，奶大几只卖掉，再买进来几只奶着。奶羊已经厌倦了这样无休止的喂养，性子越来越暴躁，现在邻居不拉着，小绵羊羔根本没办法吃奶。

一个瓦工师傅一边干活一边问我，马来西亚好吗？我说挺好的，那边现在摄氏二十四度到三十四度，比咱们这最热的时候都热，不开空调人在屋子里没办法待。师傅一脸吃惊，那里没有冬天吗？我说没有，一年四季就那样。师傅说真好，我说也不好，一直都那么热，我都没办法想象那边的工程是怎么搞起来的。师傅说是啊，同一个地球，为什么会有不一样的环境。

突然想起去年十一月我去深圳，深圳的路边处处开着鲜花，树木郁郁葱葱，一派欣欣向荣的绿和灿烂。这种情景让常年身处北国的人有一种错觉，以为自己不是从那个已经没有绿色的地方来的。我想这种错觉也是常年待在热带地方的人无法体会的，寒冷和穿棉衣，对他们也是一件遥远的事情。

午休时路过我的搭档家，她也在收拾玉米秸秆，春天了，要把园子腾开，也要把这些玉米秸秆集中码放好，再用塑料苫好，喂牛全靠这些东西，一旦淋雨，牛就没办法吃了。

我看着她一捆捆地抱着、挪着，不想打断她的节奏。但她还是看见我了，玉米秸秆一扔，跑到路边来和我说话，没有拥抱，没有煽情的话，我们随意地问着彼此的近况。我问她再去温棚打工了没，她说活越来越难干了。

　　这句话让我很吃惊，我的这个搭档人又勤快，又好说话，历来不愁没活干。我问她咋回事，她说早些年温棚是咱们的天下，随时随地都有活干，现在附近的村子里去温棚打工的人越来越多，而我们原有的搭档大都在退出，所以在这种交替中她也时常没活干。

　　搭档的话把我的思绪一下子拉得很远，早两年在温棚上摸爬滚打的情景历历在目，我们留在那里的汗水、争执、欢笑似乎就在昨天，只是一转眼，我们也成了那里的过客。

　　忍不住拉着搭档的手不舍得松开，她笑着安慰我。大哥在喊我，让我赶紧去和灰，我松开搭档的手，笑着和她道别。

　　路边一棵野草露出几片单薄的叶子，真的是春天了。希望长在泥土里，似乎一转眼，它就开始生长了。

牛人很牛

牛人本就姓牛，在微信自封牛人，久了，人人都喊他牛人。

牛人最近见了别人，都会问相同的问题：哥啊，你看看我像谁？被问的人疑惑：像谁？牛人理理衣服，挺挺自己富态的肚子，摆出一副指点江山的气势继续启发对方：好好看看我像谁。

被问的人用手指抠着头皮，差点把头发都薅下来几根也没想出来牛人像谁。牛人有点泄气，干脆告诉他，你看我像不像大家都知道的那个大领导，嗯？好好看看。

被问的人不薅头发了，仔细一打量，你还别说，和大领导真的很像呢。牛人有点泄气，哥啊，我很郁闷，走到哪，别人都说我像领导，你说，我这么像大领导，怎么就转不了运呢？做啥啥不成。

牛人这样郁闷是有原因的。早些年，牛人走南闯北，最后在新疆学了厨师的手艺，给人打了几年工，回家娶了媳妇，小日子开始过了。

回来过日子的牛人也算是一方大厨，谁家有个娶媳妇嫁闺女之类的事情，都是请牛人去当厨子，牛人也不负所托，给每家做的席面都能让主人客人心服口服。一到答谢厨子的时候，牛人总是拒绝收钱，牛人说，邻里邻居的，怎么能收钱？给谁还不帮个忙。每年的冬天，牛人就是在做席面的时光中度过的。

多年在外闯荡，牛人身上自有一股和其他乡亲不一样的气质。衣服笔挺，皮鞋锃亮，头发打理得和牛舔了一样。不知道的人，总以为牛人是老板或者公职人员，怎么也想不到他会是农民。

这样的牛人，肯定不愿意去庄稼地里和泥土打交道。于是牛人各种创业，开过店，卖过菜，跑过货运。为了创业，牛人也是拼了，先卖掉了空余的一个宅基地，后来又卖掉了其他农民视如珍宝的十亩田。但牛人的事业屡创屡败，这些卖地的钱终究打了水漂，还欠了一屁股债。

牛人一狠心，跟着村里的乡亲去一个工厂搞装卸，干了没几天，牛人就回来了。大家一问，牛人说，干什么吗，来一辆车，司机就问我，你是管这儿的领导吧？我说不是，人家死活不信。再来一辆，司机还这样问，牛人又解释一遍，人家司机就撇嘴，你这一副官相跑出来打什么工？牛人一气之下就回来了。

回是回来了，可老婆孩子总要养活吧，牛人一咬牙，贷款买了一辆车，加入了浩浩荡荡的拼车队伍。这时候牛人的热心仗义派上了用场，谁家有用车的时候都会想起牛人，牛人也总是随叫随到。

开着车早出晚归的牛人还是很牛，派头十足。为了过好日子，牛人一直在打拼的路上向前冲。

她的世界

  没有人和她玩,她一直一个人游荡在村子里,在这家门口站会儿,在那家树底下坐会儿。一会儿折一根树枝,一会儿捡路边废弃的东西好奇地看看,一会儿撵着落单的流浪狗跑,一会儿扒着墙头骑在墙上。

  几年过去,她由以前的单薄逐渐丰满起来,只是脸上的表情更加呆板。和她同龄的女孩子都上了初中,只有她还散落在乡野游荡。她喜欢去家里有小孩的邻居家,她总想抱抱人家孩子,但每次还没抱到,就被大惊小怪地呵斥惊得缩回手。她看着被抱远的孩子,眼里满是失落,但转眼,她又寻找到了新的乐趣,继续游荡。

  几个孩子在村道上玩踢沙包,她满眼欢喜地想加入进去,孩子们看着咧嘴笑的她,惊恐地四散逃开。她跑去抢了沙包,兴奋地抛着,孩子们想要,又不敢接近她。一个胆大的男孩鼓足勇气去夺沙包,她一闪,男孩没抢到。几个孩子开始合伙骂她,想让她把沙包放下,她听出来是骂她呢,沙包一扔,扒起墙头上一块砖就追了出去,嘴里呜哩哇啦叫骂着,抡圆胳膊把砖头扔向得罪她的孩子,孩子惊恐地逃窜,砖头在村道上碎了一地。

一个孩子的妈一看院墙被扒了一个缺口,砖头摔在路上,孩子哭着喊着,一下子大怒,黑着脸斥责她,她还是会看人脸色的,收敛了自己的粗暴,搓着手看着小孩的妈上下翻动的嘴唇。她知道人家在骂她,兜里还有几粒瓜子,她摸出来嗑了起来,一副无所谓的样子。小孩的妈骂了几句得不到回应转身走了。

她嗑着瓜子,又开始了一个人的游荡。路过一家人的门口,下水管子里的水流了一路,嗑瓜子嗑得她口干,看着聚集在路上的水,她毫不犹豫地趴下,吸溜吸溜喝了起来。这家老太太恰好出来看到,顿时就急了,这可是洗衣机里刚排出来的水,这孩子,真是作孽。老太太大声喊着让她别喝,她抬起头,露出洁白的牙齿对着老太太笑了。她爬起来潇洒地走了,老太太看着她的背影,连连叹息。

对她而言,常人的世界,她想融入,但她的世界,别人永远不懂!

这世间太多的无能为力

姐说,丫头,你真冷漠!她不知道,看见这句话,我在屏幕这边泪流满面。

我一直是听别人的故事长大的。记得那时候我十六岁,初中毕业辍学,寄居在二哥家里跟着他打工,认识了他的邻居,一个性格开朗的大嫂。

一个月的时间,我和邻居大嫂一起打工,闲时在她家里玩,她拿我当朋友,什么都和我说。有一天,她幽怨地和我讲了一个故事。故事的主角是表哥和表妹,两个人自幼青梅竹马,两小无猜。成年时,表哥说,你等着,我去新疆挣钱,然后回来娶你。表哥一去就是两年,其间没有任何音信。表妹的父亲逼着表妹出嫁,表妹拗不过固执的父亲,哭着嫁了父亲选定的人。就在结婚了的第二天,表哥回来了。两个人在表妹的夫家相见,对望着哭得肝肠寸断,但能怎么样?表哥又一次远走新疆,再也不愿意回来。表妹的丈夫对她很好，但她无数次地想念她的表哥。

这是我第一次听别人的爱情故事，也让我第一次感受到了世事无常，造化弄人。我那会儿天真地想，既然表妹那么喜欢表哥，为什么要嫁给别人？既然表哥已经回来了，为什么不跟他走？表妹的父亲好残忍，为什么要逼着女儿出嫁？

年少的我那时还不知道什么是责任，什么是人情世故。只以为相爱，就是两个人的事情，而忽略了人只要活着，就是一群人的事情。

再后来，听的故事越来越多，关于爱情，关于友情，关于亲情……我暗自惭愧，是不是我长了一张木讷、老实的脸就轻易地获取了别人的信任，让别人愿意把自己内心隐秘的故事告诉我；又或者我是个很好的听众，我会随着别人的开心而开心，也会为别人的悲伤而流泪。

慢慢长大，我逐渐地也积攒了一些自己的故事，偶尔也会和别人说，但更多的还是听别人的故事，在别人的故事里时而开心，时而悲伤，有时候甚至为自己不能替别人解忧而痛苦，更为自己只能听着而帮不了别人难过。

有一天，我发现我听别人的故事，居然说不出一句安慰的话时，我吓了一跳。我怎么了？其实我没怎么，听着那些无奈，我的心里依然难受得喘不过气，只是我觉得不能感同身受别人的悲喜，再去说无关痛痒的安慰是可耻的。

我努力地在生活，或者说是在生存，我一次次听别人的故事，看着街边的乞丐，流浪的猫狗，心里无数次在想一个词：无能为力。是的，这世间有太多的事情让我们无能为力。心痛、流泪，也只是因为无能为力……

写给父亲

雨在夜晚落下，天明时，大地一片凄楚。我听着雨声醒来，一睁眼，想起你，心也开始下雨。我在无数个黄昏、黎明、深夜梦醒，或走在路上，在人群中，都会想起你。一回头，似乎你就在人群中与我擦肩而过，我努力找寻，你的背影被人流带走，我就这样失去了你。

每一样和你有关的东西，似乎都有你的气息，它们安静地存放着，每一样都有和你有关的故事。而你的一切，已经离我远去。我时常不敢看远处那片坟地，那里有你。你那么好、那么好，我相信你在那边也一定过得好，我一直在心里祈祷，你，无论在哪里，都要一切如意。

已经很少有人和我提起关于你的事情，几年了，黄土隔绝了你和我们的联系,你在天堂,一定很好,而尘世的我们,也一定会好!我一直远远地想着你,不流泪。我知道如果你还在,一定会为我开心,我是你最疼爱的人,你会为我自豪,你会人前人后地夸我,你会自己偷着乐,你更会给我很多支持。

你走后的每个节日,家里冷清很多,仿佛你的离去,带走了所有热情。你在时,整个院子都是红火的;你不在了,人情冷暖,一目了然。

我不愿意言说对你的想念,只是每一次我进步一点点的时候,我总在想,如果你在,该是多么欣喜!

我爱你

云把升起的太阳藏了起来,给大地一个阴冷的脸色。我在这样的天气里坐着车,穿行在红寺堡的土地上,看着窗外不同的风景,心里一遍遍想起父亲。

马上是他离世四年的日子,姑姑、叔叔提前赶过来帮忙。这是父亲曾经最喜欢的场景,他总是期望一家人热热闹闹、和和睦睦。

昨天一个小兄弟做了一个微信视频节目,让含蓄的人们大声对自己的父母和孩子说一声"我爱你"。面对镜头,提起父亲,我说,四年了,我很想父亲。

时间过得好快。去年这个时候,我在北京,在父亲的忌日时曾写下一大段文字。朋友看后说,我关于父亲的话题写得太多了,谁的父亲不慈祥,谁的父亲离世子女不悲伤、不想念?写多了就是千篇一律的重复。但我想,每个人的想念是不一样的。

我无力追忆我和他生活的三十三年里的点点滴滴，我是个没有离开过父亲的人。那些年里我对他有依赖、有抱怨和有爱。虽然我不会刻意想起，但他小时候抱我的温暖，拖我走路时手掌上的老茧，把我架上驴背时的小心翼翼，还有我有一次任性把他惹急了他扇我巴掌时的愤怒……这一切似乎都在眼前。我知道有的记忆，是一生都无法抹去的。

我是父亲最小的女儿，我想我大部分的性格是继承了父亲，他有很多优点，他一辈子都过得硬气而强势，但他又是个爱流泪的父亲，哪个亲人生活窘迫都会让他落泪，然后倾尽所有去帮。

他在时没读过我写的任何文字，这是我心里最大的遗憾。我曾经豪言壮语想把生活经营得好一点，想让他为我少操点心。他在时我很想为他做点什么事情，但总是在我把日子过得兵荒马乱时，他为我做了很多事情。

数年过去，我写了上百万的文字，去年是我人生最精彩的一年，去了很多地方，数次出现在电视镜头前。我想他要是看到这些，一定会很开心，一定会为我加油。但这一切，他都没看到，每一次想到这些，我都忍不住流泪。

但我想，我不应该拿流泪的方式怀念他，他不喜欢我们哭哭啼啼。我庆幸，我在不好的年华里，无论我遇到什么困难，背后都有父亲在支撑，都有他运筹帷幄的指点。在我现在一天天好起来的日子里，我为他默默祈祷，愿他在今世的好，能换取后世永久的乐园；愿我们继承他的优秀品质，过上幸福安康的生活。

每年的这个日子里，心里总有遗憾在弥漫。我想，我欠父亲一句："我爱你！"

我是母亲的笨孩子

夜晚,火炉很暖。母亲和我家妞围着火炉烤爆米花吃,妞三两下就把面前的爆米花吃完了。母亲皱眉,但语气极其和蔼地和妞说,女孩子,要站有站相,坐有坐相,吃东西要慢点,要矜持,要谦让,要懂事。

我在半睡半醒间听着这些话,似乎母亲面前坐着的不是妞,而是我,只不过那时候母亲可没有这样和颜悦色。

母亲一声声喊着我的乳名,大咀山把她的呼喊拦住反射到村里的每一个角落。我听见了,我的伙伴们也听见了,他们提醒我,你妈喊你回家吃饭呢。我正和伙伴们抓羊拐,难分胜负,我有些气恼母亲这时候的呼喊。我不愿意答应,闷头玩着。眼前突然出现了一双脚,一抬头,母亲脸上含怒看着我。

我是被母亲倒着提回去的,屁股上不知道挨了多少巴掌。家里当时请了木匠在干活,母亲做好饭怎么都找不到我,喊了那么久我也不吭声,而且这不是我第一次贪玩不回家,这次,母亲真的动怒了。

我的屁股差点被打开花,母亲几乎是一巴掌一个问句:再朝出跑不?再按时回家吃饭不?再和那些男孩子一起爬树不?再喊你答应不?……那会儿,满院子都是母亲的愤怒和我的鬼哭狼嚎。

母亲打累了,也问累了,给我面前放了一碗坨了的饭就去地里上工干活了。我一边哭一边揉我的屁股,恨恨地看着那个干活的木匠,心说,我妈那么打我,他都不拉一把,太狠心了。此后好多年,我都对这个木匠没好感。而这段记忆,一直残存在我脑海里挥之不去。那时候,我也就四五岁。

在母亲眼里,我一直是个笨孩子,她让我找东西,我从来没找着过;让我朝暖瓶灌水,我总洒在外面;让我取个啥,我总能磕绊到其他东西;让我说句话,我总惹人生气……所以很多时候,母亲都是用恨铁不成钢的眼神看着我;而我每次看见母亲,都像老鼠见了猫。

我爬篱笆过去一只手按在了一条蛇的尾巴上,吓得魂飞魄散时不敢和母亲说;拿着烧饼追蝴蝶一跤跌倒,糊了一膝盖狗屎,自己跑小河边处理干净,穿着湿裤子不敢和母亲说;要给自己做个木陀螺,让锯子把手指割得血淋淋时不敢和母亲说;我想要一双和邻居家小伙伴一样买的布鞋更不敢和母亲说……

我怕母亲用恨铁不成钢的眼神看我,怕母亲说,咋那么笨。

这些情况让我在无形中觉得，我就是个笨孩子，没有一点特长。

后来的成长中，我开始慢慢变得沉默，我不喜欢说话，因为我总说错话，我做事尽量轻手轻脚，不发出一点声音，我刻意纠正母亲不喜欢的一切行为，想让她满意。但更多的时候，我都是让母亲生气的。真想和她说句对不起，但一直没有说出来。

母亲耳朵背了，妞大声地和她说着话。母亲轻声制止，你妈睡觉呢，别这么大声说话。妞说"哦"。一老一小又开始了窃窃私语，妞尽量趴在母亲耳朵上说。我不想醒来，生怕打断她们。

这一刻，我有点嫉妒我的妞……

有没有一种爱不让你流泪

远行回家，和儿子女儿相会于小镇。女儿扑进我怀里撒娇，叽叽喳喳说着各种我错过的事情。儿子默默看着，只是笑，却不肯和我亲近。

我拖着女儿摸摸儿子的头顶，他还是笑。我打量着和我一样高的少年，发现他的脸上有几颗小痘痘，嘴角生疮，头发有点长，脸色也不是太好。我问他好不好。他有点沮丧，说自己最近倒霉的，哪儿也不好。我拍拍他的后背，半天没说出什么适合的话。他接过我的行李，我的肩膀顿时轻了起来。

回家后他们要自己洗校服，我极力争取过来：我一个多月不在家，你们已经把自己照顾得足够好，现在我回来了，就让我表现一下呗！妞想了想，摆摆手说，就给你个机会吧。

我赶紧点头，抱着他们的校服去洗。洗到儿子的校服时，突然发现，他的校服被一道粗糙、简陋、歪歪扭扭的针线缝了一下，针线扯了二十多公分长。我忍不住喊他，询问怎么回事。他有点不耐烦：那天刚到学校校服就开线了，我没办法，借同学的针线自己缝的。我说你回来怎么不找人给你重新缝一下？他乐了：我觉得自己针线还不错，再说了，这些事情，怎么好意思麻烦别人嘛。

我瞬间语塞，看着这道歪歪扭扭的针脚，眼睛开始模糊。我很惭愧，甚至歉疚，我想对他说对不起，但我始终什么也没有说。他的校服干了的时候，我拆了他的针线，重新缝了一遍。他站在我身边，静静地看着。

我还在路上，大姐的电话就来了，问我什么时候可以到家。说下午饭到她那里吃，说母亲在等我。我站在人来人往的市场上，看着种类繁多的商品陷入纠结，我回来了，能给我的母亲买点什么呢？她不喜欢吃甜食，不喜欢吃酸的水果，不喜欢油腻的东西，不喜欢肉类……我搜肠刮肚想着母亲的喜好，在市场上来来回回穿梭，直到让我自己左右为难。

我觉得我买的这些吃的母亲肯定不喜欢，但我实在别无选择。我是冒着被母亲拒绝的风险买的，我想着，即使母亲不喜欢吃，还有大哥一家可以吃。

果然，看着我买的东西，母亲一脸嫌弃，让我拎回去。我赔笑：收着呗，我实在不知道给您买什么好。母亲说，你回来就好了，买东西干吗？一个人在外面那么久，都不知道有没有钱花，回来又买这些干吗？我继续赔笑，我好歹出门那么久，不给您买点吃的我怎么好意思来，看在我那么远回来的份上，就别嫌弃了，收下吧！

母亲仍然不高兴，我扯着她的胳膊，强拉着她去大姐家吃饺子。

搭档在微信上喊了两天，让我回来了去她家。

我在午后懒散的阳光里看到了搭档的脸，有点清瘦和疲惫，她说自己感冒了。我的到来让她欢喜，我被热情地礼让到了她家最好的屋子里。她让我去炕上，又是沏茶，又是上瓜子，又是端来自己做的烙饼。我一直觉得，一到她们家，我就像个地主婆。

茶特意加了枸杞和糖，入口香甜，我就这样一口茶、一把瓜子地吃着喝着。她像个小心翼翼的小媳妇站在桌子跟前，陪我说着话，这让我很不好意思，但又没办法让她不这样。

过了一会儿，她又急急忙忙端了一个热气腾腾的羊头，拿着筷子，使劲让我吃。似乎我不吃，就是看不起她一样。架不住她的热情，我吃了一点，搭档还不依不饶地劝着，直到我拿白眼翻她才拉倒。

午后的阳光，暖暖的，搭档的火炕，也暖暖的。我在这些暖意里看着忙碌的她，说不出一句话。

五分钟的距离

看见我进屋，母亲眼里闪过一丝惊喜：哟，你居然来了，什么时候回来的？我笑了笑，大声说下午就回来了。母亲转身朝炉子跟前给我拉板凳让我坐。

灯下的母亲，微眯着眼睛看着电视剧，比我前几天见时她又苍老了一点。

累了一天的大哥斜倚在沙发上，他每天晚上再累都会陪母亲看会儿电视，这是大哥自父亲去世后的一项功课。

母亲的听力下降得厉害，一句话要重复很多次她才能听到，所以晚上很多时候，她和大哥就这样一前一后坐着看电视。

我围着炉火坐下了，母亲转身示意大哥给我拿水果，大哥故意说不给她吃。母亲转身拿眼睛瞪着大哥，大哥笑了，起身去里屋拿来了橘子和香蕉。

母亲掰给我一个香蕉,我摇头,又给我递橘子,我又摇头。我指着自己的胃,大声说不舒服,不想吃。母亲笑着白了我一眼,说,以前不和猫一样馋吗?一来就翻箱倒柜找吃的,现在怎么这么规矩了?吃,吃一个看会不会撑着。

拗不过母亲的盛情,我接过香蕉吃了起来,母亲询问我最近干什么呢。我连说带比画地给她说着我的事情,当母亲知道我后天又要出去一趟时顿时忧虑:那么远,你干吗去啊?你婆婆同意吗?给人家说了没?我一时沉默,心里有些凄凉,不知道怎么回答母亲我出去干吗。她也许并不在意我飞得高不高,她只是担心她的笨孩子出去了不会说话,不会照顾自己,没有方向感。

我和母亲家的距离步行有五分钟,我在她的视线里晃了三十六年,长大成人,结婚生子,伺候公婆,种地打工……我所有的事情都在她眼皮子底下。可是今年,我突然开始脱离她的视线,十天半个月不见我是正常的,母亲说,那天在电视上又看见你演讲呢。我问她,能听见吗?母亲说,我主要看你,听不听无所谓。我咧嘴笑笑,心酸得不行。气氛一时又沉默了下来,母亲看着电视,她听不见声音,却可以看字幕,我的母亲,年轻时也是才女。

在今年,母亲的生活过得越来越单调,她开始要求给她买个手机,她想听到儿女们的声音。大姐领去给买了个声音很大的手机,但是我们打电话,母亲仍然听不清楚我们说什么,久了没人再打,母亲也放弃了要带手机的想法。

有时候我给她说老家的事情或者哥哥姐姐们咋了,她会问我怎么知道的。我说微信上看的，母亲恍然大悟，有点羡慕地说，你们现在是有手机的。

母亲的一辈子似乎就这样过去了，识文断字没有留下只字片语，心高气傲未曾与众不同，她有时候也哀叹年华匆匆，在生命最好的季节没有享受到生活。

看得见的孤独是影子

我到大哥家时,他们一家人正围着桌子吃饭,母亲端坐在沙发上,一脸盛怒,其他人都闷头扒着碗里的饭,没有一个人说话。我正奇怪今天气氛怎么这么严肃,母亲就对我说:"你去拉车车,我要把剩下的西瓜都倒掉。"

我一听懵了,这刚八月底,正是吃西瓜的时候,干吗要把西瓜倒掉?再说就算西瓜不好了,要倒也不是母亲去倒,也轮不到喊我去倒。

我赔着笑问:"咋了吗?好好的干吗要倒西瓜?"

母亲一看我不遵从她的指示,从沙发上站起来要自己去拉车车。我笑着把母亲抱住,又问,到底怎么了?

被我拉住的母亲无法行动,怒气冲天,开始和我讲事情的原委。

原来，母亲看见孙媳妇吃西瓜，但是孙媳妇没给她端，而且不是一次两次，所以母亲一怒之下要把西瓜全部倒掉。居然轻视她的存在，居然不给她吃，居然忽略她的感受……母亲气坏了，不给她吃，其他人都别吃了。

我一听就知道怎么回事了。母亲是秩序的守护者，年轻时，家里所有人都臣服在母亲的秩序下。她要的是老幼有序，尊卑有序，主客有序，所有的规矩都必须有序。谁稍一疏忽，不顾及这些秩序，母亲就会勃然大怒。

但今天的事情对于大哥一家人来说，母亲有点小题大做。不就是一个西瓜，买了那么多，谁想吃谁就切去，至于为一个西瓜发这么大火吗？母亲此刻的行为，完全就像个没有吃到糖果耍脾气的小孩。但是我的大哥一家人默默地包容着这种行为，任由母亲发怒、斥责。如果不是我来拦着，我想大哥也会任由母亲把西瓜倒掉。不管母亲怎么闹，都不会有人来对抗母亲，其实这也是母亲守护秩序的成果。

西瓜是个引子，它把母亲这大半年的孤独、落寞转换成怒气激发了出来。她要借这个事情表达自己的愤怒和被轻视了的不满。大哥、侄子和我都在赔笑，但母亲仍然是愤怒的。

母亲耳朵背了，而且背得很厉害。以前也看过，也想配助听器，但医院说是神经性耳鸣耳聋，没办法配助听器。父亲去世后，很多时候都是她一个人待着，家里人都忙于各自的琐碎。

我握着母亲的手哄她，我能感觉到她很生气，很愤怒，她用尽了力气想要维护的秩序正在逐渐流逝，她想不明白怎么了。在这个注重自我的年代，秩序无可奈何地哀叹着慢慢远去，母亲用大怒能找回来多少？

母亲的怒火现在多么苍白，苍白到大家一笑而过。几年前，母亲一个脸色都能让我们忐忑不安、战战兢兢。但现在，我却握着她的手，半抱着她，用一种撒娇的口吻化解她的怒气，直到她逐渐平静下来。衰老，真的足以让任何人、任何脾气衰弱。我曾经守护秩序如山一样的母亲也逃不过这个宿命。

母亲的耳朵背得让她没有一点秘密可言。我大声说各种事情哄着她，分散她的注意力，她仍然愤怒，但早已没有了气势。突然想起小姨说的，人老了，要服老！多么睿智的一句话。

我终究要离开，坐在沙发上的母亲，和她做伴的只剩下她的影子和电视里一个和她不相干的世界。

出门时，不忍心再回头。母亲的孤独我看得见，却眼睁睁的无能为力。

下个路口见

医院的门口熙熙攘攘，红寺堡又是一个起风的中午，我在人群中搜索着你的身影，我怕一眨眼，就和你错过了。

今天周五，你放学的日子，我周二去你们学校给你核对学籍号。你问我干吗呢，我说陪你爸爸住院，你说周五还在医院吗，我说在，你说你要来医院。

学校的相遇让你很没面子，我被你们英语老师喊进教室，原因是你头天的英语家庭作业没有完成。众目睽睽之下，我悄悄问你怎么没做，你说忘了，我看见你的鬓角冒出细密的汗珠，我知道你很紧张，也很尴尬。我不知道再说什么好，揽着你的肩膀陪你一起尴尬。因为我一直自责，早些年生活的忙乱和我知识的匮乏耽搁了你，才让你现在如此吃力。

英语老师及时解放了我们的尴尬，和你说下不为例，我也像逃一般离开了你的教室。我知道，你不愿意让我看到你不好的一面。

医院门口的水果摊上，女人包裹得只剩下眼睛，此刻生意不是很好，她也百无聊赖地玩着手机。我开始了各种猜测。是不是你放弃了要来医院的想法已经回去了，或者你的学校离医院有好几条街的路程，你正在路上？我有点怪你木讷，怎么不花五块钱打车过来？

一群又一群的学生从我眼前经过。医院附近就有一所中学，他们和你的校服截然不同，我一直在这些身影中期待你的出现。我出来已经半个小时，送走了一个又一个身影，仍然没有你。我很犹豫，到底要不要再等你？

水果摊上的女人不知道上哪去了，我被数次当成摊主询问水果的价格，我笑着解释，我不是主人。远远地看着你的身影走来，匆匆忙忙，虽然远处人来人往，我还是一眼认出了你，松了一口气。

你果然是走路过来的，用了四十分钟从学校走到医院。

还记得那天在学校，我准备离开时，你满头大汗在校门口追上我，给我塞了两个菜饼子。你不知道，你的这个举动让我多心疼，因为你学校的餐厅到校门口有好长一段距离，你在几分钟之内是经历了怎样的奔跑才赶上我的。

连续的行走让你的校服后背一片湿痕，我责怪你为什么不打车过来，你只说没事。很多时候看着你，我总是想起相依为命这个词。

从搬迁到这里，因为生活，各种忙碌，你的父亲大多数时间不在家，我和你一起经历了很多生活的点滴。你总用你稚嫩的肩膀和我一起分担着一些苦累，懂事、体贴、温暖。

如今的你，已经比我高了一点点。有一次我佯装生气要打你，你笑着把我抱起来转了个圈。我忍不住大笑，你真的开始长大了。

你的学习成绩平平，这点是我们都比较敏感的话题。你已经不愿意让我再唠叨，我也时常在忧虑你的未来，自责不能更多地帮助你。虽然人生有很多种选择，但我一直期望你能过自己想要的生活，不会如我一般，如此挣扎。

我愿意慢慢等你，在人生的下一个路口，我期望和你精彩邂逅。希望彼时，你正不负青春，我亦岁月安好！

我的少年，你可愿意和我一起努力？

谁让你是我姨

我家妞扮大马,背上骑着四岁的瑶瑶和七岁的朵朵,十一岁的果果在旁边看着加油。一方土炕,四个女孩,此起彼伏的笑声蹿出屋子,飘在半个院子。

我翻着白眼抱怨两个外甥女大梅、小梅,质问她们天理何在,两个小丫头被我家妞驮着,怪不得个子没果果高,全是抱瑶瑶给累着了,所以没长个。小梅说,那你怪强子去,又没抱我家朵朵。我说,这会儿你家朵朵总在我家妞背上吧。

我和大梅小梅在地上斗嘴,四个女孩依然在炕上笑着闹着。大姐说,你看这几个小东西,多像你们几个小时候。小梅说,现在就差我霞姨了,不知道什么时候我们四个人才能聚在一起。

姊妹中大姐最大,我最小,我二姐大我两岁,然后就是我俩外甥女和我们同龄。整个童年，我们四个人是厮混在一起的。黑眼湾是一个自由的世界，在那里，只要你精力充沛，你声音再大，闹得再欢都可以。

我一直和大梅说，我童年的快乐被她俩剥夺了，大梅故意用白眼翻我，理直气壮地说一句，谁让你是我姨。好吧，我被这句话打败了三十几年。

那时候物质很匮乏，每家都是那种粗瓷大碗。我那有追求的母亲费劲心思，给我和我二姐一人置办了一个小碗，我无比喜欢我的小碗，而且很容易分辨出哪个是我的，哪个是二姐的。二姐的碗圆，我的有点扁而且里面有一个小黑点。每次大嫂做好饭，我和二姐都会先挑好我们的小碗等着吃饭。

俩外甥女来了，我和二姐拿我们小碗吃饭的特权没有了，小碗成了她们俩的专利。我想表示一下抗议，母亲说，你是当姨的，要让着大梅、小梅。我一下子觉得肩头有了责任，虽然每次吃饭只能眼巴巴看着我心爱的小碗端在外甥女手里，但一想起我是人家的姨，心里的不平衡也就烟消云散。

此后我再也没能端过我的小碗吃饭，因为在小梅一次不负责任的吃饭过程中，我的小碗碎了一地。看着被大嫂扫起来倒在壕沟里的碎渣，我用眼泪偷着祭奠了一下我短命的小碗，随后安慰自己，算了吧，谁让我是人家的姨。

家里当时人很多，做饭的铁锅很大，也很薄。每次等舀完饭，锅底都会留下一点点锅巴。小梅不知道什么时候有了这个爱好，每次吃完饭都要铲锅底。有一次大嫂忘了，舀完饭就添了洗锅水进去，小梅一看就开始哭闹，大嫂没办法，只好把水倒出来，让她重新铲了一遍才止住了她的眼泪。偶尔，我也想效仿一下小梅的蛮不讲理，但总被母亲的巴掌扇回来，我问为什么小梅可以我就不行。母亲说，谁让你是她姨。

在此后的成长经历中，我们都在一起，小时候的事情被我们无数次调侃，无数次大笑。在我细数小时候受委屈的事情时，她们总是说，谁让你是我姨。因为这句话，我立马释然，摆摆手说不计较了。

生活让我们各奔东西，聚少离多。在后来的生日、远行中，小梅总是时不时地惦记着给我发红包，提醒我照顾好自己。我心里过意不去的时候，她总是说，谁让你是我姨，我不管你谁管你。瞬间泪奔，多余的话再也说不出来。

我们儿时的快乐已经渐行渐远，而我们的妞又开始延续我们的光荣传统，一起在琐碎平常中打打闹闹，共同成长，她是她的姨，她是她的外甥女。偶尔会有争吵，但只要一说谁让你是她姨，争吵立马成了大笑。

我们一起长大了，再看着你们一起长大……

你好就好

"姑娘"微信问我：最近咋样啊姐？我回复说好呢，我回来了，问她好吗？她发来流泪的表情，说不太好，每天太累，不能休息。心瞬间疼痛！

她在城市快节奏的生活中用柔弱的肩膀扛着生活，没日没夜，不停奔波。我初见她时，她每天凌晨五点才睡，中午十二点起来工作直到下一个凌晨。人群中的"姑娘"，温婉大方，笑语嫣然。

缘分是个奇怪的东西，你不知道茫茫人海中你会和谁成为朋友，也不知道会和谁擦肩而过。我一直和"姑娘"玩笑，是她把我逼上《我是演说家》的舞台，"姑娘"却一直说，是姐自己足够优秀。我和"姑娘"，就这样认识了。

和"姑娘"在一起的那几天里,我学会了太多东西,她一遍遍不厌其烦的鼓励,一次次暖心真诚的微笑,终于让我放下了自己的自卑,走上了《我是演说家》的舞台。之后,我的许多事情"姑娘"都有参与意见,她再忙都会给我回复,她一直说,姐,你可以的。姐,放心吧,你背后不还有我呢吗。姐,记得要多笑……

是的,"姑娘"一直在。我问她,别人希望我写一些商业化的文章,可否?"姑娘"说,不要,你写你自己的。我和她说,其他电视台喊我去做节目。"姑娘"说,姐,好好过日子,好好写字。我听从着她的每一次建议,我知道,"姑娘"是真的希望我好。

生活的忙乱疏远了人和人的距离,而网络的普及又让人多了太多联系。"姑娘"太忙,忙到我不忍心打搅;而我心里,总在惦记。我让她别和我再说话,"姑娘"回复说正在上班的路上,我没再回她,我希望她可以稍微休息一下,哪怕几分钟。

我在凌晨醒来,想起"姑娘",我不知道她这会儿休息了没有。"姑娘",我在远方祈愿你好,祈愿我人生路上遇到的朋友都好。

你的眼泪我假装看不见

妞虽然"嫌弃"我，但我还是去参加了她的家长会。我是在校门口遇见妞的，看见我的一瞬间，妞像只欢快的麻雀扑向我的怀里，全然不顾她同学的眼光。这就是妞作为女孩的好处，儿子才不会把对我的想念表达得这么明显。

我一直说妞是个没心没肺的人，前脚哭，后脚立马能笑，刚咬牙切齿说再也不和谁好了，没一会儿又撑着和人玩。对人好时发自肺腑，不高兴了就发脾气，我极喜欢她这种性格。

妞拖着我的手拉我去她们班，说她同学在网上搜到我的视频，要见见我。我故意不愿意，说昨晚谁把我嫌弃得和路边的狗尿苔一样，这会儿又拉我去见你同学？

妞赔笑，左右摇晃着我的手撒娇。我忍不住大笑，揽着她的肩一起去她教室。转眼间，她已经差不多和我一样高了，她抢过我手里的包拎着，一路叽叽喳喳说着她的校园生活。

在妞的教室，妞坐我旁边，我说起即将开启的另一场远行，又有近四十天不能见她，妞眼里闪过一丝不情愿，嘟囔一句，要去那么久啊！我说嗯，又问她能不能照顾好自己。她点点头说行呢。

家长会上一场励志感恩的演讲如火如荼。所有孩子盘膝挨着家长坐在操场上，妞双手抱膝垂着头，用手指在草坪上画着圈。"啪"，一滴眼泪掉在了妞手指画过的圈里，迅速跌落、隐没。我掰转妞的脸，妞满脸泪痕，校服裤子上都湿成了圈。

我的鼻子也酸了起来，我把妞拉我怀里拥抱了一下，拍着她的背，她赶紧揩着眼泪，把脸转向我看不到的角度。我强忍着要流出的眼泪，继续微笑，心却被妞的眼泪浸湿。妞再看我时，两眼通红，我拉着她的手，不知道说什么好。

家长会结束，一场离别又在眼前，妞挣脱我拉她的手，挤进同学中，我一眨眼，满眼都是穿一样校服的身影，我的妞就这样被淹没。

回家时，夕阳西下，车子一路向前，我离妞越来越远。

在习以为常中习以为常

电视上演着别人的悲喜，男人电视上一眼，手机上一眼，从沙发上挪到炕上，从炕上又坐回沙发上，嗑着瓜子，喝着茶。从早晨起床，男人就这样打发着时间。

相对于男人的清闲，女人手忙脚乱，一边用洗衣机洗着衣服，一边在厨房做饭。屋子里一片凌乱，女人不动手，这些凌乱会一直持续下去。男人在忍无可忍中开始指责，嫌女人没有兼顾到打扫卫生，在指责女人的同时，男人连个地都不会扫。

女人叹口气，明明已经忙得满头大汗，却不得不提着抹布，拎着笤帚开始清扫。而后院里，真的是鸡飞狗跳，这些动物还等着女人去饲喂。

乡村的词条里，大部分女人所扮演的角色除了母亲、妻子、儿媳，还兼职了保姆、饲养员、打工者，更是钢铁侠。哪个角色演不好，都会招致白眼、问责。

相同的生活模式和状态，大家都觉得女人扮演这些角色是理所当然的，一旦谁跳出来说这样是不对的，必会招致大家一致的口诛笔伐。所以多少年过去了，女人们已经不再思考这些角色为什么要她们来担当。我自己的奶奶、外婆、母亲，所有我认识的女人都是这样过的，你为什么想和别人不一样，你不一样得起吗？别说男人们不愿意，你自己的亲人们都会不愿意。

我们从小就被教育：女人，要少说话、要多干活、要听话、要乖、要忍耐、要孝顺、要勤快、要能吃苦……如果一一列举出来，除了读书少，女人直接可以和孔圣人媲美了。

可这么好的女人，如果在遭遇家庭暴力的时候，婆婆会说，这有啥，谁家的男人还不打女人……妈妈说，闺女，忍了吧，日子都是忍出来的……邻居说，没事，牙和舌头好得很，防不住了还会咬一下，别说两口子过日子了……

总之，所有人都会教你习以为常，渐渐地，你也会觉得这就是你应该过的生活，也跟着他们一样习以为常。一个个鲜活的、多姿多彩的灵魂就这样被这种习以为常扼杀。每一个女人都被打磨成"合格"的女人，像流水线上复制出来的机器人，一个样子，一种思维，连脸上的表情都是一样的。

骑着羊去追赶太阳

我和母羊在争夺一根绳子的主动权。绳子的一头是母羊的脖子,另一头是我被勒红的手。它极力想挣脱绳子的束缚获得自由,我死活不撒手是为了保住我的面子。

母羊甩着两只粉色的乳房,扭着屁股狂奔,我被它扯得像即将起飞的风筝,跌跌撞撞。母羊最终没能挣脱绳子,开始妥协,低头啃着地上残余的稻草。我甩着被勒得通红的手掌,趁机歇一下。

深秋的吴忠平原,到处都是这样的稻田,羊吃着这一片想着那一片,随心所欲地扯着我到处乱窜。我很恼恨它的多动和不安分,突然萌生了一个念头:我骑在它背上会怎么样?

我是个有想法就会付诸行动的人,我把手上的绳子转圈缠绕在腰上,用自己的体重拖住母羊不让它动弹,就这样,我成功接近了母羊。我想抓它的耳朵，试图控制它，却被它一次次躲开。我着急了，一把抱住它的脖子，母羊愤怒了，撑开四蹄甩着脖子想摆脱我。我好歹也几十斤呢，它哪有那么容易甩开？我不顾它的愤怒，劈腿就骑到了它的背上，像跨上战马的将军。母羊受惊了，驮着我开始奔跑，我暗自得意：谁让你刚才把我拖出一身汗来着，这下看你还跑不？

这种得意没持续一分钟，就以一种悲壮的形式结束了。母羊的极速奔跑让我在它背上失去了平衡，一下摔在田埂上，可腰上那根绳子还紧紧地把我和母羊连接在一起，直到我被向前拖了几米，绳子才松落。

好不容易爬起来的我顾不上拍身上的土就去追母羊。一抬头，红彤彤的太阳从地平线上升起，母羊也变成红彤彤的。我随着母羊奔跑着，应该也是红彤彤的。

不知道跳了多少田埂和水渠，当我手里重新抓着绳子时，我的双腿酸软，嗓子冒烟，而母羊还是活蹦乱跳的。

太阳暖暖地照着我的脸，我抹了一把汗，打量着面前开始吃草的母羊，不甘心地想，怎么才能让它心甘情愿地驮着我呢？我不服气，自己之前骑过驴、骑过狗，驴那么高，狗长着尖利的牙齿，可它们都没把我甩下来过。

手腕有点儿疼，刚才被母羊拖着时被稻茬划烂了。我想了很久，最终放弃了要母羊驮我的想法。摔一次，足够让我记住，有些动物不是那么好欺负的。

那一年，我七岁，在吴忠三姨家上小学一年级。

你的梦想，能走多远

前些天在盐池的一个小学，面对着一群眨巴着懵懂眼神的孩子们，我问他们：你们有梦想吗？那天风很大，孩子们坐在风中异口同声地大声回答我：有！声音回荡在校园的上空，传出很远。接着，孩子们逐一报出了自己的梦想，坚定而充满憧憬。

听着他们的回答，我没有多少欣慰。孩子们大多是留守儿童，父母以为了给他们更好的生活为理由，将他们留在乡村，却没有问他们，他们期望的生活是什么样的。人总免不了会延续父母的生活轨迹，这群孩子，实现他们梦想的渠道在哪里？

原谅我的如此悲观和现实。作为一个农民，我深切地知道，乡村广阔的土地上，多少人的梦想被岁月慢慢抹杀，不留一点痕迹。如果你现在回头去问我的搭档，你有梦想吗？她们肯定会说，都这把年纪了，还有个屁梦想！

是的，曾经在很长一段时间里，我问自己还有梦想吗？很快，生活就用举例说明的方法告诉我，日子都这样了，梦想能当饭吃吗？而你又不能和你身边的人说，我有梦想。人家会很奇怪，你有梦想，关我屁事！

在2008年的时候，绝望充斥着我的生活，我数次思考自杀的方式。这在现在听来特别可笑，但在当时，我困在自己编织的绝望里出不来，低烧、昏睡，怎么都爬不起来。我绝望的理由是，我活着没有一点点价值！一想到我一生都不可能去我生活之外的地方看看，一生要为了生存去重复同一件事情，我就无比悲伤。但是我又说不出我的悲伤，因为我的亲人、邻居他们都会说，我们都要这样过一生。

我数次虔诚地感恩我能拥有一双儿女。在我绝望的那段时间里，我六岁的儿子总是趴在我的身边端水递药，安静地陪伴我。他的眼神充满希望，他总是问我：妈妈，你明天能好吗？

一天早晨睁开眼睛，麻雀正在窗外吵成一片，我熟睡的儿女一脸安详可爱，我一伸手，四岁的女儿迅速挤进我怀里，用她粉嫩的小脸蹭我。拥着她，我突然强烈地想着，我要活着，而且必须好好地活着。

三天以后，我爬起来了，给他们洗衣做饭，和他们玩闹，之后努力地去打工，去和周围的人接触，锻炼着和他们说话，主动地联系活，努力地寻找快乐，开心地笑……

两年以后，我靠打工买了手机，买了摩托车。骑着摩托车穿梭在打工和家的路上时，我用心看着季节变换，花开花落，用手机记录。庆幸这么久，骑摩托车没有出事，玩手机八年眼睛没瞎。

当梦想这个词一次次裹挟着我前进的时候，我在某个时间里很惭愧，我没有一个可以拿出来让人艳羡的梦想。早些年读书时想当个老师，之后去看江南成了一种执念，直到现在，江南仍然没有去成；不过我安慰自己，总是会去的，我这么偏执的人，不去一次江南，肯定死不瞑目。

土地上一年又一年地长着玉米，春种秋收，生生不息，而人在生活中越活越沉，直到把自己活进泥土里。关于梦想的话题一直在继续，种下去的希望，虽然不一定年年丰收，但不种，谁又知道你会不会错过一个好年景？

（原载于《中学生阅读》2017年第12期）

我无能为力的太多事情

最近好长一段时间，我都情绪低落，不愿意说话，不想看手机，不想和朋友聊天。我知道，我是在逃避一些情绪，逃避我无能为力的事情。

一

君子姐姐说，溪风，我又要搬家了，我的店要关门了；别人是生意不好关门，我是生意好才关门。

心里不由得疼了起来，一时无语，不知道做何种回答。我是看着君子姐姐怎样一步步为了生活在打拼的。她的倔强，她的不服输，她的勤劳善良，她所有的辛苦只是为了给儿子买一套房子，让他有一个安身之所。

盯着手机看了好久，我回复了一句：姐姐，照顾好自己。说完这句，无力感和压抑瞬间将我淹没。眼睁睁地看着期望过得好的人一次次被生活碾压，生活一次次和她开玩笑，一次次打碎她燃起的希望。我什么都做不了，这是一种怎样的挫败感和无奈？

二

马莲辗转找到我，希望我化笔为矛，替他失踪后听说"蒙冤"去世十四年的哥哥写一篇文章，引起社会反响，看能不能为他哥哥"讨回公道"。

马莲的母亲为失踪多年的儿子几乎哭瞎了眼，马莲亦是准备替哥哥申冤，而她此刻的身份是两个孩子的母亲。

我咨询了一下认识的法官，整件事情错综复杂，时间又这么久了，无论从哪方面讲，希望都很渺茫。法官让我劝马莲，上有老，下有小的，好好过日子吧。

我婉转地表达了这个意思，但马莲坚持认为自己的哥哥不能就这样不明不白地走，她一定要讨个说法。她仍然希望我可以帮她写一写，她觉得，我很有名，我的文章一定可以引起关注，说不定就会遇到青天大老爷，那样她哥哥就可以沉冤得雪。

我陷入了沉默，我不认为我有这个能力，我写不了。但我又不知道怎么去劝解，似乎说什么都是站着说话不腰疼，去世的不是我们的至亲，那种疼我们无法体会。

三

去年,《我是演说家》栏目刚播出,我的远邻就找到了我家。

她先是胃癌,刚做完手术两年后癌症又一次复发。她人在我们村住,户口却还在老家,所以本地没有低保,看病也是各种借钱。

看见我,她不停地流泪哭诉自己的不幸,癌症,五个孩子。你认识记者,让给我报道一下,看能不能有社会捐款;我孩子那么小,不能没有母亲,好歹让我把孩子拉扯成人。那一刻,我恨不得自己是世界银行,但我不是。

我说得口干舌燥也没能解释清楚我的无能为力,她哭着离开了。之后有一天,她的老母亲又一次夜里来到了我们家,几多哀叹,看着老人家的白发和皱纹,我心如刀绞。最终老人家带着失望离开了。我想她是觉得我冷漠至极。

四

参加《我是演说家》栏目过去已经快一年了,好多人以为我咸鱼翻身,名利双收,此后富贵通达。但是错了,参加《我是演说家》只是我人生中的一次经历。马慧娟仍然是马慧娟,仍然是一个得过日子,得操持家务,得去挣钱养家糊口的农民。

好多人想和我聊聊文学,聊聊人生理想,聊聊发表文章,甚至还有更多热心的人对我提出各种意见建议，希望我的文字更优美，人生更完美。但首先，我得要去生活，所以怠慢大家的地方我很抱歉。

以前我的朋友会说，好好生活；现在的朋友们都会说，好好写字。无论怎样，我都很感谢大家萍水相逢的信赖和支持。

这篇小文算是我对大家的一个解释，期望我认识的所有人幸福安康。

愿生活一如既往

一

睡起来，疲惫更深，仿佛和现实差了十万八千里，人整个是恍惚的。

昨天问好明月姐姐，她今天分享了一句话：真正合适的爱情，哪里会千辛万苦？有多少白头偕老不都是：我喜欢和你在一起，因为一点都不累！

明月姐姐说，人活着，不累就好！她真好，温婉、温暖、睿智，一直是有禅意的人。我曾经说她像佛前的一朵莲花，自有慧根。而她一直欣赏我的生活态度，彼此共勉。她说看着你一天天活成自己想要的样子，真开心。我说命运已经给了我足够好的现在，再说不好就是不知足。隔屏，我似乎看到了她的微笑和欣慰。

早之前，我的这些朋友水净沙明，每个人身上都有独特的人格魅力，我的思维一步步被影响、被拔高，才有了今天的我。我的这些老朋友，他们曾经给予的鼓励、支持，不离不弃地一路陪伴，我能回报什么？仅仅是一人寄一本书吗？这不是他们期望的，也不是我真的想给的。他们期望我越来越好，我所能回报的也是让自己越来越好，仅此而已！

我们在网络相遇，如此简单美好。

二

我问秦大侠，我的文字最近可有长进，是不是有点无病呻吟？大侠说，没有，细腻如旧，观察得多了，思考和挖掘也多了。文学不就是人学吗？必然要有俯视的角度，不可能总是平视，不要旁顾，自然而然，写自己的就好。但是，必须先活好，其他只是爱好。我一直紧跟你的背影，欣赏。

我拼命点头，于我而言，写字是生活之外的东西，是爱好。写字是为了救赎，而不是为了生活。生活可以用各种方式去经营，而写字只能有一种方式。

想当时，在我还只是写一点小文的时候，大侠出手就把自己家里的书收集了一大箱子寄给我。他说：自己不喜欢藏书，看过就送人。书籍若不能流通，与死物何异？读书为了明理，死守着书，意义何在？

大侠是极好的长者和朋友，我的每一篇小文他都细致读过，并留言点评。每一次和他聊天，都会收获很多，他给我讲国际形势、域外风情、各种典故。而我从来不问大侠姓甚名谁，年龄职业。他的文笔诙谐幽默，游记读得人如同身临其境。对文化、地理环境他都有自己独特的见解和阐述。

我时常庆幸，我可以遇到这么好的朋友，不常聊天，却无时不在，看似疏离，却总是温暖。

三

搭档打电话喊我去干活，我很想去，可却被一些琐事牵绊，去不了。电话里听出搭档有点失落，她以为，我已经和她不一样了。

我无法和她说清楚我要忙的事情，我有些歉疚。她的世界那么简单、纯粹，我怎么忍心让我的复杂破坏她认为的美好呢？

我在好多觉得无奈的时候，都会不由自主地想起她；我在她的角度去看我的无奈，我就会笑话自己。在她眼里，这些无奈就是自找的，就是闲得没事，就是书读傻了，本来和A一样的事情非要弄成O。天大的事情在她那里都不是事，只有她，可以这样波澜不惊。

我计算着她一早晨可以挣多少钱，二十四或者三十。她七点起来，喂牛喂羊做饭，顶着冷风骑车去温棚上，开始几个小时的劳作，然后揣着这些钱回家，简单、快乐。

其实我想和她说：亲爱的你，我始终是和你一样的，无论我写不写字，我们都是亲密无间、风雨同舟的铁杆搭档。你相信我，只要一起干活，我还是那个吃苦耐劳、不偷奸耍滑、你喜欢和信赖的女人。